JN059631

類い稀な男

阿神田怜
AKANDA REI

幻冬舎MC

類い稀な男

本書を亡き妻に捧げる

目次

プロローグ……5
第一章　春嵐……17
第二章　初燕……69
第三章　華筐……149
第四章　僥倖……215
第五章　邂逅……267
エピローグ……301

プロローグ

廣岡彬が十五歳になったばかりの三月のことだ。時間にしたらわずかでも、体験は彬のその後の人生を暗示するかの如く衝撃的で、生涯忘れられない稀な経験をした。

その日は朝から冷たい風が吹き抜け、外に出れば体温を奪いとられるほどの寒い日だった。風は北部の山岳地帯から飛騨川の流れに沿って吹く、この地方の春一番というやつだ。真冬より冷気が強いだけに身体にこたえる。昼頃になって、頼りない陽の光が山間から差し込み、ようやくほっとさせてくれた。弱い光は靄（もや）を誘い、田畑に盛り上がった霜柱を溶かして、蒸気となり漂う霧が一面を覆って幻想的な風景に変えた。

彬は午後から商品の配達に出るよう父に言いつけられていた。届け先は石原響子先生の住まいだ。先生とは一週間前の卒業式で別れの挨拶をしたばかりだった。彬にとって義務教育の終了なら、石原先生は退職して郷里の近江八幡に帰るという。先生は官舎に一人住み、今ごろは荷物の整理に追われているはず。

校長は式の最後に石原先生の退職に触れ、先生も登壇して卒業の祝辞と別れの言葉を述べた。官舎は廣岡商店のある大里地区から三㎞ほど川上にあり、葛牧と呼ぶ集落にある。岐阜県加茂郡麻田村は、県庁を起点に置き俯瞰（ふかん）すると美濃から飛騨に向かう、通称飛騨街道のトバ口にあたる。岐阜県全体が山また山という地形は、麻田村でも同じで山に囲まれた小集落が点在していた。急峻な山はなく、いずれも七、八百mといったところだ。村は八つの集落で構成され、中心部が葛牧である。小・中学校に郵便局、農協それに診療所といった核となる施設が葛牧に集中した。大里地区は戸数で八十六戸、人口は三百六十人余と一番多く、耕作地も他地区に比べ抜きんでて広かった。それでも専業農家は数えるほどしかなく、ほとんどの男は働きに出た。建築や土木関係、国鉄の線路維持工に電気・通信の補修工といったところがそれぞれの働き場だった。

村立の小学校と中学校は山裾を削って隣接して立ち、運動場が二面と小・中共有の体育館兼講堂があり、小高い場所に教員用の官舎が八戸あった。学校と官舎の間には国旗掲揚台と二宮尊徳の石像が講堂の近くにある。官舎の周りは欅と杉が数十本、夏期の日除けと防風目的で植栽されていた。木立の向こう側は学校所有の茶畑が広がる。

既に小中校とも春休みに入ったことから、官舎には石原先生だけとなり父の話では退去は明日だという。

先生は英語担当で、彬が英語を好きになったのは先生のお蔭だった。父は「お世話になったお礼をきちんと言えよ。ポートワインを一本、商品の箱に入れておくから店からだと渡しなさい」と言った。彬は二十二日に高校の合格発表があったばかりで、気分的にホッとしていた。

先生に会えると思うと朝から一人興奮していた。

石原響子は、英語担当教諭として三年前にこの麻田中学校に赴任してきた。京都の私立Ａ大学文学部英文学科を卒業し、滋賀県内の中学校に職を求めたが、欠員がなくやむなく岐阜県の教育委員会に就職した。近江八幡から大垣や岐阜市は東海道線を利用すれば通勤圏内だと父親も了承した。この時期、教職志望者にとっては氷河期で、一年後岐阜県教育委員会から打診されたのは、通勤圏外の加茂郡麻田村だった。

響子の父の石原稔雄は赴任地が飛騨と聞き、予想通り反対した。響子は母や同居する兄を説得し、家族の援護を得て三年を条件に念願の教員生活を実現させた。麻田村の三年間は、あっという間で田舎暮らしの寂しさや侘しさを感じることもなく過ごした。中学の一年生から三年生までの英語を一人で担当するのは、遊ぶ時間さえないぐらい多忙を極めた。

独り住まいは響子にとって新鮮で貴重な体験だった。

午後になって北風はいくぶん収まり、気温もわずかに上がった。昼のラジオはロッキード事件に関するニュースを伝えていた。

彬は義母から手袋とマフラーを渡され、セーターは風を通すからジャンパーを着ていくようにと言った。細身の彬は着膨れて丸くなりテレ笑いを浮かべながら自転車に跨った。

「こんにちは」。玄関先に立ち、声を張り上げる。内から「ハーイ」の声。教室で聞きなれた声よりトーンが高い。スリッパを小気味よく響かせ小走りに駆ける音。「待ってね、いま開けるわ」。ネジ式の錠が外され先生のにこやかな笑顔が覗いた。教室で見慣れた笑顔にほっとする。「こんにちは、寒いわねえ」「お届けに来ました」。段ボール箱を差し出した。「ありがとう、手が冷たそう。どうぞ入って、廣岡君が来るから部屋を暖めておいたわ、遠慮しないで上がって」「箱のなかにご注文の品とポートワインがあります。ワインは父からです」。緊張でいつも通りには話せない。「まぁ、お気遣い頂いて……折角だから遠慮なく頂くわ、さあ上がって。ごめんなさいね、スリッパは片付けてしまったの。わあ、素足じゃないの。風邪引くわよ、早くこちらにいらっしゃい、炬燵に足入れてね」。ジャンパーを脱ぎ手に持ったまま、廊下を進み和室に入った。足指の感覚が鈍い。廊下には新聞とか雑誌類、機関誌のような薄い冊子が紐で括られて積んである。家具もありガラス戸が外されていた。和室は暖かく、電気ストーブの伝熱管が部屋の隅で赤く光り輝いていた。

「アッ君、合格おめでとう。素晴らしい話があるの、その前にお紅茶用意するわね。ストーブを近づけようか」。いつもは廣岡君と呼ばれていたので、友達同士がいうニックネームの呼びかけに彬の頬が赤くなる。

部屋は飾り物もなく中央に炬燵と座布団が二枚。ストーブだけの部屋は、いつでも出ていける感じだ。先生は隣の部屋に行ってしまったので、無遠慮に見回していた。炬燵に突っ込んだ足先がジンジンとして痛い。

　今日の先生は教室で見慣れたスーツ姿ではなく、オレンジ色のワンピースにブルーのカーディガンを羽織りお姉さんのようだ。三年間で初めて見る姿と香りが新鮮でまぶしい。

「お待たせしました。お紅茶は廣岡商店からの配達品、お父さんに届けていただくのよ。そういえば、アッ君が届けてくれたのは今日が初めてね。お紅茶はティーバッグされているから汚れないし、捨てやすいし、お道具も要らないし便利よね。味も悪くないわ」。先生は電気ポットを持ち、紅茶の箱とカップ二個、クッキーが入っているらしい丸い缶をお盆にのせ真向かいに座った。スカートがふわりとして、いい香りがあたりに漂う。

「クッキーもどうぞ。まずすごいニュースから話すわ、順に話さなきゃね。すごいのよ、入試の成績がトップファイブだったそうよ、丹羽教頭先生が昨日知ったとか。麻田中の全員合格は発表日に分かったけれど、トップファイブなんていうビッグニュースはすごい。教頭先生は中濃高校の入試担当責任者とはご昵懇（じっこん）だとかで知ったとか。昨日は国語の鈴木副担任と長野先生がいらして、三人でコーヒー入れて乾杯したわ。長野先生の記憶では過去にベストテン入りもなかったそうよ。すごいわねー」。興奮気味に頬を赤くして話す先生の口元を見つめ、ポカンとしていた。すごい、すごいの連発に恥ずかしくて顔を上げられない。

「ごめん、お砂糖片付けてしまったからストレートになったわ、クッキーの甘さでごまかしてね」。先生はもともと化粧をしない人で、口紅も塗らない。紅茶の香りと先生の甘い香りがこちらに届く。店で紅茶を売っているのは知っていても実際に飲むのは初めてだ。いつもは麻田名産の緑茶か番茶を飲んでいる。

「ラジオの英会話、続けてくれたのね。英語は三番目の高得点で一番の子とは八点差だったそうよ、国語はトップで六人が同点、数学で少し間違いがあったって」「私がＮＨＫの英会話番組を紹介して、続いたのはアッ君だけだもんね。私の三年間はアッ君の三年間でもあるわけでしょ、私もメダルを頂いた気分よ、明日父と兄が車で来てくれるけど、自慢しちゃうわ」。確かに朝の六時二十分からの番組は聞いていたが、毎日というわけではなかった。番組は、英文の組み立てと発音に随分参考になった。「忘れないうちに……」。先生は立ち上がって奥の部屋に行き、デパートの包装紙に包まれた品を手にして「合格祝いよ、ベストファイブという勲章まで取ったにしてはチープだけど。開けなくていいわ、ハンカチなの。使ってね。こちらは配達してもらった商品代です」。先生が僕の横に座ったため、甘い香りが彬の五体を強く刺激した。温もりも伝わる。「この本は、私が学生時代に読んだものなの。傷も書き込みもしていないから、アッ君に差し上げるわ」「ありがとうございます」。本の扉を開くように促され、表紙をめくった。「スタンダールの『赤と黒』の英訳版なの。日本語のものは読んだことあるでしょ」。先生の息づかい、それに腕が直接触れて息苦しい。表紙には英語で《Ｔｈｅ Ｒｅｄ ａｎｄ

The Black》とあり、その下に《Le Rouge et le Noir》と印刷されていた。「ルージュは赤でノワールは黒、原書がフランス語だから」。先生の頬に当たり、経験のないざわざわ感が襲う。もう帰った方がよいのではと思った。

「少しずつ読んでみます。先生そろそろ……」「なによ、まだ来たばかりでしょ、ゆっくりしていって。私はもうやることがないの」「先生、お仕事辞めるんですか」。気になることを思い切って尋ねた。生徒、とりわけ女子の間では寿退職だと噂していたし、父も近江に帰られたら結婚されるらしいと今朝話していたのだ。

「教職には多分もう就かないと思うわ。お仕事は続けるつもり。四月から、教育委員会の高等学校教育課に転職先も決まっているの。県庁のなかにあるのよ」。周りの予想が外れ、彬には拍手したいぐらいの嬉しい情報だった。

そろそろ帰ろうかと思い、腰を浮かせようとした。気配を知って、彬の肩を軽く押さえ、まだダメとイタズラっぽく笑い掛けた。「もう、アッ君とは会えないかもしれないわけでしょ。そうそう、ネズミと渾名つけたのアッ君らしいわね。三年間、とうとうネズミにされてしまった。最初に知ったときは、誰か私を子年(ねずみとし)だと思ってるらしいと、職員室で言ったら石原先生のシンボルカラーじゃないですかと笑われてしまった。そうか、確かにグレー系統が多いかなと気付いたの。紺とか黒は、チョークの粉末で汚れやすいからグレーにしたの。グレーの濃淡でわ」

揃えたわ。行事のあるときは紺を着たけど、夏はブラウスになるしね。これでネズミも卒業だわ」

麻田中学校に女性の教師は四名いた。音楽の尾崎先生は三十代の後半、保健体育と家庭科担当は長野先生で、五十歳になったばかり。それに国語の鈴木先生と石原先生だ。細身で小柄な石原先生が赴任してきたときはまだおかっぱ頭で、研修に来た学生のようで全員がざわめいた。上級の女生徒などは「可愛い」なんて言うありさま。以来、全校生が先生のファンとなったのは、一番身近な存在だったからだろう。動きがシャープで、大学が京都というのも憧れに拍車がかかった。女の子たちは宝塚のスターみたいだと噂し、胸をそらし布製のバッグに教材を入れて颯爽と廊下を歩く姿を、茶目っ気のある生徒が真似て教室を笑わせた。

彬が先生に憧れ以上の感情を抱いたのには理由があった。二年に進級した春のこと、金石文隆ら元気者の三人が、下駄箱でスリッパに履き替えようとしていた先生に近づき「先生、廣岡ばかり贔屓（ひいき）にしないでください」と迫ったそうだ。先生はひるまず「廣岡君は大好きよ。復習も予習もきちんとしてるでしょ、金石君たちも認めるでしょ。先生にとっては一番楽な生徒だもの、有り難いわ。君達三人も明日からそうしてちょうだい。金石君、寺島君、木全君の三人は今日から贔屓にしちゃう……約束よ。順番にリーダーの読み手になってね、廣岡君は読み手から外れてもらうわ」。彬と同じ大里の牧原茂治が、最初から後方で見ていたと教えてくれた。

三人は無言のまま走って教室に行ってしまい、牧原に向かい先生は片目をつぶって笑っていたそうだ。それを聞いて彬は英語を意識し、ラジオ番組も聞き発音を良くしたのだ。教科書を読まされるのは、なにも英語に限らなかった。国語もよく指名された。担当の丹羽教頭先生は葛牧地区にある寺のお坊さんで、郡内でも指折りの位だそうだ。近隣のお寺で大きな行事があると読経の中心となり、その影響で声がかすれ、そうした日は生徒が代わる代わる読まされるのだ。なかでも澱みなく読み通すのは、嶋崎公子と彬の二人だけだった。声の大きさでは彬に軍配が上がった。学芸会の演劇では、彬が毎年のように主役を務めるほどでセリフ回しも得意だった。必然として、国語と英語それに歴史は好きな科目となり結果に表れた。

「アッ君、卒業してから背が少し伸びたわね。入試が終わって重しがとれたから、身体も応えたのかもね。ちょっと立ってごらんなさい」。先生の呼びかけで、同時に立ち上がったところ、身体が触れ座布団の上でバランスを崩しよろめいた。「おっと」。先生が腕をつかみ抱きとめてくれた。香りが強く襲いかかり、心臓が早鐘のように打つ。先生は抱きとめた腕を引き上げるようにして彬を立たせ、そのまま背中に手を回してきつく抱きしめた。背の手は優しく擦るように動き、顔が彬の胸につけられた。「私より、うんと高いのね、もっと伸びるわ」。手が動き首に回され引き寄せられた。素早く頬に口づけされた。先生は彬を正面におき「形のいい唇」と言いながら指でなぞる。彬は立っていられなくて、その場にへたり込んでしまった。先生も座り改めて首に回した手に力が入り、唇が彬の口に押しつけられた。唇のヒンヤリとしてヌメッとする感触が電流のように駆け巡る。「アッ君のほっぺはお餅みたい、スベスベして……ニキビもなく、耳の下に一個か。私が麻田中に来た時は、アッ君の頬は赤みがさして雪国の少年みたいだったわ。可愛い子と思ったのが第一印象。私はあなたが大好きなの、鼻にかかる声も良くて君がリーディングの時は目をつぶっていたぐらい」。先生の細い指が顔をなぞり、唇を拭くように左右に動く。先生、どうしてしまったの。唇が合わさり先生の舌が彬のなかに入ろうとしている。息苦しくなって口を開いたらスッと舌が入ってきた。お互いの歯がガチガチと鳴った。恋人同士とか夫婦がキスするシーンは映画で見たことがあるし、小説でも読んで知っているが、僕たちがこんなことしていいの。先生はどんな気持ちなんだろう。合わされた唇に舌が潜りこんでくる。無意識に先生を押しのけようともがいた。彬の手は柔らかな胸の膨らみに触れた。「ごめんなさい」。声に出して手を引っ込めた。「あっ、先生」。先生の手が彬の腹部から太腿のあたりまで静かに動く。股間部は破裂しそうなぐらい膨らんでいるのが分かる。「じっとしていて」。膨らみきった器官の上に先生の手があり、ゆっくりと動いている。恥ずかしくて身体ごとひねろうとした。なんだか怖いのに気持ちがいい。「恥ずかしいです」「じっとしていて」。くぐもった声が聞こえた。いつもの先生のトーンとは全く違う低い声。どのぐらいの時間が過ぎたのか。先生の息遣いが静かになってようやくそっと離してくれた。「アッ君との思い出。二人だけの思い出。十五になったばかりだよね。高校生活を思い切り楽しんでほしいわ、私はずっと祈ってる」。応えようもなくしばらくの沈黙があり、意を決して言った。「先生、僕、帰ります」「怒った？　私を嫌い？」「先生……僕……先生が大好きです。でももう会えないところに」。大きなため息をついて先生は立ち上がった。

「クッキー、缶ごと持っていって」。ジャンパーを着るとき手を添えて助ける。本と包装されたハンカチを手に玄関に向かった。

「もう会えないわね、元気で頑張ってね、いい青春を送ってね」。先生の目は充血していた。クッキーの入った缶を渡しドアを開ける。「さようなら、頑張ってね」。彬は頭を下げ、先生の声を背中で聞き無言で自転車を止めた場所に向かった。

彬は先生の香り、赤く染まった首と顔、唇を思い出しながら自転車を漕いだ。坂道の下りでも漕ぎ続けた。早く遠ざかりたくてペダルを回した。異変が起きた。風を身体全体に受けて下半身が反応した。何かが出たのだ。変な気分だと意識しながら、下着を汚したのを知った。下腹部がヌルッとして冷たく気持ち悪い。家に着くや部屋に駆け込み、パンツを下ろした。強烈な匂いが漂い、気色わるくてタオルで拭きとり、下着を取り替えていた。先生のせいだ、僕を触ったからだ。

ベッドにうつ伏せ、枕を抱えて先生を思った。先生のうるんだ目、胸の膨らみ、甘くて優しい香り、思い出す限りの姿を追い続けた。下腹部が膨張し、そこにないはずの先生の手が動いている。無意識のうちに腰が動き、また爆発してしまった。

なん時か過ぎ、店の方から異母妹の葵が「お兄ちゃん、怒ってるみたい。口もきいてくれない」。義母に訴えている声が聞こえた。

第一章　春　嵐

四月十日、高校の入学式を迎えた。彬は沈んだ気持ちで出席した。性格的には明るく活発なのに吹っ切れていなかった。式後クラス編成があり、最初のホームルームが開かれた。

担任教諭は黒板に「樺山富士雄」と大きく書き、かばやまふじお、とルビを付けた。「君たちとはおそらく三年間をともにするだろう」と挨拶された。額が大きく後頭部が出て、頂上は真円に禿げ上がった先生だった。席の後方から「カッパさんだな」と言う声が聞こえ、笑いがさざ波のように広がった。彬は笑えなかった。毎日のようにオナニーにふけるクラスで一番不純な生徒だと、自らを蔑んでいた。それでも一週間は瞬く間に過ぎた。樺山先生は放課後、校内にある各クラブを案内して運動場や体育館、それに文化系クラブの活動教室にと引率した。「高校の三年はすぐ卒業を迎える。時間を有効にかつ楽しく使い交友の場を広げて悔いの残らない三年間にしなさい」と言った。

新入生は普通科が三クラスあり、進学コースはそのうちの二クラス、G・H組がそれで彬はG組だった。F組は就職コースとなっていた。彬は今の病気から（自分は健康だけれども邪な思いにとらわれた病気だと思っていた）逃れるためには部活、それも身体を苛めぬくような激しいクラブに入ろうと決めた。足の速さには自信があった。幼少期、喘息に悩まされたが新しい母となる人が来て、症状は嘘のように消えていた。陸上部を念頭に、放課後広いグラウンドを走る各クラブの練習を見学した。入部したのはラクビー部だった。

このクラブに普通科の生徒はほとんどいなくて、農業科、畜産科、商業科の生徒が主体だった。体育館などより青空の下を駆け回るのも魅力なら、身体が重そうな仲間のなかで小柄ながら素早く駆け抜ける人が格好良かった。翌日には入部届に保護者の承諾印を押し、部室を訪れコーチの方に提出した。「俺は奥村だ。よろしくな」。短く名乗った。部室は長くいると吐き気がするぐらい臭かった。暗い部室の壁面には「ひとりはみんなのため、みんなはひとりのため」と墨痕も鮮やかに書かれたポスターが貼ってある。それを眺めていたら奥村コーチが、これがラグビーの背骨だと言い言葉の意味を考え、俺に答えを持ってこいと言った。トレーニング姿に運動靴というスタイルで運動場に立ったとき、武者震いしたのが自分でもおかしくて笑ってしまった。

別のコーチが「お前は細いなあ、ケツも小さいし」と言って笑った。教室で樺山先生は、ラグビーかよと驚き顔でつぶやいた。彬の体形と進学コースの在籍を思われたのだろう。進学コースから体育系に入部した生徒は、彬を入れてたった九名。それぞれは卓球部三名とバレーボール二名に軟式テニス二名それにバスケットボールが一名だった。

ラグビー部には普通科から三名で、そのうちの二名は就職志望のF組の道下君と岡本君だった。

練習は走ること以外は雑用係だった。ボールの管理、先輩の靴の泥落としにヤカンの水汲み、ライン引きに小石拾いといった具合だ。それでもボールのパス回しや後ろにパスを送りながら走る繰り返しは、単調とはいえ彬には楽しく時に爽快だった。何より誰にも言えない病気から解放され、登下校に飯、風呂、寝るといった単調な生活が雑念を消した。

五月に入って、新人十名による走力テストがあった。先輩らが見守るなかで、百m走を五本、それも連続で行われた。彬は五本目でへばり三位と落としたが、あとは全て一位になった。最上級生の袴田さんから「ガンガンボ、やるじゃん」と褒められた（ガンガンボは日本各地に生息する大きな蚊のことで、足が長く体型は細い。やぶ蚊のように人の血を吸うことはない）。

練習終了後、顧問の酒井先生に呼ばれ奥村コーチ、馬場コーチ同席のなかで、スクラムハーフのポジションを先輩について学ぶようにと指示された。酒井先生は「廣岡の走る姿には躍動感があってなかなかだった。前傾姿勢がいい」。奥村コーチは「細いお前に、ポジションはそこしかないいな」と笑った。翌日から新人全員、ユニフォームにスパイクの着用が認められた。ようやく部員として認められ、高揚した気持ちでキックの練習に没頭した。若い馬場コーチから「お前は飲み込みが早い、ノッポの割には俊敏だしな。顧問の言葉に大丈夫かよ、と正直思ったもんだ。ネックはお前が進学コースにいることだな。受験となれば三年進級と同時に退部しちまうだろ、そこだよ、お前の問題は。一浪する覚悟ならいいがな」

成績は下がった。中間テストは全教科総合でＧ組三十四人中二十二番目と一気に下降した。樺山先生は何も言わなかったが、彬には当然の成績と納得した。代わりに陰湿な病気から逃れ、三月を思い出すこともなくなった。

六月、酒井先生に部室に来るようにと呼ばれた。奥村、馬場両コーチに袴田主将も椅子に掛けていた。「本日の練習からスタンドオフに回り、コーチと袴田君からポジションについて学び研究しなさい。現ＳＯのナベは畜産だから君とは接点がないだろう。君はメンバーからも好かれているようだから、チームの司令塔になるつもりで走り、何よりも信頼されるようになってくれ。主将とも意思の疎通に支障ないようにいつもそばにいるように。質問はその場でしなさい」

奥村コーチは彬の肩をつかみ「めし、ちゃんと食っとるか、逞しくなれよ」と言った。

奥村コーチはラグビー部の先輩で、国体出場の経験を持つ、チームには欠かせない存在だ。本業は市内にガソリンスタンドとＬＰガスの店があり、若手経営者の一人でもあった。「廣岡は理解が早いし、キック力もいい。次の10番を背負うつもりで頑張ってくれ。チームの信頼も芽生えつつあるようだし。馬場コーチの言う通り、俺たちが悩ましいのはお前が普通科だということだ、顧問は何もおっしゃらないけど同じ気持ちだと思う、受験となれば早期の退部だろ？　俺の仕事はお前のネクストを考えておくことになるからな」

七月十二日火曜日、いつものようにヘトヘト状態で帰宅した。「帰りましたぁー」「お帰り」。母と葵が迎えてくれた。いつものように蛇口に直接口をつけ、ごくごくと水を飲み自室に入る。追っかけるように葵が走り寄ってきて「お兄ちゃん手紙だよ、葵が置いたよ」。健康優良児が嬉しそうに告げた。ヤギの乳で育った異母妹は身長がやたら伸びて、いずれは姉の千鶴を超すだろう。

白い封書が机の真ん中に真っ直ぐ置かれていた。帰宅後のパターンは、パイプ製のベッドに倒れ込むのだが封書を睨みながら机に近づいた。差出人は見なくても分かった。気になっていた手紙だ。

「葵、ありがとうね」。そう言い、部屋から追い出して椅子に掛けた。差出人の石原響子の文字を確かめ鋏を入れた。封書は手作りされたもので紙に厚みとゴワゴワ感があった。開いた封筒に鼻を近づけ匂いを嗅いだ。期待した香りはなかった。

廣岡彬 様
入学して三か月経ちましたね、全てに慣れましたか。お元気で通学のことと思って

います。クラブ活動は何か始めましたか、二度とない青春です、日々を大切に楽しんでください。
私は昨日、大津駅前の街路樹の下で蝉の声を聞きました。初鳴きではないと思います。思わず見上げ蝉を探していました。麻田村ではうるさいぐらいの蝉だったことを思い出していました。そちらではもう鳴き始めたでしょうね。麻田の夏は、蝉しぐれにトンボの群舞、夕方の蛍に気味の悪い蛙の鳴き声。懐かしいわ。やぶ蚊もすごかった。勤務先は大津駅から近いので毎日歩きます。自宅から片道で五十分かかります、あなたと同じくらいでしょうか。

手紙には先生の職場のこと、先生の育った町のことなどが丁寧に書かれ、彬には容易に想像できる景色だった。最後の日となったことにも触れていた。

あなたのこと、忘れたことはありません。恥ずかしさばかりです。そして罪の意識も離れません。責任は私にあります。何か相談したいことがあれば、丹羽教頭先生がよいでしょう。先生は引き続き教頭職だと伺っています。校長先生は教育委員会にご転勤されましたものね。私にだったらいつでも電話なりお手紙をください。夜の八時以降なら帰宅しています。
あなたが、少年時代はご家庭の事情で苦労されたことは麻田中学校に赴任したとき、クラス担任の橋爪先生から伺いました。大変な読書家であることは国語の鈴木先生が驚いておられました。私はあなたが努力家であることを知っています。ＮＨＫの英会話番組を紹介したときから、ずっと続けてくれたのもあなた一人でしたものね。努力は裏切りませんよ、いつか血肉になって報いてくれます。頑張ってくださいね。
私と同じ空の下で頑張って生きていること、忘れないでね。応援しています。
ご返事くれると嬉しいな。
七月十日
石原響子
滋賀県近江八幡市若葉町Ｘ丁目Ｘの八
（電話）〇七・・--三・--・・・・

一気に読み、とりあえず鍵のかかる机の引き出しに入れた。
返事は雨となり練習がなくなった月曜日に書いた。全て正直に書こうと机に向かった。

石原先生

僕は元気です。毎日クラブ練習でクタクタになって帰ってきます。でも食って眠ればなんとか復活できます。翌朝まで正体なく眠りこけます。両親のお陰だと分かっています。義母がいなければクラブ活動どころではなかったでしょう。

三月のこと、今では僕の大切な思い出になりました。三週間ほどはさまよい、妄想の世界に迷い込んでいました。先生の香りが漂い、僕は……悪い病気だと考えました。ハードな練習が僕を救ってくれました。クラブはラクビー部を選びました。陸上部の顧問の先生からも直接誘われましたが、ラクビーの練習を見学して迷わず入部しました。中濃高校は農業・畜産や商業科もある県内では三校しかない総合高のためか同級生も多いです。クラブには相撲部と掛け持ちしているのではないかというようなデカいのもいます。実際、相撲部もありますが。ラクビー部は七年前には二年連続で国体に出場した実績がある、県下では強豪校なんです。コーチはその当時の中心メンバーとのことで、このコーチにしごかれる毎日ですから大変です。でも楽しい。

他校からは「中濃の猛牛」と素晴らしい愛称をつけられています。農業科や畜産科のあることで揶揄(やゆ)されるのです。猪突猛進はラクビーの一面ですけど……そんな彼らと仲良くできるのは幸せです。陰湿な病気を治してくれたクラブです。こういうの

「感謝感激雨あられ」って言うんでしょ？

　クラスは進学コースを選びました。大学に進むかどうかまだ決めていません。父は、学費ぐらいはなんとかすると言ってくれました。僕には妹が二人いて一番下が異母妹ですから、この妹が店を継ぐでしょう。妹と僕は母が違いますし、それに僕には商売は向かないと思っています。愛想が悪いですから。

　小さなお金を扱うより、大きなお金を動かすような仕事がしたいと漠然と考えます。

　六月の半ばに中間テストがありました。普通科進学コースの二クラスのなかで僕は中の下グループです。復習も予習もやれない毎日だから当然だと思っています。

　教室で親しくする藤田君が「文系の点数がいいのだから」と慰めてくれたのが、悔しくもあったし恥ずかしかったです。

　担任の樺山先生からは特に何も言われていません。これからもラグビーライフを楽しみます。このスポーツに出会えただけでも中濃高に入った甲斐があったと思っています。

　初めて書く手紙ですが、なんだか眠くなってきました。必ず投函します。

　先生、思い出をありがとうございました。あんなことで不良にはなりません。どんな人生が待ち受けるかも分かりませんが、先生との思い出はこれからも忘れないと思います。

子どもの頃は寂しさと辛さ、孤独感しかなかったので。

母には甘えてみたかった。その記憶がありません。

卒業までの毎日を頑張ります、見守ってください。

先生もお元気で。同じ空の下という言葉、力になります。

七月

彬

手紙は次の朝、自宅前の円筒形の大きなポストに投函した。これで先生との縁も終わりになったと思うと哀しい気分になり、ポストのてっぺんを撫でながら「さようなら」と声にした。

ラクビー部の夏季合宿は中濃高校より十二㎞ほど離れた、山間部にある宗教系の短期大学のグラウンドとお寺の本堂を借りて、行われた。期間は七月中旬から十五日間、間に休養日が一日あるだけだ。恒例であり、秋からの定期戦に備えるためだ。

グラウンドも高地にあるが、それよりさらに高い寺院までの石段を使った上り下りの訓練はきつく、何度も嘔吐した。酸欠状態になり途中でへたり込んでしまうほどの厳しさなのだ。なかなか立てなくて涙を流していた。それでも合宿六日目になると嘔吐もしなくなった。

ところが新入部員のうちF組の道下・岡本ら二人は音を上げて退部してしまった。二人揃って奥村コーチの前で涙を流し、ついていけないと言ったそうだ。

「彬は根性あるよ」。褒めないコーチが褒めてくれた。

誰しもが経験してきたプログラムは、打ち上げ時には仲間内の連帯感を盛り上げた。彬たち新人に対する先輩の態度は、プログラムが進むにつれて優しくなった。合宿の最終日は、心身ともに浮き立つものがあった。最後の食事どき、新人の彬ほか七名は起立を求められ、上級生から拍手を受けた。食後のスイカが新人それぞれに、一切れ多く配られた。配ったのは新人だが。

明日からは盆休みということで、八月二十五日までの十五日間が完全休養になり、誰しもが晴れやかな笑顔を漂わせていた。

その日の食後、彬は酒井顧問に名指しされ全員の前で「廣岡彬は八月二十六日からナンバー10をつけて練習するように」と指示された。奥村コーチからは、定期戦終了後スタンドオフを任されるだろうと、耳打ちされた。

自宅の敷居を跨いだ時はうかつにも涙を浮かべた。「お帰り、焼けたねー」。それが母からの迎えの言葉だった。黒く日焼けした上半身と身体つきの変化に、驚きの感嘆符付きで眺められた。首周りが太くなったし、腰から太腿が見違えるようになったと、父に話しているのも聞こえてきた。入部した当時は激ヤセを心配してくれたし、今もこうして体調を気にかけてくれるのを肌で感じ、彬は今日から「母さん」と呼びかけようと心に決めた。今まで照れくさくてなかなか口に出せない言葉だった。十分感謝していても心のどこかで引っかかっていた。

葵は彬の腕にぶら下がり、ブランコができそうだとはしゃいだが、母にやめなさいと止められた。「母さん、夕食は何」。母は無言で彬を見返した。「彬、お前……」。しばらくして「豚の味噌漬けを焼くよ、好きだもんね」。エプロンの端で目頭を押さえながら言った。

二学期を迎え、級友から日焼けした身体と逞しさに加え、身長の伸びを指摘され羨望の眼差しを意識した。自分でも彼らと比較してナルシスト的な満足を覚えた。成績は別もの。

そうしたある日のこと。F組の女子に呼び出され、四角い封筒を手渡された。「吉田さんからです」。渡した子が真っ赤な顔だったので、彬もつられて赤くなるのが分かった。

彬は封書を帆布製の通学バッグに無造作に押し込んだ。照れていた。吉田という名前に、顔はおろか何も思い浮かばなかった。

部活練習後の帰宅列車のデッキでドキドキしながら封書を取り出した。恋とか愛とかの文面を期待していた。内容はこれがファンレターというものか、とズッコケてしまった。

――恥ずかしいけど届けます。先週、可児南工との練習試合を見ました。前から松村さ――

んと放課後の練習を見ていきます。気付いていますか。廣岡さんがタックルをかわしながら走る姿が格好よくてラグビーが好きになりました。私たち応援しています。インターハイに出場してください。どこへでも応援に行きます。

吉田加寿子

顔を赤らめて受け取った己（おのれ）は何を期待したのか、肩透かしが恥ずかしかった。翌朝の始業前、手紙を届けに訪ねてきた折、つなぎ役をしたクラスの上木久子が近づき「私もドキドキしたわ、感想は？」。口の端に笑みを見せながら語りかけたのが無性に腹立つ。「吉田加寿子ってどんな子」「そのうちに分るわよ、届けてきた松村も吉田も私と同じ大島中学の同期なんよ、だから私を使ったの。いい子よ、吉田さんて。家は本町通りにある白鳩薬局の末っ子」

秋の県大会では登録メンバーに選ばれたが控えが多かった。それでも練習試合の後半になれば、点差にかかわらず使われた。フォーメーションの経験と場馴れが意図された起用だと馬場コーチは言った。中濃高校は県内ではトップクラスで岐阜市のG南工業高、美濃のS商工高、飛騨のH農林高が県内四強といわれている。中濃高校は普通科・商業科・農業科・畜産科、それに女子の家庭科を持つ県内唯一の総合高校だ。出場メンバーは、農業科と畜産科在籍者で占められ、他校からは畜産に掛けて「猛牛群団」と揶揄（やゆ）された。プロ野球の関西チームと同じニックネームが誇らしくチーム全員が意識した。

この年の秋期大会は、残念ながら準々決勝で敗退した。全日程終了後チームは新しく編成され、彬はスタンドオフを任された。毎週土曜日は県内の各高校と練習試合が組まれ、年末には隣県の愛知県犬山市にある高校と、年初には名古屋市内の強豪校との練習試合などスケジュールはびっしりと埋まっていた。対戦相手を決めるのは、渉外担当の馬場コーチだった。馬場コーチは、奥さんと自宅で中学生向けの学習塾を経営していた。奥さんは元教師で塾長だそうだ。

彬は当然のように勉学どころではない。春の地区大会はトップで、県大会は美濃地区の高校を破り決勝に進出した。相手は岐阜市の強豪、G南工業高校だった。スタンドの中央部には両校の応援団と生徒、保護者らで埋め尽くされ彬は震えていた。

奥村コーチが彬の正面に座り、震える足をつかみ「深呼吸だ、大きく吸って……大きく吐いて」と緊張をほぐす。酒井先生は笑って見ていた。グラウンドに駆け足で出たとき震えは消えた。晴れ晴れしさと緊張感が気持ちよかった。試合は決められた時間を戦ったのに、彬にはあっという間だった。スクラムで押し込まれるケースが多く、コーチもFDの差だな、とつぶやいていた。それでもよくボールを拾いパス回しもグラウンドを広く使い、コーチの指示通り彬は走った。得点はワンゴール差だった。ノーサイドの笛が吹かれるまで、声帯がつぶれるかと思うぐらいに試合にのめり込んだ。敗れはしたが堂々の二位となり、講堂で開催された大会報告会では、壇上に整列して学校長から改めて準優勝旗を授与された。受け取ったのは新三年生の国枝主将だ。秋には国体出場を懸けての「三岐大会」へ出場も決まっており、激励の言葉を校長はかけた。

三岐大会とは隣県の三重県と戦うもので、両県とも県大会三位までに出場権が与えられ、代表を懸けて競う。彬は選手として登録され夏の合宿後の休養期間が明けると、二週間置きに組まれた他校との練習試合となった。

十一月の末、予定された大会を前にして事故は起きた。木曽川を挟んだ対岸は隣の愛知県でかなりの強豪である犬山商工高との練習試合で、彬は自陣スクラムから出されたボールをバックスに投じようと身体を右後方にひねったところにタックルされ、倒れたときに足首を捻り左肩を強打してしまったのだ。校医でもある外科病院で全治三週間と診断された。捻挫と打撲傷と診断され、松葉杖にすがるはめになった。医師から運動禁止の期間を告げられたとき、涙があふれ止まらなかった。付き添った馬場コーチに「やってしまったことはしょうがない」、言葉を掛けられ、すがりついて大泣きしていた。全くタイミングが悪く、顧問の前でも悔し涙を浮かべて謝った。チームにもコーチにも頭を下げた。奥村コーチは「怪我ばかりはどうしようもない、試合を撮っていたフィルムをチェックしたけど、廣岡のパスも相手の10番にも問題はなくラフプレーではなかった。まずは気にせず治療に専念してくれ。廣岡のプレーは高度なもので高校生ではなかなかお目に掛かれないけどな」と言って右肩を叩いた。補欠だった選手がレギュラーになるようだが、彬は申し訳なさでグラウンドには、杖にすがる姿を見せられず出ていけなかった。

怪我をして一週間後の日曜日の午後、ベッドで読書していると母がお見舞いにクラスの方が来られたよ、と告げた。店に出てみると上木久子が手を振っていた。隣に吉田加寿子が立ち、笑みを浮かべ頭を下げている。二人を部屋に通して、炭酸飲料を飲みながらラクビー部は退くつもりだと話した。吉田加寿子は持参したオルゴールを見舞い品だと言い、上木はチョコレート菓子を置いて帰っていった。

「グラウンドで走り回る廣岡さんを見られないのは寂しいです」と吉田は見送ったバス停で小さく言った。それ以降、教室に出るようになってからも滅多に彼女を見ることはなく、『アニーローリー』の単調なオルゴール音だけが残った。

三年に進級した春、教室では卒業を控え、志望校のアンケートが実施された。彬は第一希望に私立京都A大学商学部、第二に私立京都B大学経済学部、第三には私立大阪K大学経済学部と記入した。理由欄には「ラクビーを続けたい」と書いた。

翌日の個人面談で樺山先生にいきなり、希望校の状況を理解して書いたのか、と問われた。

「だめですか」「間違いなく受からないな。君と仲の良い藤田も同じ希望校になっている。多分お互いに相談したのだろうが、彼の成績でも安全圏ではないのだ」「分かりました」「理数科目が弱いのが致命的だな、クラスの三十番台ではな」。顔の表情を強張らせ教室を出た。先生の指摘は分かっていた。自分に腹を立てながらどうしたものかと自問していた。

翌日、ラグビーの部室に奥村コーチを訪ねた。コーチに、今の実力では志望校に挑戦は無理と担任に言われたこと、実家の状況から浪人はできないことなどを正直に話し、個人レッスンを受けたいと相談した。「俺の周りにはおらんなぁ、馬場さんとこも受験生を対象にしとらんし。ここは酒井顧問に相談するしかないだろうな。お前のことを心配してたから、思い切ってぶつかってみろよ」

いいアドバイスだった。先生は麻田の隣町が実家だ。日曜日に尋ねてみます、とコーチに礼を述べ部室を出た。

日曜日の昼前に酒井先生の自宅を訪ねた。

先生は苦手科目のことだろうと指摘した。

「廣岡も頑張ってくれたからな、卒業生で岐大の薬学に入ったのがいて今三年だと思う。ラグビーとは関係ないが理数系は強かった。猪瀬敏郎というのだ。連絡してみよう」。口調は彬を励ますように優しかった。猪瀬さんは岐阜市内の大学寮に入っているとのことで、紹介をお願いした。翌週の金曜日の午後、猪瀬さんが中濃高校に来て、酒井先生立ち会いのもと自習室で面会した。酒井先生が退出されて二人になったとき、猪瀬さんは五月から十月までの学習スケジュール表を彬に渡しながら「わき目をふらず僕を信じてやってくれるか？　僕も挑戦だ。数理のうち代数・幾何・解析のいずれか一科目、理科は化学・物理・生物のうち一科目を選択し、高校一年から三年までの教科書と参考書それに市販の問題集を手に入れ挑戦しなさい。分からない、理解できないところは丹念にノートに記せ。それを僕に見せる、いいね」。A大の入試傾向も調べてきたと言った。ポイント押さえが周到だった。「君の学力も先生から聞いた。強い科目を持ってるようだから心配しなくていい。くよくよは点にならないよ、振り返るな。夏休みは週に二回ぐらいは対面でやろう、自分の能力を信じることだよ。頑張って意地を見せてやろうじゃないか。僕にもいい勉強になると思っている。日本史、世界史・国語と英語に活路がある分、楽だし強みだ」。膝頭を力強くつかまれ励まされた。奮い立つような言葉だった。

夏休みは猪瀬さんが帰省したこともあって、彬が自宅を訪ねて教えてもらうことになった。「歴史は僕よりよく知ってるよ、暗記で覚えたのではないのがすごい、国語・地理・英語も問題集ではいい点取ってるから酒井さんの言われるように、理数を押さえたら心配ない。僕は君と数回話しただけだけれども、ポジティブシンキングなところがいい」。優しい兄貴的な感じで、彬もすっかりその気になって、週二回の訪問日が待ち遠しくさえなっていた。母も毎回、菓子類を持たせてくれ、猪瀬家のおばあさんに喜ばれた。おばあさんは美味しいお茶を時分になると運んできた。猪瀬さんの父親は、公務員で加茂職業安定所の所長さんだそうだ。

十月下旬の学内模試は、樺山先生も驚くほどの成績で彬はもちろん、藤田も顔色を変えていた。酒井先生の授業中では彬の机近くに寄り「脱皮したか」と言って笑った。

本番の試験は、京都B大が二月十日と十一日、A大は十七日、十八日とどちらも土曜日・日曜日だった。宿を河原町今出川近くの賀茂川に面した商人宿に取った。宿はどちらの大学にも近く、受験生に占領され賑やかで九州弁が一番耳に残る。彬たちは海に漕ぎ出す前夜のような得体の知れない興奮を覚える、と顔を見合わせ気持ちを高ぶらせた。

当日、B大法学部狙いの藤田は明らかに全身に緊張感を漂わせ、声が掛けにくい表情をしていた。二日間の試験は二人とも支障なくやり終えた。

二月の京都は寒く、川からは吹きあがるように風が窓ガラスを鳴らす。麻田の寒さとは質が違うように感じた。藤田はいったん実家に戻り、交通の便が悪い彬はそのまま次週まで残った。今さら勉強する気にもなれず、連日映画を観て過ごした。そのなかで『2001年宇宙の旅』は強烈でショッキングだった。主題音楽の音響に迫力があり、館内のいたるところからサウンドが襲ってくるように感じた。映画自体は封切りではなかったが彬にとっては久しぶりの映画鑑賞で、時代の変化を映画で知って新鮮だった。

Ａ大の試験日は、朝から冷たい雨が降り、前日に京都入りしてきた藤田と部屋で拳突き体操をして、朝食を取り身体を温めてからおもむろに会場に向かった。

両校のテストも終わり、宿を引き払って新幹線に乗った。藤田に元気がないのが気がかりだった。彼は大阪Ｋ大が第三志望のはずだが見送ると言った。発表の天命を待つ十日間は長く、彬は自宅周辺を走り回りエネルギーの消耗に充てた。最初にＢ大から合格通知が来た。専門業者に電報発信を頼んでおいたのだ。その一週間後にＡ大も合格通知が来た。新聞の地方版ページに氏名が掲載され、藤田の名はどちらにもなかった。俯く藤田の顔が浮かんだが、それも一瞬のこと。合格した喜びに、握った拳を突き上げ、雄たけびをあげていた。「樺山先生、やったぜっー」

千鶴が涙目になり「お兄ちゃんよかったね」と喜び、母も指先で目じりをぬぐっていた。春から正月過ぎまで頑張っている姿を家族は見てきたのだ。猪瀬さんからの電報が嬉しく彬も泣いていた。「ありがとうございました、やりました先輩」

父は朝刊に載った氏名を確認しながら、鯛はこの季節だからないけど、豚の味噌漬けが家族分あるからこれで祝ってやろう」と母に伝えている。父なりに喜んでくれた。

「早速猪瀬さんと酒井先生にご挨拶しといで、早くがいいよ。と言っても、品を用意するから今週末まで待ってほしいけど」。母が笑っていう。言いながら矛盾に気づいておかしかったのだろう。母なりに興奮してるのだ。

週末、サントリーのダルマと菓子折りを持って酒井先生を訪ねた。「頑張ったな、お前は度胸あるし前向きだから。ラグビーやるんだろ。時間があれば学校にも来いよ。藤田は一年浪人するそうだ。B大一本にすると聞いた。実力も大事だが運も人生には大事だぞ、世の中にはそういう恵まれたやつがいるんだ。運も実力のうちだ、大事にしろよ」

猪瀬さんには、義母の見立てたフランネルの長袖シャツと菓子折りに礼状を添えて郵便小包に託した。

藤田は残念だったが翌年B大法学部一本に絞り見事にクリアした。学校が違い、学年も違ったことで交流は大人になるまで一時的に途絶えた。これも人生、仕方のないことだ。

三月の末に、父と京都に行き入学金と学費を払い、学生支援課が紹介した下宿先を二か所回った。下賀茂のお百姓さんの納屋を改装した部屋は、学生が五人住めるようになっていて、畳が新しく替えられたらしくイ草の匂いが、清々しい。周辺に咲く菜の花がのどかな印象で気にいったが返事は保留にした。

次の部屋は、丸太町通り聖護院近くの駒野神社だった。宮司（ぐうじ）さんのお宅を訪ねた。部屋は神社敷地内にあり、神社関係者の居住区からは離れた平屋建てで、四人が下宿できるようになっていた。こちらでも菜の花と大根の花、低木の椿がちんまりと咲いていた。温厚そうな宮司さんは、下宿生がこの春卒業されたので部屋が空きました、と言った。現在の下宿生は三回生のB大生に京織大生をお預かりしています、ともの静かに言う。父に下賀茂よりこちらが繁華街に近くアルバイトするには交通の便が良さそうなこと、御所を通り抜ける通学路も気に入ったと話し、うなずいてくれた。お世話になりたいと親子で頭を下げた。宮司の奥さんも控えておられ、外泊は必ず事前に知らせておくれやす、それから寝たばこは禁止ですよってに……と言いながら規則書と家賃通帳を彬の前に置いた。

四月中旬、部活勧誘説明会が三日間あり彬はためらわずラクビー部のブースに行った。入部届書と小冊子を受け取った。三日後に入部ガイダンスを講堂で開催すると知らされた。

その日、会場には三十名を超す希望者が集合した。上級生が十名ほどいて、全員が首周りがすごく肩の盛り上がりもすっかり大人の身体だ。それは入部希望の新人にも共通していた。彬の背丈はそこそこあっても、身体の締まり具合で見劣りがした。

ラグビーだけを目的にA大に来たのではないかと思うほどにごつい身体の新人たちは、あちこちで声を掛け合って再会を喜ぶような挨拶を交わしていた。彬は自分が井の中の蛙だと気づき怖じ気づいていた。進行係の学生は中央に立ち、A大のジャージに短パン・ソックスを履き、手にマイクを握ってそっくり返っている。左右に十人ほどが等間隔に並び、新入生をまるで睨みつけるようだ。格闘集団だった。負け犬は尻尾を巻いてスゴスゴと出ていくしかない。講堂の入り口には先輩三人が立っていたが、声を掛けられることもなかった。

夢があっさりと消え、落ち込んで御所内を歩き下宿へと退散した。部屋で寝転がり、天井を見ながら「さて、どうする」。独り言ちた。

初めて味わう挫折感だった。A大は秩父宮ラグビー場で開催される日本大学選手権の常連校だもんな、割り切りは早かった。切り替えの早さが彬の持ち味だ。

部活一覧表を見ながら、次を考えた。翌日訪ねたのは軟式テニスだった。ラケットを振ったのは高校の体育の時間だけだ。なんとかなりそうだと思った。クラブ部室に尋ねたとき先輩になる女性が「説明会は終わったけど四月二十八日から新人研修会があるから、それに出席した時点で入部としますがどうしますか」と聞く。「出席します」と答えた。

教養科目のガイダンスに出席し、テキストの購入などに追われている日々のなか、下宿先に電報が届いた。父からで「オバシス、カエレ」とあった。名古屋の伯母の死を知らせるものだった。実母が家を出た後、何かと彬の将来を心配してくれ、三月には大学進学を知らせたばかりだった。父が麻田村で雑貨商を開業するにあたっては、資金の提供もしてくれたと聞いたことがあった。父母の結婚を取り持ったのも伯母だそうだから、忸怩たる思いを抱いていただろう。そして彬と千鶴を何かにつけ心配してくれた伯母だった。翌日の葬儀に間に合うよう京都を出て、名古屋駅から名鉄電車に乗り換え、金山に向かった。父の姿は確認したが、母は見当たらなかった。兄妹の多い加橋家にあって、兄妹はもとより甥や姪の座る席には、憚られたのだと理解した。焼香をし、出棺を見送ってから従兄弟たちと立ち話をした。一番年上の従兄弟が、お母さんは夕べの通夜に来ておられたよ、と教えてくれた。親しくした伯母が亡くなり、彬はここにいる従兄弟たちとも徐々に疎遠になっていくのだろうと思った。中心にいた伯母が亡くなった以上やむをえないことだった。

左京区の中心にある駒野神社へは、京都駅前から銀閣寺行きのバスに乗り聖護院前で下車する。神社の社務所の横を回り込む形で入ると居住区になり、それを右に見ながらさらに進むと平屋がひっそりと建つ。彬が借りた部屋は西向きで明るいのが有り難い。西日の当たる時間帯は大学のはず。平屋に踏み込む仕切りに、背の低い通用門があって門をくぐると石畳から土道に変わる。こぢんまりした畑もある。

彬が砂混じりの通路を歩いているとき、前方から赤い着物姿の女の子が駆けてくる。その後ろを、やはり着物姿の女性が何やら声を出し追いかけている。女の子は、見慣れぬ男を目にして立ち止まり、走り寄る女性を見やった。彬はコンニチハと挨拶して脇に寄って狭い道を開けた。「こんにちは、お帰りなさい。カナもご挨拶しおし」。女性は母親らしく、女の子に優しく声をかけた。女の子が愛くるしい顔に笑窪(えくぼ)を見せ、コンニチハと言った。肩まで伸びた髪が切りそろえられて人形のようだ。「行ってらっしゃい」。彬が手を振る。「違いますねん、今戻ったとこどす、カナが蝶々さん飛んでるいうて駆けだすさかい、転ぶよ言うて追っかけてたんどす」。なんとも優雅な響きだ。京言葉を女性が使うのを耳にして、ここは京都なんだとしみじみ実感した。

なるほど、見回すとバラの花の上あたりに、白っぽい蝶が二匹飛んでいた。「モンシロチョウかな」「モンシロチョウ?」。おうむ返しに尋ねてきた。「羽のところに二つ、黒い模様があるの、見えるかな。羽は二枚あるから模様は四つやね」。ジッと彬を見つめ聞いている顔がとても可愛い。

「カナちゃんはお餅好きですか」。女の子は母親にすり寄り手を握ってコクリとうなずいた。「実家で餅をたくさん持たされたんです。よかったら貰ってください」。母親に向かって言う。美しい人だった。束ねた髪の色が黒く艶やかに光り豊かなボリュームだ。小説などで表現される「カラスの濡れ羽色」とはこういう色だと思った。「カナちゃんはお幾つですか」「六サイ」。返事がすぐに来る。「来年は一年生やね」うなずいた。「カナちゃんてどんな字書くの?」。首を傾け母親を見上げる。「香川県の香に菜の花の菜と書きますねん」。頬がふっくらとした、美しい人は娘と同じ笑窪を浮かべ字体を教えた。雑誌の表紙を飾る女性のようだ。

「香菜ちゃん、いいお名前ですね。僕の背中の荷物にお餅が入ってるんですよ、後で僕のところに取りに来てね。一人で来られますよね、来年は一年生になるお姉さんだもの」

その子は、今からでも行きたそうに母親の手を引っ張る。「お兄さんは今帰らはったとこえ、後でお伺いしましょな」。子は納得した。「ほな、遠慮なく後程」

彬は部屋に戻ると障子戸を開け放ち、澱んだ空気を入れ替えた。リュックサックから、母に持たされた食品を取り出した。魚肉ソーセージ、落花生入りの煎餅に芋切り干し、インスタントコーヒーの瓶。重い荷物だったが母の心遣いだ。餅は神社側への手土産になると言っていた。白餅にヨモギ餅、それに芋切り干しを新聞紙に包んでいるとき、廊下を走る音がした。開け放した部屋に娘の顔。着替えて、グレーのスカートに黄色のセーター姿だ。母親は落ち着いた雰囲気の地味な和服姿だ。派手さはなくても表情が明るいせいか、かつて見たことのない雰囲気があった。

ここは京都だもんな、と得心した。包みをどうぞと言って香菜ちゃんに渡すと、オオキニと言いながら持ち抱えようとする。「ひやー、こないに仰山。ウチとこ三人ですよってに」。包みを娘から取り上げようとした。「いえ、餅は白とヨモギが三個ずつ、それに芋切り干しを包みました。お持ちになってください」。彬は箱から白餅とヨモギ餅を取り出し「香菜ちゃん、どっちがヨモギ餅でしょうか」「こっち、白いのはアンモさんや」「京都ではお餅のこと、アンモ言いますのや」「香菜ちゃん当たりです。緑色したのはヨモギというて、春になると原っぱにいっぱいヨモギ菜ゆうのが出てくるの。その葉っぱを茹でてすり潰して、白いアンモに混ぜるとこの餅になるの。ヨモギ菜は香菜ちゃんの菜と同じ。ヨモギ餅はいい香りがするけど、その香りの字も香菜ちゃんの香という字。面白いね、香菜ちゃんの親戚みたいや。このお餅食べていい香りがするかどうか、楽しみやね」。説明にうなずき、オオキニと言い特徴の笑窪を見せた。

「廣岡はんは子どもがお好きなんやな、説明もお上手で香菜の名まで出して……あ、そうやこれウチの主人の名刺です。自己紹介に持ってきました。これからもよろしゅうにお願いします」。名刺には権宮司、小野雅範と印刷され下部に祥子・香菜と手書きされていた。彬は宮司さんの家族数を聞き、後程訪ねますと言い、香菜ちゃんに手を振り見送った。

軟式テニスクラブの新人研修会は四月二十八日、午前十時から始まった。入部したのは十六名、そのなかには二年生が五人いた。指導側はクラブ顧問に主任コーチ、サポート役の先輩が三名。顧問は歓迎の言葉とクラブの歴史を語り本校に戻ってしまった。主任コーチは「坂口です」と名乗り合宿研修会のスケジュール表を配布した。サポート役の先輩たちの自己紹介が終わると、新入部員の自己紹介になった。コーチは「制限時間三分、氏名・出身地に趣味」とボードに大書きした。

ＡＢＣ順で始まった自己紹介は、彬が十二番目。彬の前の蔦利志子が終わり、彼女の着席を見届け立ち上がった。氏名を言い「出身地は岐阜県のほぼ中央部です。昔風にいえば美濃の国です。岐阜は山の国といいますから、さしずめ僕は田舎育ちの山猿です。しかし木登りはダメです。高所恐怖症なんです」。ホールに集まっているほとんどの学生が笑ったので中断させられた。「白状しますと、ラグビー部に憧れていたので最初は、ラグビー部の説明会に行きました。でも三十数名の新人はほとんどが高校からの名門校出身と分かり、気後れしてしまい尻尾を巻いて退散しました。猿でも犬のように相手を見て尻尾を巻きます。テニスでアドバンテージをとり、再起してキャンパス生活を楽しみたいと思います。よろしくご指導ください。趣味は落語を聞くことです」。全員が笑い、なんと拍手をするのもいた。席に座った途端、坂口コーチは拍手しながら言った。「持ち時間三分を十秒残し見事な自己紹介だった。私は四年前から新人研修を任されてきたが、拍手されたのは記憶では廣岡君が初めてじゃないかな。話し方がうまいしウイットもあって、さすが落語好きだと腑に落ちたよ」と評した。「残りはあと四人か、やりにくいだろうが自己紹介を続けて」。渡辺義信という学生が最後となり、自己紹介タイムは終わった。

坂口コーチは「夏に関西学生選抜新人戦があり、出場予定者はこの後、琵琶湖近くの本校施設に移動し、五月五日の昼まで合宿に参加していただきます。小型バスでの移動になります。既に選手候補者には案内していますから、その方は玄関に向かってください」

六名が出ていった。ラグビー部でも経験したが、ここにも名門校出身、高校総体などビッグゲームに出場経験者がいるらしい。経験のないのは二年生の学生五人と一年生が五人だった。

「さて、十名は昼食後トレーニングウエアに着替えてグランドに集合してください。ウエアは、今回はクラブのものを使います」。サポーター役の先輩にサイズを申告し、更衣室に案内された。ラジオ体操に始まり、ストレッチにランニングと身体をほぐした。動く喜びを感じながら午後も過ぎた。ラケットを持ち素振りの練習は退屈だった。パートナーと打ったのは四時過ぎになった。打つもののラリーにならないへぼぶりでお互いが謝ってばかりだ。

彬のパートナーは三重県立津高校出身の野地健一朗君で、身長は彬より十センチぐらい低いが、下半身がしっかりしているせいかボールに力があった。コーチは巡回しながら、彬と野地に「ボールに慣れろ、正確なスイングを覚えろ」と言い基本動作の繰り返しを命じた。彬には何回もスイングさせ「波打ってるぞ、同じ軌道を意識しなさい。まず基本だ、基本が大事だぞ」

夕食を終わり、談話室で野地と話し込んでいるとき坂口コーチがそばに来て「廣岡、少しいいか」と言い向かい側に座った。野地は気を利かしたのか離れていった。「五日の打ち上げのとき新人にスピーチしてもらうのが恒例で、今年は君に頼みたい」と言う。「指名権限は俺にあるから断ってもらっては困る」と笑いながらの強制だった。「君は落語好きらしいが、俺の趣味は音楽だ。軽音楽というヤツだ。話は落語から離れてもいいし、カンニングペーパーもありだ。君の話の組み立てを聞いて、今年はこの子やと決めたんや」「合宿所では参考図書もないから、無理です」「分かってる、君がなぜ落語が好きになったかとか、面白さだとか、噺のサワリだけでもしてくれるともっといいかな。とにかく君に任せるから助けてくれよ」。目を覗き込まれての口説きに、押し問答することから逃げたくなり「サワリのようなものでもいいですか、みんなを白けさせても知らないですよ」「俺が責任とるよ」。どう責任とるというのか、恥をかくのは僕なのに。心のなかで独りごち、やむなく引き受けていた。

夕食後の談話室で野地と語りあうのが、日課となり楽しみな出会いとなった。彼は三重の多気郡宮川出身で俺の村ではホンマに猿があちこちに出没するんだ、君んとこでは猿が悪さするのかと聞かれ、あれは田舎モンを強調するための方便だと言ったら「くわせものやの」とあきれていた。お互いに田舎者ということもあって気兼ねなく話せ、これが縁となり彼とは終生の友となった。

野地健一朗によれば、宮川には日本鹿、猪に熊、猿などが出没し、晩秋から冬季にかけては気が許せないという。川の水は夏冷たく冬は暖かくて湯気が立つと自慢した。ビールやスイカは川で冷やすのや、誰も盗らへん。

彬の里では猪に野兎、蝮（まむし）ぐらいか。野地の実家は林業兼製材業だそうで、地元の大台ヶ原から奈良、和歌山、滋賀の山々に木材調達と下枝払いに動き回るそうだ。大学卒業後は家業の五代目になることを条件に、進学が許されたという。顧客は、三重はもとより関西圏の神社・仏閣専門の建設会社が多く、在学中は神社・仏閣を巡りたいとも言う。

父親からは、四年間遊んでこいと送り出されたという。この点では麻田村の廣岡商店とはレベルが大きく違う。聞いていて嫌味がなく、驕ることもなく淡々としていて、彬より大人だと思った。付き合ってる女性もいて双方の親公認だとの話には驚くと同時に羨ましさも感じた。高校の同級生とのこと。どこまでもオープンだった。

就寝場所は狭い二段ベッドの部屋で、彬も野地も一人で使用できた。多分、琵琶湖に行った連中がここにとどまれば、ベッドは埋まったはず。ベッドにノートを持ち込み、打ち上げ会に何を話すか考えたけれどまとまらない。考えようにも睡魔が勝り、朝までぐっすり寝込んでしまう体たらくだ。不思議に焦りはなかった。

合宿はスケジュール通り進み打ち上げ前日にはダブルスを、パートナーを変えながら行いなんとか様になっていた。審判もすることで、ゲームの作り方を客観視できて、大いに勉強になった。それでも補佐役の先輩とのゲームではボールの勢い、体勢を崩される際どいコーナー攻め、戦略的なドロップショットに翻弄され一度も勝てなかった。

昼食時、坂口コーチに「何もまとまりません。逃げ出したいくらいです。落研を呼んだ方が……」。状況を正直に訴えた。「よそのクラブ呼んでどないするんや。まだ時間はある、簡単に投げ出すな」。てんで受け付けてくれない。

その夜、野地を前にリハーサル的に話してみた。話は原稿に起こしていたからそれを見ながらだけれども、所要時間も測れた。

「廣岡は基本的にしゃべるのが好きなんやな、生徒会長でもやっとったな」。鋭い指摘だけれどそれは中学時代のこと。

それでもなんとか様になりそうで一安心した。彬は、下宿先の方から名刺を頂いたが権宮司とあった。宮司と権宮司、その違いなどを尋ねてみた。美しい母娘の顔を思い浮かべながら……。

「神社にも格があって、明治神宮や伊勢神宮、出雲大社、熱田神宮などでは在職する神官数も桁が違う。廣岡んとこは、駒野神社やろ、神社としては由緒あるとこで宮司がいて副代表に権宮司、代表の補佐役に禰宜(ねぎ)それから一般職の権禰宜などがいてるし、大きな社では見習職も多い。宮司いうても官位があるから平等ではないし、若い女性も結構いる。お寺でも神社でも金回りの良いとこと貧乏なとこもある。駒野はええ方やろな」

さすがに材木の顧客の末端が神社・仏閣だというだけあって、彬の知らない世界を教えてくれた。落語の世界が雑学なら、友と語ることも雑学の引き出しを増やすと知った。

五月五日、練習は組を作りダブルスの対抗戦を行い、最後はローラーを丁寧にかけて終わった。遅めの昼食時、琵琶湖に行っていた強化合宿組が、顧問の永田講師や専任コーチとともに戻ってきた。期間中は天候に恵まれたこともあって、彼らは一様に額から足の太腿、腕など見事に日焼けしていた。午後は、その強化チームによる模範試合が三試合組まれた。彬は途中で、コーチに許可を得て自室に戻った。打ち上げ会に備えるためだ。強化合宿組が戻ってきたことは想定外だだが、彬の腹は失敗してももともと、同じ学生同士やないかと半ば居直っていた。「一時の恥ならかめへんわ」。彬は小学生時代から中学時代まで、学芸会の劇では主役を指名され、いわゆる舞台なれしていた。中学二年から三年の夏までは級長をしていたから話す機会もあったし、国語の代読などさせられたことなど、人前に立って話すことは苦ではなかった。原稿は作るものの、書き上げた時点で頭に残りポケットに入れていれば保険になるだろう。実家が酒類も販売していたことで、酔客の相手をすることもあって、物怖じもしなかった。

午後三時過ぎ全員が食堂に集まり、永田顧問から「合宿と研修会を怪我もなく終えたことに感謝する」と挨拶があり、坂口コーチの総括の挨拶と例年行うスピーチに、無理やり廣岡彬を指名したと話し、開始を宣言した。

席は中央部より左側に設けられ、テーブルは白い敷布で覆われていた。食堂の賄いのおばさんたち四人と施設管理人の男性まで後方に座っている。噺家が来たわけでもないのにと自嘲し腹を括（くく）った。

ボードに「千早振る」と大書（たいしょ）して一礼し椅子に深く掛けた。顧問とコーチの拍手に全員が釣られて拍手してくれた。カンニングペーパーを机に置き一呼吸した。「えー馬鹿々々しい話を一席、ウチの学内には落語研究会通称〈落研〉があります。私は文科より体育系が好きなのでこちらのクラブに入りました。さて、落語の席でいうなら既に噺は始まっています。最初の出だしで慣用句的な挨拶があり〈枕〉といわれるイントロが語られます。噺家はこの枕のところで、客層を推しはかるそうです。今日の客はうるさ型が多いから、中味の濃いのをかけようかなんて決めるそうです。

ある日、八五郎は寺小屋から戻った娘から一枚の紙切れを示され、お父っつあんこの〈千早振る、神代もきかず竜田川、からくれないに水くくるとは〉て、どういう意味？　と聞かれた。口をもぐもぐさせながら読んでみるがサッパリ分からない。顔を赤くさせ本気で困ったね。愛娘の前で恥もかきたくない。今、忙しいからよ、夕方までには考えるからよ、とりあえず飯まで遊んでこい、外に追い出してしまった。かかあに聞いたって分かるはずもねえだろうてんで、町内きっての物知りだと自ら名乗るご隠居に聞くしかあるめい、合点するとすっ飛んで行ったね。ご隠居、てなわけだ。意味を教えてくだされと娘が書いた紙切れを渡す。どれどれ、こりゃ短いね。ワシは長い方がいいんだがねとかなんとか言いながら読む。ウーンと唸(うな)ったが後が続かない。赤ら顔を紫に染めて唸る。ウーン、そうか読めた。そりゃご隠居だったら読めるだろよ。そんなに難しい字は書いてねえ。八五郎よく聞けよ。浅草寺の裏手をゆくと吉原てえ、男の楽しむ岡場所があるだろ、そこに当代きっての花魁(おいらん)で千早太夫がいたころの話だ。店に竜田川という相撲取りが上がって千早太夫を呼べと言ったね。ところがだ、太夫はワチキ嫌でありんすとあっさりと振ってしまった。竜田川は怒ったね、このままでは帰れねいと神代という芸者を呼んだが、太夫が嫌だというのに受けられません、とこちらもつれない返事だ。竜田川は恥を知る天下の相撲取りだ、このままでは土俵にも上がれやしねえ、と髷を切り落としてあっさり故郷に帰ってしまったという。故郷に戻った竜田川は家業の豆腐屋になっちまった。

『へぇー、短い文にこんな物語が隠れているのか、これじゃアッシに分かるわけねぇわな』

『まぁ、黙って聞きなさい、筋がまとまってきたとこだ』。豆腐屋になって三年が流れたとよ。ある日の午後、店先に女が立った。もうしお豆腐屋さん、アタイにこちらのオカラを恵んでクンナマシ。田舎に花魁言葉、よく見るとなんと身をやつしてはいるが忘れもしないあの千早太夫のなれの果て。おのれ、手前は俺に恥をかかせ土俵から引きずりおろした憎っくき女、手前にやるぐらいならこうしてくれるわ、とオカラを道に投げ捨て、足で蹴散らかし奥に引っ込んじまった。店先の女乞食は、嘆き哀しみ傍らの井戸に身を投じて死んでしまったという。こりゃ、因果応報の話だね。千早がふり神代にもふられた竜田川。一方、年を経て花魁はすっかり身を崩し、オカラさえ買えない身になり、あまりの情けなさに水にくくる、つまり入水してしまったという悲劇だ。『こりゃ、すごいわ、忘れねぇうちに娘に聞かせねば……』と八五郎。礼を言うのもはしょって飛び出す。おいおーい、誰にも話してはならんぞと呼びかけるがその声はもう届かない。お後がよろしいようで……」

「以上が落語の『千早振る』の一席です。百人一首というカルタ遊びがありますね。在原業平の歌だそうですが、同じ百人一首から落語の題材になっているのが他にもあります。『崇徳院』という題名でこちらは作者名が噺の題になっています。〈瀬を速み岩にせかるる滝川のわれても末に逢わんとぞ思う〉という歌で、若い男女の熱情が聞かせ処でしょうか。私的には、千早振るは柳家小さん、崇徳院は桂米朝のが好きです。落語好きになったのは、田舎ですから民放よりＮＨＫがはっきり聞こえたのが大きな理由です。親父が浪曲、その次に放送されるのが落語という番組でした。つたない話にオカラを投げられることもなく、ご静聴いただきありがとうございました」

立ち上がって頭を下げた。一番後ろの賄いのおばさんたちが大きな拍手をしたかと思うと、コーチも満面に笑みを浮かべ拍手、結局全員が手を打っていた。コーチは「いやあー、さすがだわ、無理を言って済まないなと気になったが、無理言うてよかった、最後のオカラが廣岡のアドリブだな。いやー、ありがとう」と労(ねぎら)ってくれた。

「新人戦が月末から始まる。日程は決まり次第クラブ室に掲示するから確認してくれ、このコートも会場になるから、応援の方もよろしくな」。コーチの言葉と締めの挨拶で全員が礼を言い散会した。部屋で荷物をまとめ、野地と連れ立って外に出た。

野地の下宿先は北野天満宮近くというから、聖護院とは東西の真逆になる。喫茶店に寄ろうとなって歩きだした。「廣岡さーん」。声が後方でした。文学部の兼村貴美子、佐伯紀和、蔦利志子の三人だった。二人が五人となり、岩倉橋と刻まれた小橋のそばのこぢんまりとした喫茶店に入った。先客は二人の老人だけで、カウンター席で店主と話し込んでいた。五人はテーブル席に座った。「蔦さんは高槻で兼村さんは山科やったか、佐伯さんは京橋いうたな」「廣岡さんは記憶力ええな、一発で覚えてはる。さすがやわ。落語かて原稿なしであんだけしゃべれるんやもんな」。背の高い兼村が言う。

「ホンマ、ホンマ。ご自分の出番があるのに人の言うことしっかり聞いてるなんて……声も変えて、ウチ尊敬してしもうた」「持ち上げたかって、喫茶店代払わへんで」「あれでも廣岡は、どうしようかて悩んでいたんやで、コーチにいびられてるかもしれへんいうてな。でも、坂口さんは廣岡に張り付いてしっかり教えていたで。個人レッスンや」「廣岡さんは童顔やし、話上手やしな」。彬は茶化された思いで兼村をにらみ「もうええ、僕から離れてくれ。野地は卓球と釣りが好きらしいな、釣りは海か」「津は伊勢志摩に近いが、俺のは渓流専門。イワナ・ヤマメにアマゴ、夏は囮（おとり）を使って鮎や。ウナギも釣るし鯉もな」「コイはオカで釣るもんと違うの」「鯉は仕掛け釣りや。あっ、そうか、廣岡はさすが噺家や」「なんや、私もいま気づいた。洒落たのか」。兼村が笑いながら言った。

「ウチの父も奈良や和歌山の川に行かはるけど、川は難しいとか言うてやった」「山科だと奈良は近いもんな」と野地。「佐伯さんはジャズが趣味て言ったでしょ」「ホンマ記憶力抜群やな、怒らんといてな。ウチはモダンジャズ。ウチの兄がオーディオマニアでアンプはどこ、プレーヤーはどこいうて。盤かて触らしてくれへん、油がつくいうて。マイルスの乾いた音に痺れてる。『死刑台のエレベーター』のバックは泣けるよ」。ここにもジャズ好きがいた。彬はいろんな交遊が大事だと納得した。他愛のない話ばかりで小一時間は瞬く間に過ぎ、店を出てお互いのバス路線の停留場に向かうため別れた。

生活のリズムも落ち着き、授業もいつが空いた時間になるのか分かってきた。五月の末京都学生相談所に行った。アルバイトを探すためだ。求人票から短期のバイト先を探した。時代劇のエキストラ、キャバレーや飲み屋、レストランの店員に運送会社の助手など、広告会社の外交いうのもある。さまざまあったが、彬には敬遠する職種だった。そのなかに高島屋京都店の酒売り場の求人票に目を止めた。実家で酒やビール運びをやっていたから、そうした類いの仕事だろうと想像した。バインダーから票を外し、窓口に学生証を添えて出した。女性が「こちらは急募だから今日中に行けますか」と聞く。「分かりました」と答え相談所の紹介状を発行してもらった。そのままバスに乗って四条河原町の高島屋に向かった。地下に下り、食品売り場で新海主任を訪ねた。新海さんは太った人で優しい目をしていた。紹介状を差し出すと、ついてきてと言い、店舗の裏にある狭い事務所に案内する。新海さんは、地下一階の木下係長だと紹介した。彼は紹介状を受け取ると「今までのバイトさんが風邪をこじらせ休んでしまったんや。五月と六月は土日のみ、七月は十日から九月十日までほぼ毎日やけど来れますか」と聞かれた。「ハイ、大丈夫です、お願いします」と頭を下げた。「よっしゃ、仕事内容などは主任さんに聞いて」。紹介状を机の引き出しに入れると、忙しそうに出ていってしまった。主任はロッカーからアイロンのかかった白い上っ張りを彬に渡し「ロッカーはここを使って。仕事は、接客はしなくていい、お客様の購入された商品を駐車場まで運んだり、タクシー乗り場やバス停まで運ぶ手伝い、それに店舗の西北にある配送所まで運ぶのも仕事や、そんなにきつくはないけど、肉体労働だ」と言った。「君は身体も大きいからなんということもないやろ」「分かりました。実家もお酒を売ってますから、仕事は慣れています」「そうか、なら大丈夫やな。分からんことあったら、ワシか売り場の冨永さんに聞いて。とりあえず、今週の土曜日からやな。売り場には九時四十分までに入って。朝礼があるさかい」

アルバイトは決まったが、テニスクラブへの顔だしと練習はままならなかった。貧乏学生にはクラブ活動はしょせん無理だと悟った。ラグビーなら退部させられるわと思い至り、なぜか心のわだかまりが吹っ飛んだ。バイトは忙しい日もあれば、手持ち無沙汰でどうしようもない日もあった。思わぬ余禄をもらうこともある。奥様然とした和服姿の婦人に付き添い、タクシー乗り場に日本酒の入った手提げ袋を二袋持ち従ったときだ。「学生はんどすか、どこぇ」と尋ねられ京都A大ですと言うと「へぇ、A大の子でもアルバイトしやはるんやな」と言ってこれチップやと五百円札を渡された。金額に驚いた、アルバイトの時給と同じなのだ。戻って売り場の冨永さかえさんにチップ頂きましたと報告したら、自分のもろたものや、報告せんでもええわ、頂いた時にオオキニ言うたらええんやで、と言った。「廣岡君はきれいな顔してるから、お年を召した奥様にもてるタイプやろな、色気抜きでな」とからかわれた。

九月も秋分の日が過ぎるとさすがに蒸し風呂にいるような京都の夏も、早朝や陽が落ちた夕は、渡る風に季節が移っていることを知る。御所のイチョウの葉もところどころに黄色が混じってきた、いつものようにキャンパスに向かって御所を歩いていたときだ。前を歩く五人組の女子大生らしき集団にぼんやりと目を移し驚いた。髪型といい背の高さ、歩き方が石原先生にそっくりなのだ。デジャヴ感を覚えた。そんなことないよな、否定しつつも確かめたくなり足を早めて追いつく。彼女たちは何が面白いのか一様に笑顔だった。あの人に化けた女性は、メガネを光らせ彬の目を意識したのか、キッとなって睨んできた。胸騒ぎは空振りだった。おかしくて笑ってしまった。

下宿先に戻ったとき、ハガキを取り出して今日の顛末を記し投函した。

石原響子様
前略　先生お久しぶりです。廣岡彬です。A大商学部の一年生です。今日のお昼前、御所を通り抜けているとき先生にお会いしました。そんなはずないのに……
そんなはずはありませんでした。メガネをかけた丸顔の女性に睨まれてしまいました。これからの四年半、京都で頑張ります。　早々

一人よがりの文面にも返事がきた。封筒の左下に一輪の赤いバラが手書きされ、密かにバラの香りがした。

彬様
大学生になったこと、しかもA大生とのこと、何も知りませんでした。まず、おめでとうございます。大学は岐阜か名古屋のどこかだろう、と思っていました。とてもお会いしたいです。
私は十月五日、六日と有馬の自治研修センターという施設で二日間の勉強会があり、土曜日の三時に日程は終了します。その後、打ち上げ会がありますがそこを理由つけ

てパスすれば、あなたに会えます。私はお祝い会をしたいのですが、承知してくれますか。

待ち合わせ場所は、河原町御池の京都御池ホテルの一階のロビー、時間は四時半。少し待たせるかもしれませんが、走っていきます。ＯＫなら返事は要りません。都合が悪ければ自宅に電話ください。

夜、八時以降ならば帰宅しています。会えるの、楽しみにしていますから必ず都合つけてね。風邪など引かないようにね。

きっと会えますように。

響子

彬は頬を紅潮させ、先生に再会できることを喜んだ。拳を握って振っていた。

酒売り場の新海主任に、十月六日土曜日は四時に上がらしてください、とお願いしたら「あ、いいよ。君は前いた子より真面目に皆勤してるから、たまには仲間と騒ぎたいやろ」

約束の四時半、京都御池ホテルの回転ドアに身を滑り込ませた。左側のロビーに視線を送ると胸のあたりで手を振る姿が見えた。「先生」。声にならない声を飲み込み小走りに寄っていった。「彬さん、こんにちは。お元気そうね。三年振りよ、逞しくなったわね。背もますますね、どのぐらい？」「七十三です」「すごいなー、八十超したら家のなかで梁にぶつけるわ。さて……と。食事は中華料理にしたけどいいかしら。予約は五時半にしたから、ゆっくり歩けば時間になるわね」。先生からはほのかな甘い香りがした。中学時代に憧れた香りがどんなものだったか忘れていた。今の香りは爽やかで気分が穏やかになる感じだ。

「鴨川沿いを歩きましょう、お店は四条大橋の西〈西華菜館〉ていう老舗なの。戦前からある店と聞いたわ。京都が戦火を免れた証拠ね。お天気も悪くないし、お話しながらブラブラと歩きましょ」。先生の言葉は、中学時代と明らかに変わっていた。トーンが低くアクセントは関西だった。近江も大津も都に近いから京都弁なんだ。麻田時代は、意識して標準語だったのかもしれない。三条大橋から川岸に下り、彬は先生の少し後ろを歩いた。「ご家族の皆さんにお変わりなくて」「はい、全員元気です」「大学に進んだ子は？　牧原君は休学したと聞いたけど」「牧原は諏訪湖畔の療養所に入り、二年遅れで中濃高校に復学しました。短期大学をめざしているそうです。級長だった嶋崎さんは県庁に入り、長尾は警視庁で今は東京目×警察だそうです。西野は専門学校で確か建築関係ですよ」「みんな真面目な子だもんね。あなたの下宿先の駒野神社て、どうゆうところ？」「神社の一画にある建物で、以前は神官の宿舎だったそうです。神官たちは吉田山近くに移り、空いた部屋に大学生が三人下宿しています」「共同生活なのね、いいなぁ。私も寮でもいいから近江から離れたかったわ。父が頑固で許してくれへんかった。麻田中学校のときも許してもらうまでが大変やったの。今に至るまで伝書鳩なのよ。

だから麻田村の三年間は忘れられないな、充実してたし。とにかく忙しかった」

鴨川のせせらぎを聞きながらゆっくりと歩いた。「座りましょうか」。二人は切り株に似せたコンクリート製の台座に腰かけた。川には嘴の長い鳥が一羽、足をゆっくり上げながら進み、時折何かを啄んでいる。小魚でも泳いでいるのだろう。

「あれは鴫というのよ、近江八幡の水辺でもよく見かけるわ」。対岸には洗濯干し場のようなテラスがある。彬の視線に気づいて「簀の子張りいうて、夏になると提灯が掛けられて桟敷になるの。川床いうて夕涼みしながらお食事を頂く趣向なの。川床は京都の夏の風物詩ね。あの下に鴨川と違う水路があるのよ、その上の桟敷だから川床ていうの。京都はそれはそれは暑い街だものね」

予約した西華菜館には時間通りに入った。大理石の床に歴史を感じる。白いレースで縁取った帽子を被った女性が席に案内した。別の女性が手拭きとお茶を運び、黒のスーツを着た男性がメニュー帳を四冊置く。流れるような手順を彬は興味深く見ていた。

先生は彬にメニュー帳を渡し、自身も広げた。「何を頂きましょう、食べたいものがあれば言ってね」「先生にお任せします。僕、本格的な中華料理なんて食べたことありません」「彬さん、先生というのはやめましょう。私が料理を決める間に呼び方を考えて」

「ウーン、何を頂きましょうか、このお店はオーソドックスな北京料理だから、辛い料理はないの。私が卒業した当時、教授との謝恩会をここでやったわ。だから懐かしくて予約したの。先ずエビ料理に青椒肉絲、芙蓉蟹と八宝菜。あなたはたくさん食べられそうだから、上海焼きそばも頼みましょうか。デザートには杏仁豆腐を頂きましょうね。白いご飯もつけてもらうわ」

先生は後方に控えていた男性を呼び、メニュー帳を指差しながら注文していた。麻田中時代に比べたら、ふっくらとした顔だった。「何よ、何しげしげと見てるの。年とったなって、思ってるんでしょう、しばくぇ」「僕のなかにいる先生のお顔を修正してるんです。顎のあたりがふっくらして魅力的です」「まあ、うまいこと言って。さすがは読書好きね、表現が面白いわ。私への呼びかけは？」「僕にとって先生はどこまでも先生です。堪忍してください」「忘れないうちに……入学おめでとう。奇しくも私の後輩になったんだもの、縁を感じるな。私には廣岡君が生徒だったというイメージはないのよ。これは私からのお祝い、開けなくてもいいわ」

料理はどれも美味しかった。エビチリなどアンが絶妙に絡み酢の風味が食欲を増す。エビが口のなかでプリプリとはじけ身の甘さがたまらない。料理は全て香辛料が違う感じで、先生に伝えた。お茶も最初に飲んだものと食事中とは味が違った。「面白いこと言うのね、鋭いというか。あなたは家で料理作っていたものね。味わい方も専門的で学生の言う感想ではないわ」。小皿に分ける料理は、先生よりあきらかに多い。優しい眼差しで彬を見る笑顔は、姉のように優しい。

先生は薄いブラウスに紺系のスーツを着て、襟元には濃紺のリボンが結ばれていた。髪はフワッとした膨らみがあり、唇は薄い赤が目立たないぐらいに引かれている。先生と食事ができる幸せを、中学時代の仲間に誇りたくなる。ご飯まで手が伸びないぐらいにお腹はいっぱいだった。

石原は可愛いと思っている彬が一心に箸を使い、一品ごとに興味を示す姿にたまらない愛しさを感じていた。中学時代は細めだったのが、肩幅が広くなり、胸周りや腕が筋肉質であることを示していた。麻田を去る前日のことを思い出す。あの唇、すべすべした頬、この場で、両手で顔を挟み口づけたい。

「もう食べられません」。彬に微笑みで応え、店を出た。七時を少し過ぎたところで、河原町の雑踏のなか腕を組み歩く。お酒も飲んでいないのに、頬が火照りわずかな風を受けて気持ちがいい。

「夏休みは高嶌屋でアルバイトして、実家には帰りませんでした」「あらやだ、若い女性がいっぱいいるでしょ、デパートは。あなたが攫(さら)われそう」「本当、女性社会ですね、僕は臆病だから近づきません」「向こうが近づくわ。スポーツマンだし、格好いいし。焼けちゃうな。アッ君、ホテルに来てね」

ドキッとした。先生と二人になれる。十五のとき思い描いたことが……

部屋はホテルの五階に予約されていた。先生は窓際に行き、カーテンを大きく開けた。彬も窓に近寄る。暮れた夜空の東に大きな星が四個ほど見えた。先生は彬の腕を取り、引きよせた。見上げてキスしてと囁く。軽く口づけした。先生は顔を胸に埋め「アッ君が大好きなの、お店でもキスしたいと思ったのよ。いけないわね、どうしようもない」。手をつなぎ窓からうすぼんやり見える稜線を見て「あの山なみが東山連峰といわれ南から北へ連なるの。頂が比叡山。山から目線を下げて……左手に赤い鳥居が浮かんでいるでしょ。平安神宮よ、もうすぐ時代祭の行列が通るわ。周りの黒く鬱蒼としてるとこは岡崎の杜」。先生の手が彬の腰に回り、身体が密着した。彬も倣って先生の腰に手をあてがう。「アッ君の下宿もすぐ近くよね」。しばらく飽かずに見ていた。「また会えるとはハガキを頂くまでは思いもしなかった。読んだら今度は無性に会いたくなって。嬉しかったわ、ああ会う口実ができたって」。先生は彬の正面に立ち目を閉じていた。三年前の記憶が鮮やかに甦る。キスして舌を絡ませた。下半身が反応する。舌を絡ませながら先生の手が彬の硬直したものを優しく撫でる。「先生」「アッ君、ここに泊まれる？」「宮司さんに電話して外泊を言えば……」「嬉しいぃ。ロビーに下りて公衆電話が五台ほど並んでいるコーナーがあるの。今から連絡してきて。私バスにお湯を張っておくわ」

響子は端から彬を泊めるつもりでダブルを予約していた。帰るならそれでもいいと覚悟もしていた。しっかりしている彬を確認したことで、罪の意識は遠ざかっていた。

宮司の奥さんが電話口に出た。「廣岡彬です。すみません、今晩は友達の下宿に泊まります」。野地の下宿をイメージしながら許可を得るためのウソをつく。

「アッ君、バスルームに浴用タオル、身体を拭くバスタオル、洗顔用品に風呂上がりに着るバスローブというものもあるわ、それ着たらいいわ」。彬は浴槽の使い方がよく分からなくて、タオルで体をこすり、歯磨きしてドアを開いた。なんと外に先生が立っていた。彬の顎から頬を指でなぞり、脂が取れたわねと笑った。交代に先生が浴室に消えた。

大きな窓はカーテンが引かれ部屋のメインのランプも消えていた。スタンド式のランプシェードからもれる灯りだけだ。ベッドに腰掛けてテレビをつけた。ニュースの時間らしく、選挙運動が終わり投票日は明日だとか、国鉄運賃の値上げに大学授業料の値上げ、大卒者の初任給が伸びない状況下、有権者の判断はどうかなどと淡々とアナウンスしている。彬に投票権はない。アナウンサーは明日も晴天で爽やかな一日でしょうと言った。

先生は大きなバスローブを身体全体に巻き付け現れた。心臓がドキドキして見てはいけないものを目にしたようで思わず、瞼を閉じた。フーッと荒い呼吸をして、気取られぬように立ち上がり窓の方向を向いた。

「アッ君、こちらに来て」と言い枕を叩く。

「首周りや腕が日焼けして面白いコントラスト。骨太なのね、逞しいわ。ラグビーで鍛えていた成果なのね。私はアッ君の唇も大好き、薄くもなくて。相変わらずニキビが少ない顔、きれいな顔よ、清潔感は一番大事だからね」。先生にはテニス部だとは伝えていない。彬の身体は高校時代の二年間の遺産である。

先生の手がバスローブの帯を解き、胸から下腹部へとさするように下がる。既にはち切れんばかりに硬くなっている竿を無造作に握った。先生はフフフッと小さく笑い「アッ君、大好きよ。私と一緒になるのよ」。彬の手を取って自らの股間に誘う。そこは沼地だった。「アッ君のが大きく硬くなるように、私のところはこうなるの。強くしないでね、触っていいわ、ゆっくりね」。沼地は液体であふれるようだった。「気持ちいいわ、アッ君好きよ」。先生の身体が動く。バスローブを脱ぎ去ると、彬の上に跨った。丸い乳房が目の上にあった。「アッ君の大きいな、気持ちいい」。と小声でつぶやき腰を動かす、彬は揺れる乳房に両手で触ってゆっくり撫でまわした。乳首は乳房のなかに隠れている。先生の動きが早くなり、呼吸が乱れ格闘技をしているようだと思った。「アッ君、どうかなりそう、どうして……こうなるの」。呼吸音が刺激して彬にも高まりが一気に押し寄せた。「先生、爆発しそう」「私も、私もよ。もっともっと強く」。乳房を揺らし動きが早くなる。二人とも同じように額が濡れて光っていた。胸の上に倒れ込んだ先生は、彬の唇を吸いながら「痛くなかった?」と囁く。「あっ、アッ君のが動いた、ピクピクって動いている」。先生が上にいても重いとは感じなくて、しばらく抱きしめていた。とうとうこうなってしまった。中学を卒業したあの頃、毎日のように、先生を思いオナニーに耽った記憶が脳裡をかすめた。いまその人が裸で僕の上にいる。力を込めて抱きしめた。「アッ君、苦しい」

　二人は手をつなぎ、足を絡めて眠った。カーテン越しに白々として明け始めたことが分かる。彬が動いたことで先生の瞼がピクピクとなり、薄目がちに彬を見てニッコリと笑った。「何時ごろかしら」「四時前でした」「アッ君はずーっと起きてたの」「ぐっすりと寝ました。目が覚めたのは少し前です」。彬は乳房に手をやり、裸を確認すると覆い被さるようになって乳房を吸った。隠れていた小さな乳首が口のなかに来た。乳首の周りの色づいた円に唇を這わせ、乳首を吸う。「いやだ、くすぐったい。感じてきたわ、アッ君て初心者なのにすごいテクニシャンみたい」。手を股間におろし、先生の沼地を弄る。敏感だという僅かな突起を指先がなぞる。「いやっ、アッ君……来て」。先生はいきり立つ彬を握ると自ら壺に導き入れた。「動いて……ああ気持ちいいわ、夕べの残りが……ああっ」。吐く呼吸音が大きくなり、アッ君もっと動いて」。運動を速め彬も爆発した。先生は苦し気に首を左右に振り「このままよ、下りては駄目よ」。彬のモノが、ヒクヒクと蠢くのが意識できた。抱き合ったままの時間が流れた。「まだ、気持ちいいの、立ち上がることもできない、フワフワと空間を漂う感じ。私たちのアナザーワールド」「先生、気になること聞いてもいいですか」「なに？　現実に引き戻す気ね」「赤ちゃんできないですか」「できたらいいわね、嘘よ、お友達にピルいうお薬頂いたの。手持ちのがあるからって。高校時代からのお友達で二人のお子さんもいる大の親友なの。避妊薬が欲しいって言うたら何も聞かないで持ってきてくれたわ」

午前七時を確認して、二人はシャワールームに飛び込みお互いに身体を洗い触れるうちに、大きくなった彬のモノは大きく屹立してしまった。「いけない子」といいながらそれを口に含む。違った感覚にしびれ、たちまち登りつめてしまった。「気にしなくていいの」。謝る彬に先生はくぐもった声で言った。

その後、二階のティールームで朝食を取り先生を京都駅に送った。「アッ君、楽しい思い出ありがとう。私たちはここでお別れよ、賢いあなたなら意味すること分かってくれるよね、思い出になるの。アッ君はこれからよ。若い人たちとの青春を楽しんで、ガールフレンドもできるといいわね」

先生は涙目になって声を絞り出すように言うと、一度も振り返ることなくホームに向かって階段を上がっていった。

唐突な別れに彬は立ちつくし言葉も出てこない。

石原は来春、結婚が決まっていた。仕事場を通じて知り合った男性で、奈良市内の公立高校で物理を教えていた。

第二章　初燕

その年の暮れ、彬は高嶌屋京都店の地下でバイトに励んだ。酒類コーナーは働きやすい職場だった。アテが外れたのは夏のようにチップという余禄にあずかれないことだ。不景気の風が巷に吹いていているせいだと理解した。それでもクリスマスソングがけたたましく、ときにはムードたっぷりに流れた。彬が有休(アリキュウ)（店内隠語で食事休憩のこと）から戻ったときだ。和服姿の女性が冨永さんと話しているのが見えた。薄茶の地に黄色と黒、それにオレンジの縦縞の道行きコートを羽織った女性だった。売り場に戻った彬を目にした冨永さんが「廣岡君、お仕事よ」と呼ぶ。女性も釣られてこちらを見た。「あらぁ、廣岡ハンやないの」。驚く目と声。女性客は駒野神社の小野祥子さんだった。春以来の久しぶりの出会いだ。冨永さんは不思議そうな顔を二人に向けながら指示を出した。「お客様のお品をタクシー乗り場までお持ちして」「分かりました」。彬は包装された大型の紙袋を胸に抱え、小野さんに従った。「いつからバイトしてはるの」「十二月十日からです。今日は香菜ちゃんとご一緒じゃないのですね」「ええ、香菜は母のところに預けてきましたの、年末のご挨拶に伺うとこですから」「廣岡ハン、お茶飲む時間おありですか」「はい、売り場にいうたらなんとか」「ほな、あそこの京極の入り口の角、パーラーの看板見えますやろ、お二階がパーラーですねん、そこでお待ちしますわ。その荷物ウチが持ちます」「いえ、僕がお持ちします」

送ったはずの彬の戻りを見て「どないしたん」。冨永さんは驚き顔で聞いた。事情を話すと「へぇ、下宿してるとこの奥様かいな。うちとこの大事なお客様や、お品は全て外商回しのお客様や。かまへん、気にせんで行ってきおし、主任にはうちから言うとくさかい」

喫茶ルームは、暮れらしく華やいだ中年のご婦人方の嬌声に満ちていた。ほぼ満席だ。ここには不況風は吹いていないのやな、彬はつまらないことを思いながら、目を店内に泳がせた。小野さんは奥の窓際にいた。コートを脱ぎ隣の椅子席に畳んで置いて、窓の外を覗くように見ていた。「お待たせしました」。声を掛けると「早っ！」との声。「こちらが丁度空いたとこやったわ」。着物は白地に梅と桜が染められ、花びらに刺繍が施されていて浮き上がっているように見える。帯は派手ではないが西陣だろうか、どっしりした感じ。暮れの挨拶回りだというからいつもより選んだ着物かもしれない。春よりも若奥様といった雰囲気を漂わせていた。京の着倒れというのだろうか、はんなりというのだろうか。「廣岡ハンは礼儀正しいお人やねんな」。京の笑窪を両頰に浮かべ真向かいの席を手で示す。「いつぞやはありがとうさんでした、草餅美味しおしたえ。香菜はあれ以来、廣岡はんのこと、ヨモギのお兄ちゃんて言うてます。ちっとも会えへんて。廣岡はんの白衣姿を見てびっくりポンや、ようお似合いや。糊が効いた白衣はアルバイトしてますて、全身で言うてるみたい」。からかわれているようで恥ずかしい。彬の顔が上気しているのが分かる。「コーヒー頂きましょうか」。小野さんは近づいたウエイトレスに注文しながら「ケーキでもとりまひょか」と顔を向ける。「僕、さっきお昼食べたとこです、小野さんどうぞ」。ほどなくコーヒーカップがテーブルに置かれた。「クラブ活動はおへんの？」「トップクラスは練習漬けです。僕は素人集団のそのまた下、エキストラみたいなもんですから、さぼってます」。ホッホッホ、掌を口元にかざして笑う。笑窪はこの人のチャームポイント、一児のお母さんにはとても見えない。「学生はんはええな、お休みが仰山あって。ウチも昔はあったはずやのに、何してたか思い出されへん」「奥様はどちらでしたか」「ウチも京都A女子大行きたかったんやけど。父がK女子大でええ、言うて許してくれへんかった。幼稚園からずっと同じ校章やったわ。廣岡ハンは岐阜どしたな、岐阜ってどんなとこえ、イメージでけへん」「地味な県ですからね、かの信長が名付けたらしいですけどね、長良川の鵜飼とか祇園祭やなくて高山祭に曳きだされる山車のからくり細工や日本三大名泉といわれる下呂温泉」「鵜飼は父が見物したて言うてやった、そや、水うちわいうのん持ってきやはったな。おもしろうてやがて悲しき……」「鵜舟かな。芭蕉ですね」「そやそや。廣岡ハンは卒業しやはったら、お家継がはるの？」「下の妹が継ぐでしょう、僕の下に妹が二人いますから」「お三人か、よろしおすな。映画はお好きどすか」「大好きです、アクションもの、西部劇にフランスのヌーベルバーグもの」「ほな、今度チケット回してあげますわ、父が東邦会館の株主ですねん、優待券が手に入ったらやけど、届けます。歳末のお忙しい時期に引き留めていたら叱られますな、ウチも用をたさんと」「ご馳走になります」。立ち上がったとき、着物から馥郁(ふくいく)とした香りが漂った。控えめでこれもハンなり、というのだろうか。匂いは席の近くにも届いたのか、周囲のご婦人方が一様に小野さんを見ていた。たたずまいの気品をご婦人方も感じ取っているのだろう。彬はタクシーが走り去るまで見送ってから売り場に戻った。新海主任が「あの奥様は、わしがこの売り場に配属されたときから見知って、以来接客するのが嬉して憧れのお人やねん。ふっくらして綺麗な人やろ。係長に聞いたんやけど、学生時代にはモデルになってほしいて女性誌から誘われたらしいで。わしも一度でいいからお茶誘ってくれへんやろか」「主任は痩せなあかんし、それが先違うか」。冨永さんからきつい一発をかまされていた。

小野祥子さんは、五条東宮神社のお嬢さんで、父親は神社の宮司が長いという。冨永さんに、外商回してどういうことですかと尋ねると「店内のどの売り場でもツケで買いものができて配達もしてもらえるお店の上得意様なんや。上限のあるお客様、無制限のお客様とかあるらしいえ」と教えてくれた。

成人の祝日も終わり正月気分は薄らいだ。さんさ（店内隠語でお手洗いにいくこと）から戻った彬に、派遣店員の藤掛さんから封書を渡されお尻を叩かれた。小野祥子さん親子がワインを買われたときにこれを預かったとのこと。わずか十分前のことだという。封書は駒野神社専用の物らしく、裏面に印刷されていた。午後になって、有休タイムの食堂で封書を開いた。なかには京都スカラ座のチケットが一枚とメモ書きが入っていた。チキンの唐揚げ定食を食べながらメモを広げた。その時二人の女性が彬の前に来て、おめでとさんと声を掛けて座った。「ラブレターどすか」。年配の女性が笑いながら言う。「そうです」「ひやーっ、正直な学生ハンや、照れてもいいひん」。胸元を見ると〈西〉とある。もう一人は〈土田〉のネーム札。若い方の土田さんが「おうち、様子がいいよってに手紙も来るわな」。二人に構わずメモの数行を読んだ。「本年もよろしくお願いします。今月の最終週の土曜日からイタリア映画で『今のままでいて』が封切りになります。廣岡ハンのよろしいときにご一緒してください。ボディガードとして。祥子」とあった。電話番号が書かれ、午後三時ごろにTEL乞うとも記されていた。読み終えてメモをポケットに入れ封筒は丸めた。ゴミ箱に捨てるつもりだった。

「若い人はええな、廣岡ハンの嬉しそうな顔見て食事するのも楽しいわ」。年配の西さんが彬をかまう。無視してお先にと声を掛け屋上に上がった。日差しが弱くても風がないから日光浴ができる。奥さんとはいえ、美しい人と映画に行ける機会に心はいつになく華やいでいた。三時過ぎ、一階の公衆電話コーナーから小野さん宅に電話した。

「廣岡ハンはいつがええの」「僕は水曜日やったら店の定休日ですし、講義も三時半には終わります」「ほな、スカラ座の切符売り場あたりで会いましょうか。四時からのに、間に合わせてな。お店に買い物に立ち寄ったんやけど、香菜が残念そうやったぇ、会えへんなあ言うて」「ごめんなさい」「香菜も芸大の学生はんにピアノ習うてはるから結構忙ししてるぇ。廣岡ハン、映画のこと下宿の学生はんや他の人には内緒にしてな、誰にも言うたらあかんぇ」

小野祥子は旧姓を幅といい、父親の幅裕之は五条橋東にある五条東宮神社の宮司である。神社の歴史は古く、祭神は宮家に繋がるらしい。武家が武運長久を祈願した社として、昭和の大戦時までは大いに栄えたそうだ。

裕之は関東国学院大学を卒業し、禰宜から権禰宜を経て五条東宮で宮司となった。祖父は大阪谷町筋にあった浪速東宮神社の宮司で、氏子総代が証券会社の経営者だったことから株式投資を覚え、電気や鉄道など国策会社の株を買い足して、財をなした。それが裕之にも影響して、彼は兵器産業のA精機工業、造船株などを買い朝鮮動乱の勃発で株価が急騰、親子で大儲けしたラッキー宮司だった。

裕之は資産を不動産につぎ込み、今では四条大宮の西に土地を求め、三階建てのアパートを建てている。経営者でもあり実業家の顔も持っていた。祥子が学んだK学園の理事にも就いている。性格的にアクは強くないが、男の病気というのか生活費まで面倒をみる女性が二人いた。

祥子に正確には伝わっていないが母が一時、大痩せしたことで薄ぼんやりとだが二人の仲が険悪になったことを知っていた。

　祥子はサチコと読み中学まではサチコあるいはさっちゃんと呼ばれたが、高校に入った初日に、若い担任がハバショウコと読んだことから、クラスでショウコが独り歩きして、ニックネームがショコたんとなり定着してしまった。祥子自身も新しいニックネームを気に入っていた。祥子には姉と兄がいて三人姉兄の末っ子である。姉の尚枝は夫の常川敏雄がサンフランシスコの法律事務所に在籍しサンフランシスコの郊外に住んでいる。グリーンカードを持っていた。

　三歳上の兄、雄太郎は伊勢皇學館大学を卒業し、講師から助教授になったばかりだ。本人はいずれ神職として、神宮に移りたいと言っている。裕之の祥子への偏愛は尋常ではなく、特に祥子にトラブルがあってから、気の使いように拍車がかかった。祥子には気の重いことだったが……

　祥子の性格は、積極性があって新しいことにも挑戦する勇気を持ち、何よりも周りを明るくした。高校時代はバレーボール部員として活躍し、大学ではバトミントンを楽しんだスポーツウーマンでもある。お転婆ではなく、常識もあり誰にも好かれる気性穏やかな女性だ。

　高校三年になったばかりの春のことだった。神社恒例の大祭が執り行われ、取材に訪れた、大阪の新聞社のカメラマンが祥子を前面にして、華やかな祭礼風景を撮った。その記事が夕刊に掲載され、三日後には東京の着物専門誌の編集長が幅家を訪れ、表紙の専属モデルになってほしいと丁寧な挨拶をした。裕之は即座に「娘はそんな世界には金輪際出さない」とけんもほろろに断っていた。母の康子も賛成し、祥子も自由に生きたいし、派手な社会はウチに合わへん、と納得していた。

K女子大の四年の夏休み、友人たちと東京に旅行した帰路、新幹線の車中で京都大学医学部付属病院の助手だった男と知り合い、たちまち恋に落ちた。それと知った裕之は件（くだん）の男を家に連れてくるように言い、面接よろしく言葉を交わして交際を許した。裕之も康子も医者の嫁になる将来を期待した。祥子を溺愛する裕之は、医院開業となれば億単位の資金がいるだろうと康子に話し、たしなめられたほどだ。そうした事情もあって祥子は大学を卒業するや料理の専門学校に通い、学生時代に学んだお茶・お華に箏曲（そうきょく）を習い事にして東本願寺前の伝統ある教室に通った。人に使われた経験のないお嬢さまだった。

家族の夢は、祥子が二十三歳になろうかという頃に無残にも潰（つい）えた。男が急性の血液系の癌に侵され、闘病六か月というあっけなさで旅立ってしまった。世間知らずの祥子は、心ここにあらずと苦しみ、悲嘆にくれ、なす術のない長い時間が無情に過ぎた。姉の尚枝は気分転換にサンフランシスコへの一時的な移住を勧めた。裕之も心動いたが、妻の康子が心痛から体調を崩したことで見送りになった。祥子が姉の提案に興味を示さなかったことにもよる。

二年が過ぎた。祥子の無口は相変わらず続いたが、気晴らしに続けたお茶やお花の稽古事の席では、笑顔を見せるようになった。時の移ろいが元来明るい性格の祥子を解き放そうとしていた。

五条東宮社の大きな行事である陶器祭りが例年通り開催されることになり、病み上がりの母を助けて祥子も手伝っていた。その日は京都府内の東宮社にゆかりのある宮司が集まっていた。ある宮司が幅裕之に話があると近づき、空いている部屋へ誘った。彼は聖護院にある駒野神社の権禰宜職の男が独身であること、実家は和歌山の醤油醸造会社でそこの次男だという。和歌山の方が良縁を探していて、私の耳に入ってきたのだと言った。醤油工場は江戸時代から続き、現在は親御さんと長男が切り盛りして、正社員も十名を超しているという。祥子はんに、どやろかと裕之に話した。

その夜更け裕之は妻の康子に情報を話し、自分が当人に一度会うてみると伝えた。「祥子はんも、今日なんか笑い声も出してはったし、タイミング的にもええかもしれまへんな」。康子も期待する素振りだった。

金曜日から土日と続いた祭りも滞りなく終わり、各所への挨拶回りも終えたある日、紹介者を使者に立て駒野神社を訪ねた。権禰宜は小野雅範といい、寡黙な男だった。年齢は三十を過ぎていたが、女性との縁はないようで学者タイプの男と裕之には映った。一語一語を丁寧に話す姿に、嘘のつけない真面目さを感じ初対面ながら好感を持った。背丈は祥子と同じぐらいか、この男なら近い将来宮司職になるだろうと思えた。目が細く笑うと目が閉じているようにも見え、嫌味を感じさせない。趣味は考古学の研究とかで時々、師のお供で古墳などを訪ねるらしく、酒席には自ら進んで出ないともいう。茶事が好きで裏千家を学んだそうだ。社交好きな自分とは違うタイプと判断し、この男のもとなら祥子を預けてもいいと思った。小野本人から祥子への質問はなかった。積極的に話し掛けてこないのは初対面でもあるが、年長の自分への遠慮だろうと裕之は解釈した。

九月に入って祥子は小野雅範と見合いをした。場所は岡崎の日本料亭の茶室だった。一汁三菜の懐石で、小野雅範が正客、祥子は相客として作法通り入室した。亭主役には駒野神社の堀井宮司が務めた。

祥子の初対面の印象は不可ではなかった。ギリシャの塑像(そぞう)を思わせる彫りの深い素顔は、どこか亡くなった男を思わせた。物静かな口調は男性的な方でないかと祥子は思った。父と違い脂ぎったところがなく、威圧的でないのが好ましい。

亡くなった男が社交的で陽なら、目の前の男性は慎重派の口数少ない研究者タイプか。

父から小野の印象を聞かされ、もの静かな男と評した話を思い浮かべ、祥子も同じような感想を持った。

祥子は母の葛藤と苦しんだ姿を知っているだけに、同じ思いは絶対嫌だと思うし、子に恵まれ平穏な家庭を築きたいと考えていた。

その夜、父母に「よろしくお願いします」と伝えた。母が安堵したのか目頭を押さえて台所に走った。

小野雅範三十二歳、小野祥子二十六歳、二人は桜がほぼ散った春爛漫のころ結婚した。式は駒野神社境内で行われ、仲人は宮司が務めた。小野家から参加の二十一名は全て和歌山からで、幅家十五名、祥子の友人が三名、両神社の関係者が八名と慎ましく執り行うつもりでも賑やかになった。サンフランシスコから駆けつけた姉の尚枝と母が涙するのを見て、祥子も耐えることができず肩を震わせた。

結婚後の二人は、祥子が望んだ平穏な家庭だった。一年後には娘の香菜を授かり、裕之も康子も安堵した。とりわけ裕之は娘への思いが孫に移り、毎日でも顔を見せろとうるさかった。うわべは幸せそうだったが、祥子は物足りなかった。夫婦間の会話が少ないのだ。祥子の作る料理を黙々と食べ、日々のお勤めに席を立ってしまう。お味はいかが、と尋ねれば美味しかったと返してくるが後が続かない。食事は一日三度の決まりごとを黙々と果たしている、というようにみえた。

食材に季節を伝えても、そうしたことの話題とか展開は全くない。器に一家言持つ祥子が盛り付ける器に意味を込めても全く関心がないようで話題にもならない。作り手の張り合いは生まれないどころか、むしろ張り合いが薄れていくようで怖かった。

明るい祥子が声を出して笑うのは娘といるときだけではやるせなく寂しい。

娘に癒されるのは、幼稚園から戻り寝付くまでのことで、夜は長いのだ。雅範は夜の生活が苦手なのも解せない。セックスに対して欲求が起きてこないらしい。同性愛者でもないようだ。

新婚旅行は祥子の希望で香港に行った。二日目のこと、ビールと紹興酒で顔を真っ赤に染めた雅範に祥子から挑んだ。自ら裸になり、夫も裸にして抱きあった。積極的に動いたのは祥子で、明け方雅範は裸で寝ていることに驚き、妻に謝る姿がなんとも滑稽だった。雅範は夜半に何があり何を話したのか思い出せないでいた。

しかし、ハネムーンベイビーを授かった。

新生活では寝室は別々になった。彼曰く、遅くまで書籍を紐解くし、書き物もあるからと。その通りだった。祥子がお風呂に入り、身体の火照りを冷まし、寝室に入る時間でも、夫はパジャマにも着替えず、机のスタンドに明かりがあった。ある夜、祥子が夫のもとに行き寂しいから抱いてほしいと言った。雅範は抱いた。しかし香港のようにはならなかった。祥子が男性自身を触っても硬くはならなかった。彼はひたすら祥子の背を優しく撫でていた。夫が性機能障害、インポテンツだとこの時知った。異性と交わらなくてもなんら支障のない男性がいると知った。雅範が男性に興味を示すこともなかった。医者に見せるべきかなとも考えたが、恥ずかしくて言い出せないまま過ぎていった。夜は眠るだけの夫は夫なのか。

学生時代から仲の良い友人たちは祥子が結婚したことで、互いの夜を話題にし、祥子の情報も知りたがったが意味のない笑顔で適当にあしらっていた。

雅範は、結婚したことで身の回りのことなどで余裕が生まれ、神官としての務めが終わると、古書を開き解読して文書に起こす作業に没頭する毎日だった。そうした環境になったことを理解し、祥子には感謝していた。それをきちんとした形で祥子に伝えられないのが、雅範の世渡り下手であり鈍感さだった。趣味的だった考古学研究に陽が差し出したのは結婚して二年経ったところ。指導を受けるA大文学部の森田教授の勧めで、考古学会誌に寄稿したところ、二回にわたり掲載された。それが縁となり講演依頼が、関西と中部の民間団体から来るようになり、斯界（しかい）で注目されるようになった。講演は宮司とも相談し仕事に差し障りのない、土曜日とか日曜日に限って受諾した。外出が増えたことで祥子の気鬱（きうつ）は若干和らいだ。

香菜が三歳になり誕生日のお祝いを、と声を掛けられ親娘で実家に行ったとき、問題は露見した。台所で康子と香菜が高島屋から届いたケーキにローソクを立てていたときだ。「三本のローソクは順番にフーして消すんやで、赤ちゃんも来てほしいてお願いもかまへん」。計算があっての発言ではなかった。普段、夫と交わす願いごとが口にのぼってしまっただけだ。傍らで食器を拭いていた祥子に会話が届いてしまったのか、キッとなって母を見やるも、突然涙をあふれさせその場にうずくまってしまった。驚いたのは康子と香菜だ。康子は香菜を遠ざけ、娘に寄り「どないしたん」と尋ねた。事情を聞き「そないな男はんもいるんやね。どないしたもんやろか。よそにオナゴを囲うような男も困るけど、全くダメやなんて」。最後の言葉は、祥子には聞こえないように小さくつぶやいた。今日も夫は女のもとだろう。男性用のトワレを手首に少し散らすのが癖で、康子はとうに見破っていた。妻の勘というヤツだ。

裕之は誕生会があることを承知し、妾宅から戻ったものの、沈んだ空気に、原因は自分にあると思った。行った先でも泣かれ、こちらでは祥子が泣いていた。

妻子を気にしながら、香菜をそばに座らせての誕生会も盛り上がらぬまま終わった。香菜だけが天真爛漫で、裕之からプレゼントされた白い子熊の縫いぐるみを抱え、はしゃぎ走り回っていた。

その夜、康子は祥子の現状を夫に伝えた。裕之は、問題が自分でないことに安堵し、最近の娘に笑顔が見られないことや、気鬱そうな様子を見せる原因を知り納得した。どうしたもんやろかな、彼も打つ手が分からず表情を曇らせ妻を見やるばかりだった。

「男はんもいろいろやな」。皮肉を込めて康子はため息混じりに独りごちた。「こないなこと、仲人はんにも言われしまへんしな……女子にも夜のお勤めが辛い言うて、夫婦別れする話も聞いたことあるけどな」「せやな、離婚原因の一位は性格の不一致やそうな。ホンマは性生活にあるらしい。香菜をテテなしにするわけにはいかん。アンジョウ収めなあかんな。近いうちに雅範君に会うてみるわ。会うてどうなるもんやないやろし。性的障害て治るもんと違うか、精神科医に診てもろたらどないやろか」

数日後、裕之は祥子親子が可哀想だという親心が問題の先送りを許さず、雅範を呼び出し話し合った。河原町丸太町の喫茶店の席は、周りに客もなくカウンター席からも距離があるため話し合うには好都合だった。雅範は、祥子に元気がないことを気づいていると言った。「僕は祥子さんを愛しているし、妻のお陰で好きなこともできて、こんな生活に感謝しています。おまけに香菜を授かって……僕は恥ずかしいですが、セックスが苦手……というか欲求が湧いてきません。勘弁してもらいたいのです。書物によるとセックスレスの夫婦もあるようで、僕たちもうまくやっていきたいと思うてます。肉体のつながりがなければ、夫婦は続けられないのでしょうか。僕は家族を裏切りません。祥子さんは大事な人です。感謝していますし、愛しています。僕は元来無口な男です。今後それを改め会話するようにします」。寡黙なことを承知している裕之に、心情を話す雅範の姿は感動すら覚えるほどだ。耳の痛いところもあるが、世にセックス嫌いがいると知って複雑な思いだった。雅範を説教しようとしてここに座ったのではない、どうしたら円満に双方が納得して生活を維持できるか、病院に行かせることも含め話し合いたいと思い会っているのだ。「コミュニケーションを十分取ってもらうことは大事やが、香菜の次が授かれば一番いいんやがな。わしにも具体策なんて正直なんもあらしまへん」。裕之自身は女性のことで妻を泣かせているだけに、香菜を預かり祥子を自由にさせるぐらいしか知恵が浮かばない。最近になって、水商売の女性とは金銭で決着させたがもう一人が重い。K学園の役員室の秘書だった彼女は、裕之と仲良くなり借り上げたマンションに独り暮らしをしていた。

小野雅範には、人に語れない二つの体験があった。それが自分にどう影響したのかは分からない。本人はサイコロジカル・トラウマという言葉を知っているが、自分が障害者だとは認識していなかった。雅範が四歳か五歳の頃の夏、真夜中に尿意を覚えトイレに立った。兄の友則と就寝したとき、母はいなかった。父が不在のため夕食後すぐに母は、町の寄り合いに出かけたのだ。九時には戻るからそれまでには寝てなさいと言われていた。

父は大阪で開催されている醤油メーカーの催事に出品したため留守だった。母は「今晩遅くに父さんは帰ってくる」と言った。雅範はトイレに行くため起きだし寝間に戻るとき、父母の部屋から微かな音が聞こえた。泣いているようで、母さんが泣いていると思い、部屋に近づきわずかな障子の隙間から覗いてみた。薄明りのなかに父の浴衣姿が見えた。父のもとには母がいるのか白い手が下から伸びていた。泣き声は母だった。「カンニンして」。母の悲鳴も聞こえた。

兄を呼んでこようとしたとき、父が立ち上がった。折檻（せっかん）が終わったと思った。泣き声は聞こえなかった。翌朝、いつものように母は二人を起こしに部屋に現れた。「二人とも起きて、ラジオ体操でしょ」。笑いながら布団をめくる母に変わった様子は見られなかった。食事のときも雅範は母が怪我でもしていないかと顔を見ても何もなく、むしろ機嫌がよくてとても不思議だった。兄ちゃんには言わない方がいいだろうと幼心に判断した。

中学生になり、反抗期を迎えて仲間たちと遊ぶなか、生理とか性交とかの文字に敏感になり、意味について調べ陰湿に笑い合った。幼い頃の体験は父と母の性交場面だったと知った。急に母が汚らわしく思え、父の顔を見るのも嫌になった。そんな雅範を父は「雅は立派に反抗期やっとるの」と言い気にもしなかった。

雅範が中学二年になった初夏、おぞましい事件がこの町で起きた。同じ町内でも字（あざ）が違う隣の集落に住む、従姉妹の治美姉ちゃんが災難者だった。雅範の二歳上で、高校生になったばかりのこと。雅範は身体が大きくて頬の赤い、従姉妹には憧れの気持ちを持っていた。水彩画が得意で母宛てに来た年賀状のミカン畑と題した絵は童謡のミカンの歌を思い出させて母と兄弟が歌ったものだ。その年賀状は雅範がもらいうけ、大事にしていた。

事件は治美の下校時に起きた。夕暮れ迫る午後七時ごろ村里に入るところで乗っていた自転車がパンクし、治美は押しながら歩いていた。そこへ見知らぬ中年の男と出くわし、干し草の積まれた陰に連れ込まれ乱暴されたのだ。通りがかった男子生徒が異変に気づき、村人に知らせた。男は山に逃げ込んだらしく、消防隊を中心に自警団が組織され山狩りが始まった。雅範の父も工場の若い衆も駆り出された。男は翌々日の早朝、農家の納屋に干された大根を盗るところを見つかり、警察に引き渡されるという事件だった。

治美姉ちゃんはしばらく病院に入院したと聞いたが、いつの間にか千葉県銚子の親戚に引き取られたという。伯母も体調を崩してしばらく入院した。伯母の家は、果樹園で二年ほど収穫期には手伝いに行ったこともあって、治美姉ちゃんとは親しく話した。雅範にはなかなか消えない事件となった。

雅範は地元の県立高校を卒業すると、名古屋熱田で神官になると同時に、付属の神職学校で学んだ。神職に興味があったのだ。祥子と結婚するまで女性との交際はなかった。神社にも巫女職などの若い女性はいるが、異性として意識したことはない。稚児好みでもなく性に興味が湧かないのだ。

心身ともに健康で、既にセックスの歓びを体験していた祥子にはむごいことだった。

裕之は雅範と面談し彼の考えなどを康子に伝えたが、即効的な解決策など何もないと言った。

香菜は六歳になり、年が変わると小学生になる。夫婦のありように変化があったとすれば会話が増えたことだろう。
神職の会合が遠隔地である場合は、祥子と相談し香菜を伴って旅行することが加わった。雅範なりに考えたことで、大きな変化だ。出雲であれば、職務後に津和野や萩を鉄道で移動して巡ったり、東京なら必ず上野動物園などへと連れ歩いた。新宿では、天に届きそうなビル群を見て、母子ともども日本ではないようだと驚いた。京都の町並みからすれば異次元の世界だった。

一月三十日の土曜日は、寒波の南下で京都市内は夜中から冷え込み、初氷が張り各地で水道管凍結の事故もニュースは伝えた。廣岡は友人の野地健一朗と示し合わせて久しぶりにテニスコートに立った。朝方の寒さからコートは空いていて、午前中たっぷりとラリーを行い、いい汗をかいた。昼食は学食が閉まっていたので外に出て、炒飯とラーメンのセットメニューを注文した。話題にしたのは部活のことだ。野地から部活辞めへんかと投げかけられていたのだ。好きな時にラリーするだけなら、同好会でいいだろというものだ。彬自身野地と違い、アルバイトは必須でクラブ活動は無理と分かっていた。籍だけ置いている状態なのだ。野地に退部と同好会移行の手続きを任せ、三年になったら少人数で海外に出てみないかと提案した。野地は

「それええな、すぐまとめて。仲間を募ってな」。二人の意見が合い本年中にも絞り込むことになった。ラーメン屋を出て野地は「二時から雀荘や、彬も来いよ」と誘うのを「僕は図書館に行くから」と言い繕った。映画鑑賞は伏せていた。誰にも言ってはいけないという祥子さんの言葉を意識して守った。

スカラ座のチケット売り場は、土曜の午後ということもあってか、女子大生とかご婦人グループでかなりの人がいた。女性が多いようだ。映画のスチール写真を眺めていたとき、背後からお待っとうさんの声。にこやかな顔に彬の好きな着物姿。抹茶色の地に梅の花がぼかし模様で入っていてこの季節の先取りか。羽織りの襟元を覆うのはワインレッド色のベルベット製のケープだ。寒椿が刺繍してある。両肩から背にすっぽりと覆い防寒役を果たしていた。二人連れの同年代とおぼしき婦人たちが、祥子に見とれ何事か囁き合っていた。視線を祥子に送っていた彬は、周りの反応を見てなんだか誇らしくなる。

彼女は先に歩いた。映画が始まると、バッグから細身のメガネを取り出し掛けた。映画は切ない物語でナスターシャ・キンスキーの裸身が美しく、セックスシーンもいやらしくない。ラスト近くでナスターシャ演じる女子大生が主人公のマルチェロ・マストロヤンニと映画館に入り、途中で男を席に残したまま消えるシーンは、かって女子大生の母親がとった行動と同じというところがクライマックスか。感情移入してドキドキして見ていた。隣の祥子はナスターシャの裸身に見惚れたが、セックスシーンは下を向いてしまい、隣に座る彬を見たりして落ち着かなかった。

祥子は絡み合う画面にたまらず、そっと手を伸ばし彬の手を求めた。握った手は熱く、掌にじっとりとした湿り気があった。彬は求められた手を一旦ほどき、自分から握り直した。祥子は最初、驚いたが握り直されて彬の優しさを感じ手に力を込めた。

エンドマークが出て、モリコーネの曲が静かに流れる。エンドロールも終わり、場内のライトが灯り明るさを増す。彬は立ち上がろうと腰を浮かせたところ、セーターの裾を引っ張られ椅子に戻された。「ウチ立てへん、少し待って」。彬は微笑み頷いた。「スカンタコ」。祥子は心のなかで毒づき、立てない自分を呪(のろ)った。腰から下半身に力が入らないのだ。大学生が父とも思える男を積極的に誘う内容は、祥子には刺激が強かった。観客は容赦なく動き、座席に空きが広がっていった。

「手ぇ貸して」。彬にせがんだ。

街は既に蛍光灯が光り人波も一段と増えていた。「廣岡ハン、食事して帰ろ。木屋町筋を東に入ったところに小料理屋があるの。父に二度ほど連れてきてもろたお店なの」と道々話した。「二階の小座敷が落ち着くわ」「僕はいいですけど……香菜ちゃんは」「香菜は実家で預かってもろてる、心配しなくていいのよ」「ちょっと待ってや、料理屋さんに電話入れてくるさかいに」。祥子は足早に公園に向かい電話ボックスに入った。

《小料理おかだ》と控え目な文字が書かれた門燈がひっそり点る建屋に入った。長屋風の一帯は飲み屋街となっている。ガラス戸を引き店のなかへ。「オコシヤス、まいどオオキニ、小野さん。お二階へどうぞ、今お席作ってます」。カウンターの奥から白い帽子を被った親父さんらしい男性が声を掛けてきた。祥子さんに続き、二階に上がる。白い脛と足袋の白さ、裾からのぞく赤い蹴出し(けだし)が彬の目を射る。「おこしやす、奥様お久しぶりどす。今晩はおおきに。水炊きご用意させてもろうてます。お飲み物はいつもの伏見でよろしおすか」。祥子は彬を見て、片目をつむった。笑窪が雰囲気を一気に華やいだものに変えた。

「寒い日どしたな、お鍋頂いて温たこなろな。お酒も少し頂いて。すごい映画やったね。女優さんが別れようと、隠れて見送るとこでは泣けたわ」。祥子は映画のシーンを思い出して頬を上気させた。映画のシーンは恥ずかしくてこれ以上は口にできない。「廣岡ハン、くどいけどウチのこと、誰にも話したらあかんえ、それから奥さんいうのもやめて。ウチの名知ってはるか」「以前お名刺いただきましたから、サチコさんでしょ」「そうやったんか、忘れてた。友達はショコたんとか、ショコていうの。ショウコとも読めるやろ。だから、奥さんの代わりにニックネームで言うて。廣岡ハン言うのんもやめるわ。彬さんやからアキさんはどうえ」「分かりました、ショコさんと呼びます」「アキさんはガールフレンドいてはるやろ」「いません、どこにもいません」「可愛い顔して、嘘言うたらしばくさかい。アキさんは女の子嫌いか」。夫を考えついストレートな質問をした。「嫌いなんて。日夜どうしたらもてるか考えています、今日も友達とテニスした後で、話題はそこでした」「湯気が上がってきたな、鶏やから火の通るのんも早いし。お豆腐さんから食べられるえ。お酒も少し頂こな」「僕の実家は酒類も売ってて、初めて飲んだのは中学生でした。煙草はだめですけど、お酒は」「ひやーっ、それ不良やん」「酒の立ち飲みができるようにカウンターがあって、仕事帰りのおっさんが二、三人集まればエロ話になり、そばで聞く僕はすっかり、スケベなんです」「恐ろしい子やな」。互いにお猪口に注ぎ合い、乾杯と言い飲みほした。「久しぶりのお酒やわ」。祥子は正月に実家で飲んで以来だけれども、年端もいかない異性と飲む酒に心が騒いだ。刺激的な映画が多少大胆にさせているのかもしれない。「また、面白そうな映画がかかったら一緒に観よな。ミュージカルが近々にあるみたい、週刊誌に出てたわ」「僕、京極の名画座で『ラストタンゴ・イン・パリ』を観たんです、マーロン・ブランドの名に引かれて。そしたらえげつないセックス映画で、今日のよりすごくて。あんなの吹き替えでないと普通の女優さんには演じられないなと思いました」「そんなんは見とうないな。今日のかて、ストーリーを知ってたら見ィへんかったえ。アキさんは、食べっぷりがええな、ウチも釣られて仰山頂いてるわ。追加に何か取ろうか」「鶏が柔らかくて甘みもありますよね。僕、ご飯いただいてもいいですか」「それやったら、セットになってるぇ、女将さん呼ぶわ」「ニワトリにはとんでもない経験があります」「なんえ、ウチに聞かして」「田舎ではハレの日は鶏をつぶして鍋にしたり、フライパンで焼いたりするんです。僕が小学生の頃、父に鶏の毛を毟るように言われ首をひねって仮死状態にしたんです。死んだら毛が取りづらくなるから仮死させるんです。ところが、慣れてないから時間ばかりかかって毛を半分くらい毟ったところでやっこさん、息を吹き返したんです。暴れて逃げ出し、とうとうお客さんも加わってその半裸状態の鶏を追っかけるおかしさ……僕はただ笑い転げるだけ、というお粗末」「なんやの、それ。うちには場面がピンときいへん、よう分らんのや。けど怖い話やん、笑うておられへん。つぶすとか毟るなんて初めて聞いたし」。お嬢さんにはイメージできないシーンなのだ。

階下からご飯と京漬けのナス、お椀汁とミカンが運ばれ、お茶を注ぎ女将は「ごゆっくり」と言い、下りていった。「アキさん、こっちに来て。止めのお酒にしよ。着物やから簡単に動かれへん」。彬は気軽く立ち祥子の横に座った。同時に腕をつかまれ引き寄せられた。祥子から上品な香りがして、匂いに注意が向く前に頬が触れ、唇が重なった。「ショコさん」「なんも言わんで」。再び合わされ舌が入る。互いの舌が絡み、祥子はたまらず離れた。痺れた余韻が頭に残った。これ以上は進まれないと自制した。祥子は両手を頬に当て、乱れた呼吸を整えた。胸が苦しく、強烈に目の前の若者に抱かれたいと思った。男の汗の匂いが狂わせてしまう……

あかん、あかんと首を振った。映画は女子学生が中年の男を誘い、この場では、年上の私が学生ハンを誘っている。あかん、あかん、あかん。

彬は元の席に戻り、祥子を見やり目の前に漂う艶めかしさに興奮していた。百貨店の画廊で見た、上村松園の描く女性が向かいにいる。「アキさんはキスしたことあるでしょ、めちゃ不良やん。ウチかて不良やな、初デートやのに迫ったりして」。祥子は映画行きが決まったときは、年齢差を気にしたが口づけて杞憂は消えた。筋肉質な彬の体型に男を感じた。母に夫婦生活のことを吐露して三年が経つ。布団にもぐり寝付く間にこのままウチは年取るんやなと涙することもある。男を思い手が昂まりを静めてくれる夜もあった。

「アキさん、ウチは香菜を迎えに行くさかいここでお別れしよな。お勘定はいつもウチえ、アキさんの姉さんやから」「はい、ご馳走になります。先に出ていきます」。二人同時に立ち祥子は「お休みの挨拶や」と三度目の口づけをした。

祥子を残し彬は外に出た。このまま聖護院まで歩くつもりでいた。冷たい空気が頬を撫で気持ちよかった。美しい女性に酔い、辛口の酒に酔い甘美な遊びにときめいていた。旦那さんがいて、お子さんもいるのに……女性の心はほんまに分からんと、改めて実母の行動を思った。「女性は分からん生き物や」。声に出して言っていた。

祥子が香菜を連れて家に戻ったのは九時をわずかに回っていた。夫がK学院大学で、三時からの講座を終わり帰ってきた頃には、香菜と風呂を使い寝かせていた。食事の準備をテーブルに整え、自分の寝室に入っていた。夫がそうしてくれというのだ。朝の台所に立ったときには、夕べの食器も洗われ、きれいになっている。手の掛からない、父とは違う几帳面さだった。昨夜は彬と交わした口づけ、テニスでかいたという汗の匂い、立ち上がったときに感じた男の下腹部の膨らみ。あれが普通の男やんかと、自ら性感帯を触り昂ぶった。「アキさん」と声に出し果てた。同じ敷地にいる彼を意識していた。先週、習ったばかりの式部の歌が脳裡に浮かんだ。

梅が香におどろかれつつ春の夜の
闇こそ人はあくがらしけれ
和泉式部（千載和歌集）

なかなか寝付かれない夜だった。
朝、祥子が食事の準備している時間帯は、既に雅範は防寒の綿入れを羽織り外に出ていた。社殿を巡回し、早朝のお勤めを果たしていた。社には祠もいくつかあるので一回りは、結構な運動量になる。手に新聞を携え、朝食の準備が整うまでは新聞を読む。テレビはほとんど見ない人である。香菜が起きだすのは八時前。目覚めもよく着替えもできてこちらも手の掛からない娘だった。

「お母さんが寝坊してしまいカンニンやで、ご飯はもう少し待ってな」。夫と娘に謝る。テーブルにつくと「いただきます」。全員が手を合わせ唱和して食事は始まる。「祥子さん、先のことやけど三月の十一日から二日の予定で太宰府に出張します。予定がなければ一緒に行きませんか。香菜も入学してしまうと、なかなか行かれへんと思うし」「太宰府ってどこ？」。香菜が引き尋ねる。

「ほな新幹線やな。行く行く」。はしゃいだ声で騒いだ。東京行きで新幹線体験して以来、今では新幹線の大ファンだ。「私は、二日間は行事で縛られるけど、自由に博多で遊んで来たらええのやし」「分かりました、そのつもりで準備します」。香菜が手を叩きながら、三月ってまだまだやな、という仕草が可愛い。

祥子は土曜日の昼前は岡崎H神宮で市の主催する「古典に学ぶ」という講座に通うようになっていた。無聊（ぶりょう）を慰めるために通い始めた講座だったが、歌は男女のやりとりが多くかえってやるせなくなるのだった。ましてや彬と親しくした今は想いが彼に向かい、募るばかりだ。とんでもない映画鑑賞となったと恨めしく思った。

彬にとってショコさんは家庭のある人で交際相手ではない。また映画を一緒にと言われたが、彬から誘えるような相手ではない。火遊びの相手ならそれでもいいと冷めていた。後年、彬がつき合った女性から「あなたは女性に心底惚れた経験はないでしょう。苦しんだこともないでしょう。冷たい人ではないけど覚めた人だと思う」と非難めいたことを言われた。そのときは「女性にはブレーキがかかってしまう、女性が好きやのに」と答えた。相手の女性がえらく年長で、彬が積極的に動ける人でないからこんなことになるねん、女性が好きやのに……

実母を迎えに行く夜道の怖さ、相手の家に行っても虚しく追い返される毎度毎度の経験。母が同じ世代の女性と戯れている。こんなこととして、子に申し訳ないと思わないのか。寂しさを心に抱え家路を急いだあの頃。父は無聊を酒で紛らし、彬を迎えに出す日々だった。

二月の初め、机の上に封書が置かれていた。なかは便箋一枚のメモだった。

「前略、用件のみです。次の土曜日午後十二時、岡崎公園にある動物園に来てください。園を入ると左側に藤棚があり、ベンチもあります。土曜ですから人もいますがまだシーズン前ですから、混雑はしていないでしょう。ベンチに来てください。ショコ」とあり、動物園の招待状が一枚同封されていた。映画ではなくて、動物園とはなんなの?

岡崎は下宿先から歩いて十五分もかからない。動物園なら二十分か。当日時間通りに入園した。ショコさんは既にベンチにいた。僕が頭を下げると、にっこりと微笑む。珍しくコート姿の洋装だった。靴を履く彼女を初めてみる。「少し行くとレストランと土産物を売る建屋があるの」。そう言って先を歩いた。

店内はお昼時なのに老年の男女が孫らしい男の子を連れ、何かを食べている一組だけだ。二人が近くに来たのも気付かない様子だった。席に着くとコートを脱ぎ空いた席に置く。ザックリしたハイネックのセーターにロングスカート、着物姿より若々しく、胸の膨らみが露わになって眩しい。チケットを係の女性に渡し、コーヒーを二つ、と言った。「ぬくい日やね、身体が軽うて助かるわ。変なとこに呼び出すんやな、て思うたでしょ。ウチ、そこの神宮に毎週来てるの。それにここは香菜とよく来てたから。もう一年は来てへんけどな」「セーター姿のショコさんはいつもより若々しくて素敵です」「おおきに、サラッとそんなん言うてホンマ、隅におけん学生ハンやな。女性を扱いなれたジゴロみたいや」。顔を見透かすように覗き込み、笑窪を見せて笑っていた。「このコーヒー、アメリカンやな。飲みやすいわ」。しばらく、戸外を見ていた彼女が彬を見つめ想像しなかったことを口にした。

「アキさんにお願いがあるの。驚かんと聞いてほしいわ。駒野から出てほしいねん。下宿移ってほしいの。ウチ、ものすごう考えたんやけど……でもこのままでは苦しゅうて。アキさんが好きになってしもうた。アキさんの部屋の灯りがウチとこから見えて、そこに立ったまま見てる女がウチや。あかん思うてもどうにもならへん、後生や移ってくれへんやろか」。彬の目を見て話す言葉に戸惑うばかりで返事もできない。

引っ越すなんて、卒業までお世話になろうと思ってからまだ一年も経たないのだ。でもこの人のためになるなら、香菜ちゃんのためなら……彬は分かりましたと答えた。要するに姿を消してほしいということなのだ。勝手に好きになっておいて、あげくは出ていけか。女性は怖いと思った。実母も含め女性はわけ分からへんし、おまけに怖い。

「なるべく早く部屋を見つけます」「その部屋のことやけど、お父はんが不動産のことでいつも相談してる方がいて、その方に学生向きのお部屋のこと言うて紹介してもろたんや。お父はんと付き合いのあるお人は、土地専門のお方、そこから紹介されたとこはアパート専門、つまりはお父はんとは関わりのないとこや。不動産いうても専門があるんやな。A大近くのアパートありますかて尋ねたら、千本中立売を西に入ったとこにある独身者用アパートで二階の南側の部屋が空いてるて言われた。その不動産屋さんは、学生はんの下宿は扱うてないんやて。大家さんは阿倍野神社に縁のあるお方らしい。アキさんがよければ見に行かへんか、今お掃除の人がいてはるけど、夕方まで鍵あけとくて」「家賃は？　今より高いようなら僕には……」「アキさんが気に入るかどうかが先や、お家賃のことは相談しましょ」

彬は部屋に戻り、トーストをジュースで流し込み、件のアパートに午後三時に行った。ショコさんとは現地で会うことになり、彬は曇り空で風もないことを幸いに聖護院から歩いた。いくらか気になった女性だが、これで静かに過ごせることにホッとしていた。ショコさんとの遊びが旦那にばれて大事にならないとしたら、これでええやないか。彬の性格で気持ちの切り替えは早い。くよくよするのは一文の得にもならない、これが彬の身についた処世術だった。

アパートは二階建ての木造で一階、二階に六部屋ずつあり、北は共通の洗い場で蛇口が三個に入居者向けの私物棚が設けられ、各棚には石鹸箱とか歯磨きにブラシ、コップ、安全カミソリなどが置いてあった。共用らしき洗濯機もある。鏡がワイドに広がる。蛇口が少ないのが気になったが、それぞれの使う時間帯が違えば問題はないのだろう。

ほどなくして、ショコさんが上がってきた。示された部屋に、ドアを手前に引きなかに入る。すぐに台所とトイレが左右にある三畳ぐらいの広さの板の間があり、次はカーペットが全面に敷いてある部屋。交換されたばかりなのか敷物は新しい。十畳はありそうだ。押し入れも十分の広さがあって、隣がトイレだからか、押し入れが防音の空間になるようだ。学生には贅沢過ぎる設え(しつら)と感じた。窓が大きく、狭いテラスには洗濯物を干す竿が二本ある。先住していた人が置いていったのか、掃除道具が壁面に吊り下げられていた。

嵐山や苔寺の方角だから、遠くに愛宕山などの山並みが展開している。そばに立つショコさんから甘い花の匂いが漂う。「嵐山の方向やな、子どもの頃父と愛宕山によう登ったん思い出すわ。九百mぐらいの低い山やけど石段がきつうて泣いたて、いまだに父に構われるんや。市内の火を扱うご商売屋はんは月参りいうて『火迺要慎』と書かれたお札と樒(しきみ)いうて竃(かまど)にくべる火の用心祈願の葉の束を頂いてくるんやで」「静かな環境ですね。僕には勿体ない部屋です。親も許さないと……いくらなんでしょうね」「それでな、引っ越してって言うたんはウチや。お家賃は駒野で払ってはった分だけでええ、不足はウチが払う。ここは管理費と電気と水道それにガス代も払うみたいや。とにかくアキさんは駒野の支払いといっこも変わらへん、名義はアキさんにして」「そんなこと」「気に入ったんやったらそうして、お願いや」

ショコさんは彬の正面に来て引き寄せ背伸びしてキスを求めた。

「えーっ、これってどういうこと?」。追い出しといてキスって、どういうこと?

そうか、ここを彼女は密会の場所にするつもりなんだ。だから家賃の一部を負担すると言ったんだ。彬の受け止め方とは大きく違ったようだ。二十歳前の彬でも人一倍早熟、なんとなく察した。

キスの求めに彬は応え、セーターの上から胸を触った。ふっくらとして、ふあふあと優しい感触に反応していた。ショコさんは手を下腹部にやり「好きになってしもうた。ね、ここで抱いて」。ショコさんは彬から離れると入り口の錠を下ろし、着てきたコートを広げた。彬はセーターをずり上げブラジャーから乳房を露(あら)わにした。「待って、外すわ」。そんなに大きくはないが綺麗な乳房だった。唇を這わせ、黒っぽい乳首を吸った。「くすぐったい、アキさんはなんや知らんが、経験者か」。彬はジーパンを脱ぎ捨てパンツ一つになって、ショコさんのパンティに手をかけた。既にはち切れんばかりのモノを手にしたショコさんがすごいな、と言う。「寒うないか、なんにもないし枕もないし。でも抱いて」。上になりショコさんを見おろしてスカートを上げた。黒々とした恥毛は髪の毛と同じで、大事なところを守り隠すように覆っている。股間に手をやるとそこは濡れ濡れだった。「すごく濡れてるね」「恥ずかしいこと言ってはダメ」。指を秘所にやる。クリちゃんはすぐ分かった。少し尖り突き出ていた。先生のとは違っていた。ゆっくりと尖りを愛撫してみた。ショコさんは敏感に感じるらしく美しい顔がゆがみ必死に耐える表情をした。身体を反らしウーンウーンと言う。ショコさんの急所なんだと知る。

「うわーっ、こないなことして、どこで覚えたん。アキ、もういろうてはだめや、手が汚れるし。早よおくれ」。ショコさんは彬のモノを手に持ち導く。「ゆっくりな、長いことしてへんのや」。抜いたり入れたりを繰り返していたら「ダメ、ちゃんとして。遊んではダメ」。突きたてるように動いた。「ああ」。甘えたような声と乱れる呼吸音。「ショコさん気持ちよくて爆発しそう」。突起したところを指でなぞり動いた。「そこ気持ちええ、ウチも、ウチも……ダメに……」。ショコさんは顔を真っ赤にして背に回した腕に力が入る。腰を浮かせるように動き、すぐにヒクヒクと痙攣したような動きをした。「ああ、飛んだ飛んだエ」。二人は同時に果てた。ショコさんは唇を求め激しく吸う。腹部を荒々しく波立たせ舌を絡ませた。まだ出さんといて、そのままにしてと言い「大好き、アキ大好き」「アキ、初めてか、ウチが初めてか」。十八歳が経験者だとは到底考えられないのだろう。「オナニーや夢精することはあります」。本当のことも言えず、答えにならない返事をした。「ウチが初めてやねんな」。彬の上腕部を軽く噛み上目遣いして「ここはウチらの愛の巣やで、誰も連れてきてはあかんえ」。ショコさんの考えがようやく分かった。ここは燕の巣なんや、僕は燕なんや。

聖護院に向けて二人、タクシーに乗った。「清明荘いうんですね、いつ移れるのでしょう」「今日にも聞いておく、鍵も貰わなあかんし。分かったらメモ入れとくから」。丸太町通りを東に走り、御所にさしかかった。「アキ、悪いけど裁判所前の堺町御門のとこで降りて、一緒ではまずいわ」。降ろされた。

歩きながら笑っていた。駒野を追い出されると思ったのは勘違いで、ショコさんの事情で移されたのや、セックスフレンドにしたいからそのための移動なのだ。

愛の巣か、その通りやなと自嘲した。蜘蛛の糸に絡めとられたんや。

翌々日、部屋に戻ったら《轟不動産》の社名入り大型封筒が机の上に置かれていた。隅にはオニギリののった紙製皿、焼き海苔にカップラーメンがメモと一緒にあった。

メモは「夜食にどうぞ。夕食はきちんと食べてね。部屋はいつからでも使えるていうてやった。今月分は紹介者もあることやから、日割り計算やのうて、無料にしますやて。鍵は二本あって管理人、アパートの隣の宮本クリーニング店に預けておくそうどす。あの一帯は阿倍野神社の管理地なんやて。追伸、お引っ越しは手伝えません。何かあれば電話してください。午後なら大丈夫です、それと轟不動産の書類には署名欄がありますので記入してください。引っ越し用の小型貨物も用意するそうです、早く会いたい」

契約書は、薄い和紙にタイプされていた。同じ書式で三部、清明荘の住所、借り受ける部屋番号、家賃は共益費を含めて一万五千円、保証金が三万円とあった。彬にはとても払えない金額だ。

いつまで続くのか、こんなこと。彬は覚めていた。

銭湯に行き、その足で夕食をと思い部屋を出たら京織大の橋田先輩と鉢合わせになった。橋田さんも洗面器を抱え、タオルを首に巻いていた。「廣岡さんはいい体格ですな、何やってるの」。とりとめのない会話だったが、こうした交流を下宿生活で経験したかった。橋田さんは高知出身で訛りなのか、絡みつくようなイントネーションだ。せかせかしていなくて好ましい。すれ違う人生に無念な思いが募った。

来週中には引っ越すと伝えたら、まだ入居したばかりやないですか、と残念がってくれた。風呂を出て、京大の吉田校舎に入り学食で夕食を取った。橋田さんは、大体ここが僕の食堂ですと笑った。メニューが多くしかも廉価で、さすが国立だと感じ入った。鯖の煮付けが一切れ、大根と厚揚げに玉子のおでんと味噌汁に漬物、豪華な夕食だった。

下宿に戻りすぐ、宮司の堀井さんを訪ねた。二十日の午前中に引っ越すことを伝え、お世話になった礼を述べた。「えらい急ですな、寮に移られますか」と聞かれハイと答えた。橋田さんと同じ質問だった。

午後、野地に会った。テニスは同好会に移ったから、部室に顔出ししておいたほうがいいよと言った。女子三人組の兼村、佐伯、蔦にも話したけど、やっこさんらも移るかもしれへん。それに海外研修を企画中だと、話の流れで伝えたとも。彬が、駒野神社から今度は清明荘に引っ越すと話したら、陰陽師になるのかと言う。さすが神社に詳しい。「いや、天文学者になるのや、阿倍野晴明が先生や」「さすが廣岡や、オチが効いてるで」と笑っていた。

夕食は知ったばかりの京大校内で取った。鯵の干物に湯豆腐と新ワカメの酢のモノに豚汁、ご飯は昨夜と同じく中盛りの丼めし。部屋に戻ったのは七時を回っていた。矢羽のように折られた文が投げ入れられていた。

堀井さんに伺いました。二十日はお手伝いできませんが、向こうで一緒に夕ご飯頂いて引っ越し祝いしよな。食事は全て用意していきます。六時前には行きます

荷物は少なく貨物を運転してきたおっさんから「こんだけですかいな」と皮肉られる始末。

二トンの貨物の半分程度の荷物を彬の隣室のB大の国井さんが手伝ってくれた。国井さんは「廣岡さんはまだ一回生ですからね」と笑っていた。部屋の掃除をして、立ち会われた宮司の奥さんに挨拶して神社を後にした。

清明荘では、轟不動産の若い社員と女性事務員が待機していた。事務員に契約書三通を渡すと、一通は廣岡さんのもんですよってに、と返された。一通は大家さん、一通はウチとこでお預かりします。それから、こちらの誓約書にサインをお願いしますと、便箋のような用箋を渡された。

文面は「私は、寝たばこをしません。火の取扱いには細心の注意をします」とあった。「僕は煙草を吸いませんよ」と押し返そうとしたら、「こちらは、どなたはんにもお願いしてるもので、ウチの決めなんです」と言う。入居者の方に自覚と責任を持ってもらうためやとウチの社長が言うんですと説明した。

京都はやはり連綿と続く都だ、火の用心は住む者にも理解させる手段だろうと承知した。「家賃と保証金のお振り込みありがとうございました。一年分のまとめ払いはウチとこでは初めてで、社長がさすがA大はええとこのボンばかりや、て言うてました。オオキニ」。彬もこれにはビックリだった。権宮司の奥さんてすごいお金持ちなんや。

「廣岡さんのお隣の二〇五号室が今週の末に空きます。お友達でもご紹介ください」とにこやかに言う。一年分をこの僕が払ったと思っているのだ。駒野でも月払いしていた貧乏学生やのに。

彼らは、非常口など共用部の清掃日が書かれたチラシと商店街発行の買い物マップを置いて帰っていった。部屋に入る前に隣の吉本クリーニング店にも挨拶した。奥さんらしき女性は、学生の挨拶に満面の笑みを浮かべ、なんでもご相談くださいと言う。もしかして轟不動産の連中が彬を待つ間に一年の前払いを話題にしたのかも。彬は憮然とした思いで靴箱に運動靴を入れ二階に上がった。それにしても一年分を前払いしたショコさんの生活感覚。高島屋では外商回しのことも聞いた。付け買いができる家柄。着物類やセンスのいい洋服、お金がある所にはあるという見本だな。夕刻には時間もあるのでゆっくり机など移動させた。風呂屋と商店街を見たくて外出した。公設市場にはコロッケの揚げたてやミンチカツを売る肉屋、メロンパンなどを揃えるパン屋、魚屋ではイカの刺身にカジキの刺身、マグロの切り落としなど庶民をターゲットにした食材が並び、美味しそうな照り焼きもある。食いしん坊の彬は聖護院とは違う便利さを知って嬉しくなる。好きな豆腐店もある。これなら京大の学食並みとはならないものの、贅沢さえしなかったら手軽な食事が可能だと思った。銭湯は商店街とは筋違いの場所にあって、部屋から片道五、六分か。この距離なら冬場でも湯冷めしない、楽しく生活できそうで安心した。

五時半きっかりに、両手に紙袋を提げたショコさんが、にこやかな顔をして入ってきた。「ドア開けっぱなしか」「住人の皆さんが帰ってくるのは、大体八時ごろだそうです。隣の部屋は今週中に空くそうですよ」「スリッパはお揃いの買うたぇ。台所に敷くマットもな。六時には配達があるからアキ、受け取って」

六時にドアがノックされた。台所でコマゴマと動いていたショコさんが指を口元に立て、主室に駆け込んだ。配達は高島屋の家電売り場からで〈ホームステレオ〉と印刷された段ボール箱だった。大きな箱だ。入り口に置いてもらった。ショコさんが現れ「アキにプレゼント、まだ早いけど誕生日祝いやで。学生ハンやからテレビやのうて、ステレオにしたんぇ」「ショコさんありがとう、買いたいもののナンバーワンでした。夏のバイトで買えたらええなと思っていたんです。ありがとう」「そないに喜んでくれたらなんや、プレゼントのしがいがあるわ。ウチかて嬉しなるやん」。ステレオは一体型だった。「ウチから、マイルス・デイビスのＬＰ一枚持ってきたえ、ウチとこの兄のもんやけど」

二人の宴が始まった。折り畳み式の小さな丸いテーブルに用意された食材全てが並ばず、カーペットの上にこれも小さなお盆の上に置いた。「お酒も買うてきたけど、盃がないな」「湯飲みとコップが……」「みな一個ずつか、面白いやんか。夜逃げしてきた二人やもんな、物語みたいや」。マグロとブリの刺身、ほうれん草のお浸し、そこに湯飲みとコップに箸を置けばすき間がなくなるスペース。五合瓶と出し巻それにハマグリの味噌和えはカーペットの上になった。「アキとウチに乾杯え。出し巻とほうれん草はウチが作ったの、お刺身と貝の味噌和えはデパートの地下。アキはどちらかというと和食派やろ」「肉は実家ではめったに出てこなかったんです。父の仕入れも、魚系が多かったせいもあります。このブリは脂がのって甘味があり身も締まって新鮮なんですね、美味しい。ワサビもほんまもんやし」「アキは細かいとこによう気づくんやな」

雅範は食材の話題は苦手らしく、出された食べ物について感想を言うことはない人だ。好き嫌いがないから、香菜の教育にはなった。それだけにまだ世慣れないはずの彬の興味の持ち方が新鮮だった。父の裕之は「この秋刀魚は宮城か、焼津か」とか聞いていたし、カツオなどでは「戻りやな、脂が香ばしい」などと言っていた、そのため母の買い物では、産地を気にしていたことを思い出す。「僕の実家は田舎の雑貨屋、食事時は店の混む時間に重なり、妹と自分の食事は僕が作らないとどうしようもないのです。食材は店にありますから、これをどのようにして食べるか、親の指示もありますが、自分でも考えていました」「大変やったな」「大変とは思いませんでした。最初は大変と思ったかもしれないですが、今では楽しい思い出です。考えるのも作るのも、好きなんです。作ったものを美味しいと言ってくれるだけで、嬉しかった」「そういうもんぇ、作り手はそれで報われるんや」。この言葉、聞かせたい人がいるわ……

二人の宴が終わり、ショコさんがテーブルを片付けている間に、彬はレコードを回した。透明感のあるマイルスの音が響き、自然に身体が揺れた「気持ちいい音やな」。スピーカーからの低音部と高音部が、これがステレオだと言わんばかりに絡み合う。「アキ、キスして」。キスはヘビーになり、音楽どころではなくなった。彬はレコードを止め、アームをピックアップした。布団を押し入れから引き出し二人は横になった。日本酒の香りが周りに漂う。

「アキ、今日はこれ付けてな、危ないねん」「これどうするんですか」「パッケージからゴム風船出して、男はんに被せるのや。ウチがしてあげる」

美しい人が好きな男の前では本能むきだしになる姿に、彬は今までのショコさんの人生を思う。前回抱き合ったとき、長いことしていないと言った言葉がよみがえる。ショコさんは何かに駆り立てられるように動き、その動きを速めた。動きに合わせ、彬も腰を上下させた。

もの憂く動く祥子は、ハンドバックからティッシュを取り出すと「きれいにしたげる」と言い、ゴムを外し、汚れを拭き取った。男性が通常の大きさに戻るのを見て「こんなんがあないになるんやね、おもろいな。脳から指令を出すんやろな」「ショコさんの敏感なとこかて、興奮すると尖ってくるやんか、それと同じなんですね、男と女の持ち物が違うだけで。思い出したことがあります、畑でニンニクの芽が出てくるの見たことがあります。最初、赤っぽい芽が地表に現れたかと見てると、次の日には緑色になってピュッピュと勢いよく伸びるんです。元気そのものなんです。ショコさんの大事なとこ見て思い出しました」「そんなこと考えてはるの」「違います、してるときは夢中でショコさんと一緒に果てようとしています。ショコさんのとがったの見て思い出したんです」「アキはもの知りで、詩人や。ニンニクが勢いよく伸びるの、目に浮かぶようや」。手にしていたティッシュを持ってトイレに立つショコさんを見て、形のいいお尻に大人の女性の色気がある。またモゾモゾと下半身が反応していた。

「アキさん、来月になったら、有馬に行こうか。四月から香菜も小学生やねん、時間が自由にならんかもしれへん。三月の初めやったらなんとかできるさかい……連絡するわ。差出人を祥男て書くから覚えててな」「分かりました。楽しみにしてます。香菜ちゃんもいよいよ一年生なんですね。ランドセル姿を見たいな」「アキさんはホンマに子ども好きなんやな」「寂しがりでしたからね、そやから近所の子をよう面倒見てました」

午後八時半、香菜を迎えに行くからと言いおいて祥子は帰っていった。二人にはどうすることもできない年齢差があり、祥子には常にリードしなければならない緊張感もあった。彬は祥子を悩ませるような子ではなく、その点では安心して交際できた。時折浮かべる彼の戸惑うような、寂しげな表情に祥子は経験したことのない愛おしさを感じていた。大学の四年間、実質残りの三年などはあっという間だろう。自分も三十六になる。人生というスタンスから見たらつかの間のこと。つかの間であっても祥子には、焦りに似た性の不満があった。蛍のように身を焦がし、性を楽しむ選択しか思いつくことができなかった。

東山五条の幅家では、祥子が香菜を連れ帰っていったところだ。幅康子は新聞を広げる夫に話しかけた。「祥子はん、最近元気になってきたと思わへんか。表情に明るさが戻ったと感じるの。今夜もお酒の匂いがしてたえ、日本酒の好きな子やさかいかめへんけど、お相手の子も飲むんやろか」「小野君も努力してるようやし、外出を大目に見てるんやろ。悪い遊びやったら、こないな時間に帰れるわけないしな」「ホンマやな、九時前には迎えに来てくれるのやから。ついこの前までは肌も荒れてたんが、元のようにしっとりして。女盛りやからこのままアンジョウにいってほしいわ」「もう帰りついた頃か、今頃は香菜を風呂に入れる準備に追われてるやろ。香菜が元気やさかい、こっちのエネルギーみんな持ってかれてまうな、ワシはクタクタや」。幅裕之は祥子に二月の始め、百万円もの大金をせびり取られたことを妻には伏せていた。水商売の女とは手を切り、夜の出歩きも減ってその分掛かりがなくなった裕之には、なんでもない金額だった。何より祥子が明るくなり、迎えにきて香菜と笑う声に、うまくいっていることを知り、相手の分も含め遊ぶ資金になってるんやろと思っていた。

二月二十七日午後四時半過ぎ、祥子は清明荘を訪れた。彬と先週会ったとき毎週水曜日は早く帰れる日だと聞いていたからだ。祥子が二〇五号室に入ったとき彼の姿はなかった。彬の体臭である乾いた皮革に似た匂いが微かに残っていた。部屋はきちんと片付けられ、几帳面な生活が見て取れた。驚く顔を見たくてこのまま待つか、食事の準備のために商店街に行くか、少女のような感覚で迷った。

彬が戻ったのは五時近くで、祥子が台所に立っていたときだった。「こんにちは」と言いながら入ってきた彬に肩透かしされた思いで「お帰り」と言った。「靴棚にショコさんの履物があったので、いらっしゃってるなて思いました」。そういうことかと納得して笑った。

彬はブレザーを脱ぎ、背後から祥子を抱きしめた。胸に手をやり乳房をつかみ、下半身をグイグイと押しつける。祥子の臀部（でんぶ）に彬の硬いものがあたる。「アキどないしたん」「したい」「今か、ウチも胸触られて興奮してきた。お食事の前やけど……」。振り向いて唇を合わせた。彬はオスになり舌を使う。スカートをたくし上げ股間に手をやる。「アキ、ウチどこにも行かへんやんか。そないに急がんでも」。彬は無言でストッキングを下ろした。祥子は諦めて腰を浮かし脱ぐのに協力する。野性的な動きに祥子も引きずられ、ともに獣になっていく自分に興奮していた。経験のない世界だ。祥子は彬の若さに怖いところもあると知った。

どのぐらいの時間が過ぎたのか、ぐったりしている祥子から離れ、彬はティッシュボックスを手繰り寄せて、己を拭き、祥子のも拭いた。彬が暴れた跡が、赤くなりとんがりも紫色になって光って見えた。

彬はそのとんがりに口を寄せ、キスした。「アキ、ああもうだめ、死んでまう。カンニン、お願い、これ以上は」。彬の髪をつかむと引き離していた。

「ウチ、アキと食事しよう思うて商店街に行ってきたんやけど、しんどうて食べられへん。アキが食べてな。七時前には帰る言うて出てきたんや」

有馬行きは三月六日で、午後二時京都駅の切符売り場付近だと伝え、祥子は気だるげに帰っていった。美しい人が見せない熟れた姿だった。台所にはウナギの長焼きとポテトサラダなどがあって盛り付け途中だったことが見て取れた。自分が襲いかかるように迫ったからだと思い「ショコさんごめんなさい」と詫びていた。台所に立つショコさんを見て、実母を連想したのだ。それが凶暴さを引き起こしたと彬は思い「ショコさんごめん」と駒野方向に向かい頭を下げていた。

三月六日は冬型の気圧配置が緩み、午後から日差しも出て春近しを感じさせる日になった。三月に入って、彬は伏見の酒蔵でアルバイトをしていた。酒蔵は高嶌屋地下酒売り場で知り合った藤掛さんの勤務先だ。バイトは彼が紹介してくれた。仕事は倉庫で商品配送を手伝う肉体労働だった。六日当日も八時半から仕事をして十二時に終わらせてもらった。

午後から明日までテニスの試合が神戸であるからと嘘を言っての休み申請だ。次に出勤したとき試合模様を尋ねられれば、嘘に嘘が重なる。それを考えると気の重い申請だが、他の理由を思いつかなかった。

彬が駅一階のコンコースに着いたのは二時を少し回っていた。右側のキオスク付近にショコさんはいた。にこやかな笑顔を見せ「ウチも今来たとこや」「この前はすみませんでした」「なんのこと？　過ぎたことは気にせんでもええの。切符買うてくるわ」

カシミヤのロングコートをひるがえし窓口に向かう。薔薇の微かな香りが鼻腔をくすぐった。大阪梅田からバス路線で有馬温泉口まで乗り、そこからは旅館の送迎バスだった。温泉街の奥まったところに《望峰閣》の看板はあった。案内された部屋は、内装や調度品に凝っていてお金をかけています、といった風情だ。

主室には東山魁夷の日本画のレプリカが掛けられ、大きなガラス戸の向こうは純日本式の庭園が広がっている。砂で水の流れを表し、中央部に苔むした岩が大小一対と小高いところにはきれいに剪定された松、その奥に竹が数十本。浴室が室内にあるから、湯につかりながら鑑賞できる設定だろう。この部屋だけの設えとしたらここは特別室か。非日常の世界に見惚れ「ショコさん、もしかしてここは特別室ですか」「アキは気にせんでええよ、高嶌屋さんの外商部に紹介してもろたんや」。空調で管理された部屋は、移動してきた二人には暑いぐらい。「ガラスの向こうからはこちらが見えんようになってるらしいえ」。祥子は言い添えた。案内してきた仲居さんが茶菓のご用意が出来ましたという。食事は六時でよろしいですか、食事の支度前に当館の女将がご挨拶に参ります、と告げ退出していった。ショコさんが、懐紙に包んだものを仲居さんに渡しお世話になりますと言い添えた。ホテルとは違う作法を学んだ。

「アキ、お風呂は食事の後にしよな、一緒に入ろな」。悪戯ぽく笑う。「凝った庭園ですね、どこかのお寺さんみたい」「ここは望峰閣の離れになってるんやて、ホテルのセミスイートクラスらしいえ。この部屋よりワンランク広い部屋があって六人ぐらいが泊まれるらしい」

離れだから入り口がプライベート風だったんだと納得した。食事は京料理の懐石風だという。「器かて京焼きいうてな、清水（きよみず）だけでなく京都の焼き物も幅が広いのよ」。祥子の実家は清水寺から下がってきた場所にあり、夏には焼き物市を仕切る神社だけに知識は専門的だ。給仕してくれる係の仲居さんは京野菜に若狭から城崎までの魚介を使います、お肉は丹波産で評判がいいんですよと丁寧に説明した。入れ替わるように、女将でございますと、座敷の入り口で三つ指をついての挨拶、口上があった。貫禄を姿に表した美しい女性だった。

「さあ、アキと二人、時間を気にせんでもええ宴会や。どんだけ楽しみにしとったか、ぼちぼちとやろな」。お猪口を持ち上げ乾杯した。どれもが薄味でショコさん曰く「お酒が進む味付けやな」。メニューも豪華だった。丹波牛の湯通し（シャブシャブ）と香住海岸で揚がったという松葉ガニとのダブルメイン、先付けは丹波の黒豆、藤壺の刺身、伊根産ワカメと甘海老に瀬戸内の桜鯛の刺身づくし。天ぷらは京筍にレンコン、シラウオと春菊のかき揚げ、それに銀杏が添えられている。椀物には蟹蕎麦が出され蟹足が剥き身で三本のっていた。見たことも食べたこともない食材が多い。「アキの食べっぷりには負けるわ、若いということは羨望や、見てるだけで楽しうなる。お酒も美味しいけど、銘柄聞くの忘れてた」。彬もこの夜は飲んだ。追加した酒を持ってきた仲居さんは播磨の地酒だと言う、県内の限られたとこしか出荷していない酒蔵だと説明した。豊潤であってサラッとした辛口だった。一口目は麹臭が鼻先に来たが二口目ではそちらは消え、きりッとした辛さになった。ショコさんも「これは味わったことのないお酒やな、なんや果物のような香りもするんやけど、甘くはない。美味しいわ、ゆっくり呑もな」

ショコさんの赤く染まった首筋をみて自分の顔の火照りを感じる。「僕、赤いでしょ」「そやな、ええ色してるえ、アキはお酒強いんやな、こないして二人で飲めるんが幸せや」

祥子は立ち上がり、彬のそばに座った。彬は坐椅子と坐布団を用意した。「オオキニ、アキはホンマよう気の利く優しい子や」「わらべ歌、うとうてあげる。子どもの頃に覚えた歌や」《マルタケ、エビスニ、オシオイケ。アネサンロッカク、タコニシキ。シアヤブッタカ、マツマンゴジョウ》。節回しは、陰気ではないが数え歌のように地味な歌だ。「何言うてるんか分かったん？」「ウーン、京都の街ですか、最後に五条と歌ったから」「当たりぃー、（ヒック）あらっごめんなさい。はしたなぁ」

「丸太町から五条通りまでの東西の通りが歌いこまれているんえ。ウチは五条やからすぐに覚えた。洛中・洛外ていうやろ、今のは洛中で洛外の歌もあるえ」

酔っ払ったのか、ショコさんはご機嫌に歌う。普段飲んで酔っぱらうなんてないショコさんが羽目を外してこうして酔い歌う。美しい人が頬を染めて楽しむ、彬も楽しかった。

「アキも歌って」「生バンドがないと、音程が狂うんです。今度歌声喫茶に行ったら真っ先に歌いますから」「いけずやなぁ、逃げるの上手や、大人をからかってからに、思い切りしばいたらなあかんな」祥子は酔いを感じ、しばらく彬に身を預けて眠った。五分も経たないのに、ヒョコッと起き上り「アキ風呂入ろ、ウチ準備するわ」「大丈夫ですか?」「なんのなんの」「風呂はもう少し後にしましょう、転んだら大変や」「そうやな、アキの言う通りにするわ」

二人が裸になったのは、一時間後だった。

「洗うてあげる」。彬はショコさんに全てを任せた。男の全身を見るのは初めてだと言い、しげしげと見つめ所かまわず触った。触られ勃起するのを見てすごいとはしゃぐ。それを口に含むので、敏感なところを教えた。映画でナスターシャ・キンスキーがフォークを口にした意味深なカットを思い出すわと言い「今晩はアキの奴隷になる。手荒なことは堪忍してな。レディが奴隷になるんやから」。彬は男も女もスケベはスケベ、変わらへんのやと肯定した。

「ウチはくすぐったいの嫌やから自分で洗う」と言い先に追い出された。背中も洗わせなかった。奴隷は彬だった。

ご主人とのことは、事情がありそうだから聞こうとは思わない。彬にも触れられたくない事情があるのだから……

寝室は食事をした次の間に用意されていた。ショコさんはきつくバスタオルを体に巻き部屋に入ってきて、お布団一組でええのになと笑う。まだ酔ってるのか、言うことも行動も大胆だ。アキ来てと呼びかけ、布団に入るやバスタオルを投げだす。横たわる彬に軽く口づけ潜って彬を含んだ。風呂で敏感な部分と教えたことを実行している。「ウチ、今晩だけ娼婦になるねん」「ショコさん、待って」。彬は祥子の上になって体を入れ替えた。手でショコさんの突起を口に含み舌で遊び、ヴァギナを開いてここにも舌を挿入した。「いやーっ、そないしたらウチは何もでけへん、きついなーカンニンして。アキ、カンニンやーあかん、ゴッツウ響くんや。恥ずかしいな」。祥子の悲鳴に似た声を聞いてもやめない。突起を吸ったりヴァギナの周辺に舌を這わす。「エゲツナイことして、ウチ震えてくるわ、狂いそうや。アキ、早う来て」
二、三度のピストン運動でショコさんはブルブルと震え出した。しばらくショコさんの掠れた呼吸音だけの世界になった。
「ああっー、頭が……頭がカラッポ。何もかも飛んでいってもうた」。ショコさんが頂にあるのを感じながら、彬も昇りつめた。ショコさんは涙を流し、きついきついと言いながらしっかり彬を抱きしめていた。どちらが先に眠りに落ちたのか分からない。祥子は女としての充実感と身体に残る疲労と男の健康的な汗の匂いのなかでまどろみに落ちた。体験したことのない交わりの頂点を浮遊し漂う。夢を見ていた。

蝶々を香菜と彬が追いかけている……祥子は赤子を抱き、走る二人を「コケルデー、香菜ちゃん」。祥子はぼんやりと「赤ちゃん？　へんてこな夢」とつぶやき彬の体に触れた。

その夜、二人は気が付くとまさぐりあい、口が渇いたと言って、口移しで水分補給していた。さすがに抱きあうのは無理だった。

朝が来ていることを瞼が教え、隣に寝ているはずの男を探した。そこにはいなかった。「アキ、アキ」。呼んだ。「新聞読んでるよ」の声に安心してまた眠りに落ちた。再び目覚めたのはそのすぐ後だった。

浴室から乾いた桶の音に納得して、起き上がろうとしたが、腰が重くて自由にならない。彬がバスタオルを巻いて歩く姿を見て「ウチ起きられへん、アキ起こして」と甘える。「まだまだ、フラフラする感じ。アキがこないにしたんや」「ショコさん、ここ見て。夕べの名残りがシーツに模様を作った」「なんやの？　イヤー、ウチが汚したんか、恥ずかしい。どないしよ」「後で拭いておく、若い二人なら仕方ないよ」。祥子はシャワーを使い、ゆっくりと身だしなみを整えた。彬の頬に軽くキスして朝の挨拶。美しい顔に妖しい退廃と成熟した色香が顎から首周りに滲む。

朝食は九時と前夜に伝えておいたので、時間通り和室に用意された。給仕は彬がした。「いただきます」と合掌した。「アキラは給仕するのん、なんともないのやな」「どういう意味？僕は妹二人にいつも給仕係してたで」「えらいなあー。優しさはそのあたりからきたんやな」「ウチら新婚さんや」彬を見つめ、笑窪を浮かべた。

梅田に向かうバスのなかで「ウチ、香菜を連れてアキとどこか遠くへ行ってしまいたい。でも香菜は、来月からを楽しみにしてるし……」。彬の腕をきつく抱き、ボソボソと答えを要求しない独り言を言う。目が潤んでいるかのように見えた。京都駅の構内を歩きながら「朝、たくさん頂いたから食欲ないけど、アキは？」「僕も同じです。コーヒー飲みませんか」。朝食では、こんなに頂けないと言って半分を残したショコさんなのに、お腹が空かないと言う。

構内の跨線橋の通路中ほどに、サロン風喫茶店を見つけて入り、コーヒーを注文した。「ウチ、アキと離れとうない。このままどこぞに消えたい。胸がざわついて辛い辛い」。答えようのないことを再び言う。

「市内は人目もつきます。ここからは別々に出ましょうか」「アキはなんていう子や、いけず言うのんもたいがいにして。ウチはもっと一緒にいたいて言うてるのに、ようもそないなエゲツナイこと言うわ」。悲しそうな表情をしたかと思うと、本当に涙ぐみ頬に一筋流した。どうすることもできない、切なそうな様子に彬は戸惑うばかりだ。

夜もすがら契しことを忘れずは
　　恋ひむ涙の色ぞゆかしき

皇后宮定子（後拾遺和歌集）

祥子は一人、京都駅から乗ったバスの中で、古典講座で知った歌を思い出し、指で掌に書いて心を平常に戻す努力をしていた。ウチにはゆかしきやあらへん「涙の色ぞ血のたぎりや」と独りごちた。

有馬行きから十日ほど経ったときだった。実家の母から電話するようにという電報が早朝に届いた。良い知らせじゃないなと思った。父がよく「知らせのないのは良い知らせ」と言っていたからだ。案の定、悪い知らせだった。

お世話になったラグビー部の顧問だった酒井先生が心不全で亡くなったという。葬儀は明後日とのこと。先生にはいろいろと思い出があり、何よりA大入学を手助けしていただいた文字通りの恩師だった。葬儀に間に合うよう帰ると電話に出た母に伝えた。同じ公衆電話でショコさんに電話した。もしもしの呼びかけが終わらないうちに「アキか、どないしたん」「明日から岐阜に帰ります。恩師の葬儀なんです。四月初めまで空けます」「今は？」「これから部屋に戻ります」「アキ、会いたい、連絡するまどろっこしさで迷っていたんや」「香菜ちゃんは」「今日は一日、夫がいる。今は社務所で人と会うてはるけど」「分かりました、待ってます」「ウチ、常着で行くさかい、三十分もあれば」。ショコさんはまさにおっとり刀で駆けつけるという慌ただしさで現れた。デパートの紙袋にミカンを入れて「これ紀州ミカンや、食べて」と差し出す。「ウチ、アキなしでは生きられへん。福岡へ行ってたんやけど、思うのはアキのことばかりやった。こないにしたんはアキや、アキがご主人様や」。立ったまま抱きよせキスを迫る。歯磨きしたあとの匂いが彬の口中に広がった。ズボンの上から彬を探し、チャックに手がかかる。「待ってショコさん、布団用意するから」。電気ストーブをオンにして床を延べた。

「会いたかった」。祥子は彬に抱かれたいと責める肉欲に御しきれない身体を疎ましく思ったが、三十の半ばを過ぎて知った歓びに抗しきれないのも事実だ。自ら背負った葛藤から逃れるには、愛しい男の形見が必要ではないかとこの頃考える。都合のいい解決策などあるわけがないのだとも思う。

「岐阜から戻ったら、また電話してな。午後の方が外出もせえへんさかい。香菜も一年生になり、親は交代で通学路の見守りもせなあかんし、お稽古事も始めたし。いつ会えるのか読めへん。こないにして駆けつけるしかないのかも。ウチ、アキの子が欲しいな」。彬は驚いてショコさんを見た。この人、何を言うてるんやろ。恐ろしいこと言う人や。

「もう去ぬわ、この封筒にお金入ってる。バイト代が入ったら中古の自転車買うて、有馬で言うたやろ、これで新しいの買いおし」。ステレオの上に茶封筒を置くと「ほな、気いつけてな」。そう言いおいて帰っていった。

捨てはてむと思ふさへこそかなしけれ
君になれにしわが身と思へば
和泉式部（後拾遺和歌集）

祥子は聖護院に戻るタクシーのなかで、後悔していた。彬の前で子が欲しいなんて、なんで言うたんやろ、若い子の前で言うことやあらへんのに。大人げないことをしてからに。でもなんとなく赤子を抱く夢を見たような記憶が微かにあった。

封筒には現金とメモが入っていた。メモは「自転車買うて下さい。中古やのうて新しいのを。明日のお土産代とアキのお小遣い。遅いけど誕生祝いや、忘れててカンニン。大好きなアキへ。ショコ」とあった。三万円もの大金も。誕生祝いやて、ステレオは誕生祝いと言うたはずなのに。ショコさん、なんやへんやで。彬はショコさんとの会話で覚えた京都弁、それも女性言葉に苦笑いしていた。

彬は麻田に帰った。妹たちと母には河道屋のそばぼうろと西尾八ッ橋の八ッ橋煎餅、父と家族にいづうの鯖姿寿司を二本求めた。ショコさんの好意に甘えた。土曜日の午後に京都を発ち、実家には四時前に着いた。母は京都と麻田村との距離感がよくつかめていないのか、想像していたより早い帰宅に驚いていた。「岐阜から来たみたいに早いのやねえ、京都って大阪寄りでしょ」

「着物、縫ったから持っていきなさいよ」と言い、袖を通すように言い仕上がりを見てくれた。ウールの普段着と薩摩絣の浴衣だった。学生だから帯は兵児帯でいいと言って父の縮みの帯をくれた。この兵児帯が父の形見になったのは、数年後のことだ。京土産に妹も母も喜んでくれたが夕食の席で父は面白くなさそうだった。その理由は翌日、葬儀に向かうとき母から聞かされた。学生の身分で土産なんか買うな、アルバイト代を土産代にするな、という叱責だった。その通りだった。父がいないので直接謝ることはできなかったが、母に謝り葬儀に向かった。

町立の葬儀場で、三年間の担任だった樺山先生に会った。先生の髪がほとんどなく、最初のホームルームで誰かがカッパとあだ名を付けたことを思い出す。今ではツルツルだ。先生に挨拶すると、中濃高校は新年度から普通科・商業科だけになること。新設の農業高は畜産と農業それに園芸と三科制になること。ラグビーもそれぞれになるから名門校としての歴史がなくなり、酒井先生も寂しいだろうな、と言った。奥村コーチと馬場コーチにはきちんと挨拶した。「その身体はラクビーやのうて、京女あさりの軟派に転向か」と冷やかされた。

酒井先生が彬に言った言葉が忘れられない。「廣岡、ミスを恐れるな、くよくよ引きずるより、チームのため、自分のため、これを忘れたらラガーマンやないぞ。果敢に攻めてこそゴールへのラインが見えてくるんだ」。確か合宿の夕食後だったか。ノートに忘れないようにと書き取ったことを思い出す。

その日の夕食は、父の態度もいつもと変わらず、葵が一人でよくしゃべった。千鶴は、お兄ちゃんがいるから興奮してるわ、嬉しいんやろ。京都に行ってみたいという千鶴に、来年の夏だったらチャンスがあるよと言って二人を喜ばせた。喜色満面になった妹たちのはしゃぎが夕食の場を盛り上げ、家族全員が久方ぶりに笑顔になった。

村は大きく変わろうとしていた。周辺の部落とともに町となる。国道四十一号線が全面舗装になり、岐阜や名古屋からの観光が本格化するらしい。下呂温泉や高山・奥飛騨が目的地だろう。実家の近くに現場事務所が建てられ、作業員宿舎も二棟できた。そのため廣岡商店の立ち飲みカウンターはなくなり、食材売り場と酒類の品種が充実し、展示物が増えた。九州の焼酎の銘柄も多くなり在庫も抱えた。母屋の隣には防火を考えた倉庫が建て増しされていた。店には同じ里の四十前の主婦に十時から四時までの条件で、ほぼ毎日来てもらっているという。たとえ一人でも、雇用の面で店が地域貢献できるようになったことに感慨ひとしおだった。

四月十日、二回生に進んだ彬は新規の講義の確認とテキストの購入、それに第二外国語の申請をした。スペイン語を選んだ。チャンスがあれば訪れたい国がスペインでサラマンカという古都に行ってみたかった。野地の姿は見つけられなかった。午後になって、ショコさんに電話を入れた。もっと早くに京都入りしていたけど、正直には伝えなかった。誕生祝いのお礼と自転車の新しいのを買い、昨日は早速北野天満宮方面を走り回ったことなど話した。電話の声は穏やかで、先日の取り乱したような切迫感もなく、香菜の登下校時には当番制やけど黄色い旗持って交差点に立っていると言って笑っていた。いつもの明るいショコさんだった。

新学期は何かと緊張感があり、彬は真面目に授業を受けた。レポートの提出も期限を守って丹念に書き上げた。始めよければ……というやつだ。

アルバイトは、伏見の酒蔵にしていた。自転車が手に入ったので、早朝からペダルを踏んだがさすがにきつく一日であきらめた。事情を知った倉庫のおじさんに、アホなことしたら股ずれでトイレにしゃがむこともできへんと大笑いされた。責任者には、実家でこちらのお酒も売るようになりました、と話した。

週末、高嶌屋の地下食品売り場に木下係長を訪ねた。夏のバイトは八月から二週間、北海道を周遊したいので、今年はできないと伝え謝った。木下さんは「廣岡君は丁寧やな、きちんとしてると冨永女史がいうのも、そのあたりのことやな。かめへんけど、七月はどないしてるんや」「実家に帰ろかと」「外商がな、字の綺麗な学生を探してるらしいわ、わしの同期が外商にいてるねん。仕事は宛名書きや」「七月末まででもよろしいですか」「外商が七月十日から月末までと言うてるんやから、ええんやろ」「係長さん、ぜひお願いします」「二、三日のうちに外商の穂村係長を訪ねてくれ、分かるようにしておくから」「ありがとうございます、お訪ねします」。その足で酒類コーナーに藤掛さんを訪ね挨拶し、冨永さんには外商で宛名書きのバイトをしますと伝えた。冬休みはこちらでお世話になるつもりだと一応の挨拶も。なにせ商売人の子やからな。

清明荘に戻り、二〇五の下駄箱を開けたらハガキが入っていた。文面は「どうにもならへん。末の日曜、三時。ダメなら電話乞う。祥男」。電報文のような短さ。他人を意識してることが分かる。

当日、ショコさんは洋服姿で現れた。茶系の薄いハーフコートに淡いピンクのスカーフを二重に巻いて、にこやかな笑顔を浮かべ部屋に来た。ふっくらとしている顎周りが面（おも）やつれしたのか鋭くなっていた。生活のリズムが変わったのだから、と合点した。笑窪も深くない。彬を抱きよせてキスをした。

「カンニンやで、やっと会えたわ。駒野も実家も春の例祭で、準備と本番、氏子（うじこ）さんの接待やらとゴチャゴチャやった。香菜の用もあるし、お稽古事も音大の学生ハンに通いで来てもろうてるぐらい。交差点に立つちゅうのもしんどいえ、排気ガスがウワーッと顔にくるんや。トラックなんて人の前でわざと黒いケムを吹っかけてくるんやないか？　イケズって怒鳴りとうなるわ」「お稽古て何を？」「幼稚園まではピアノやったんやけど、今はヴィオラに変わった」

「アキ、六時前に帰るて言うてきたんや。ゆっくり出来へんけど、抱いてほしい」。部屋は西日が入りキラキラしていた。床を延べ、毛布にくるまり裸になった。手慣れた愛撫をお互いにして高まった「ショコさん、後ろからしていい？」「ダメ、オイドはカンニンして」「違う、入るとこは同じ。ポーズが違うだけ」。時間を気にしてのあわただしい逢瀬だった。

「来てよかったぁ、毎日アキはいま何してるんやろ、どこにいてるんやろ、そればっかりや、抱いてもろたから明日からきばれる、辛抱できる。ウチのお薬や」

「ショコさんに見てもらいたい」と言い、母の縫った着物二点を取り出し、裸のまま着て兵児帯を締めた。ウールの羽織も着た。

「うわーっ、立派な書生ハンやんか。学生がこないな着物着るのんて、少数派になったなあ。アキは背があって胸板が厚くて広いさかい格好ええわ、日本の男ハンには着物や、民族衣装やもんな」。彬の正面から背面と回り、兵児帯の締めぐあい、胸周りをゆったりさせる着方を丁寧に教えてくれる。「アキ、履きもんは？」「これから買います」「なら、ウチが買う。着物柄も分かったし、ウチが買う。浴衣用も。今年は浴衣着て祇園祭行こか、香菜も連れたら喜ぶやろし」

祥子は、ある企みを抱えそれを膨らませていた。成功の可否は夫にどのように伝え行動してもらうかだ。彬には言うつもりはないが、彬なしでは実行できない。企ての発端はやがてくる別れだった。彼が京都にいるのもあと二年、直に決定的な別れがくる。残る自分は虚脱感に暮れるだけ。まだ女子大生の頃、知り合った男が、急性リンパ系の癌であっさり自分の前から消えたことを思い出す。女としての性の歓びを体感させてくれた男だ。彬はそれ以上の深間にはまってしもうた男。この子は将来も立派に生きていくだろう。でも、自分はついていくことはできないのだ。企てを成功させるためには、体力が必要で年齢的にも期限がある。その焦燥感が取り乱すことにつながったが、決断してようやく気分も落ち着いた。

彬は七月十日から七階の事務棟で宛名書きを始めた。販売促進課の持つ顧客リストをもとに、夏のセール案内状に手書きで送る作業だ。アルバイト仲間はＫ女子短大の学生で、眼鏡を掛け髪は三つ編みの古風な感じの娘さんだった。書道部にいて、二年連続のバイトだけれど、今年の冬からシールに変わるから、最後の手書きだと言った。彬の字を見て、きちんとした字を書きはるんやねと評した。同じ年とは思えないもの静かな人だった。

ある日のこと。有休で寝具売り場の西さんに声をかけられた。西さんは地下の冨永さんと仲の良い人で、彬をからかっては喜ぶという食えない女性だ。彬がカレーライスをのせた盆を手に、空いた席を探していたら声がかかった。西さんの隣に同伴者がいるようなので、目で挨拶して別の席を探した。「廣岡ハン、逃げなくてもええやんか、ここに来おし」。誘われて斜め前に座った。「いつでも逃げられるように、この人ウチの正面には来ないんやで」と隣の女性に話す。彬にも聞こえるように話すから彬には苦手なタイプなのだ。

「もうすぐ祇園さんやな、見たことあるか」「いえ、でも見たいですね」「ここに同伴してくれる可愛い子いてるで……本人は売れてるかもしれへんけど。な、樫本ハン」「いませんよう、そないなお人」。この人も西さんにかまわれていた。丸顔で目のクリクリとした人で印象に残る顔だ。彬と同年代か。宛名書きのバイトの女子学生と比べると、目の前の人は、明るさが顔に出ていた。「可愛い娘やろ、でも廣岡はんがウロウロでけへん売り場やで」「真面目に言ってるんですか？　西さんは僕をかまうから」「いい男はかまい甲斐があるねん、いい娘もやけどな。そやからウチはモテへんのや」「女性関連？　化粧品でしょ」「化粧品は一階、この娘は三階。三階は女性下着や」「そこやったら立ち止まることもできないですね」。時間がきたのか二人は立ち上がり、またな、気張りおしと言って出ていった。クリクリちゃんは頭を下げ、遠慮がちな笑顔をみせて後を追っていた。西さんは店内では古参のボスなんやろな。

七月十三日、祇園祭の宵山の日だ。彬は高嶋屋を五時十分に離れた。ロッカーに預けた浴衣を取り出し着替えた。仕事着と靴を紙袋に入れ、ロッカーに仕舞う。草履はショコさんが見立てたものだ。指定された待ち合わせ場所は、室町通りにある京都商工会議所の一階ロビーだ。時間は六時。この季節の外は陽が落ちる前のなんとなくワクワク感が漂う。

薄墨色になる時間帯だ。既にネオンの世界になっていた。通りは観光客と市民であふれ、彬には慣れない浴衣を着て歩きづらい。裾捌き(さば)が難しい。草履は軽くて畳表(たたみおもて)が足の裏にフィットして脱げる心配はなかった。草履の裏は皮革が貼られ、鼻緒は濃紺の絹地に二色染めしてある。着物を知り尽くしたショコさんの見立てはさすがだ。慣れない裾捌きも歩くうちにコツが分かり形が楽になった。突っ立って歩くより腰をわずかに落とし、重心を前にと意識するのがコツのようだ。急ぎ足も裾が乱れやすいと気づく。せかせかしないでゆったりと歩いてみた。裾が翻るようになり、脛(すね)がチラリと見える。会得したのかなと悦に入って通りを北に急ぐ。

商工会議所のロビーには母娘がベンチに座っていた。香菜ちゃんは、髷を島田に結い根元に赤い絞りと赤い髪飾り。少女らしくて愛くるしい。浴衣は新調したのだろうか、糊が効いている。赤やブルーに染められた昆虫が飛びかうような図柄だ。

ショコさんは声を出さず、ウインクして迎えてくれた。「こんばんは、香菜ちゃん背が伸びたね、浴衣姿はすっかりお姉さんだよ、僕を覚えている?」。コックリとうなずき「アンモのお兄ちゃん、知ってるよ」。母親譲りの笑窪をみせて答えた。

ショコさんは小千谷縮み（おぢや）の麻織物の浴衣、鉄線柄が派手さから引いた大人の雰囲気。持ち前の色香を封じ込め、侘びの世界がまぎれもない京女の艶やかさを演出していた。帯は半幅の縞模様だった。

「素敵です」。近寄り耳元に囁きかけた。

「これから霰（あられ）天神山の会所に行きまひょ、厄除けの粽（ちまき）を頂きに行くえ。子どもの頃、粽の飾りつけを手伝いに会所に来てたんや。駒野のある聖護院は洛外、五条は洛中といわれ、宵山は洛中のもんには、例えるならクリスマスイブみたいな感じかな。胸がワクワクして楽しみやったんえ」。ショコさんが歌ってくれた洛中の町歌を思い出し、彼女を見たけどなんの反応もなかった。

歩きながら彬と香菜ちゃんはショコさんから講義を受けた。「コンコンチキチキ、コンチキチンって、お囃子を表現しますやろ、ホンマは違う。お囃子も仰山あって八坂神社に向かうときの曲調、返しのときの曲と決まりがあるし。山鉾かて三十を超す数と聞いたえ。今はそないには出ないけどな、それぞれに違う曲があるんやて。コンコンチキチキ……は祇園祭の代表曲にされたんやな」

霰天神山の会所は間口も狭く、祭神をいただくお堂の入り口は、手伝う子らであふれていた。全員が浴衣姿だ。小さな子が広縁に腰掛け何やら練習していた。近づいてよく聞くと「厄除け粽買うておくれ」。節をつけて言っている。精一杯口を開けて歌っているのだ。彬は不謹慎ながら笑ってしまった。雀の口先を連想したことにもあるが、ショコさんを思い重ねたらおかしさが倍増したのだ。笑窪を顔いっぱいにして歌うショコさん、有馬はその大人版だった。

「廣岡ハンそこで待っててや」と言い残しショコさんは香菜を伴い奥に入っていった。

二人が現れたとき、香菜の手には長い袋があった。その一つを「これお兄ちゃんの粽」。そう言って渡してくれた。彬より先に手に入れ誇らしげだ。その表情が可愛い。

粽には《蘇民将来之子孫也》と書かれたお札がついていた。どういう意味だろう。後で本日の特別講師に聞くしかない、と先送りした。

綾小路室町で小じゃれた喫茶店を見つけ「ここで休みまひょ」と言い入っていく。和風の店は香菜のことを考えたうえでの選択なのだろう。子どもを優先する母なのだ。ショコさんの思いに彬も嬉しくなる。

生菓子と煎茶や抹茶、コーヒーと紅茶は付けたしみたいな純和風だった。白玉ぜんざいを香菜が選んだことで二人は合わせた。「廣岡ハンの歩き方、上手やで、街歩きは今日初めてやろ、ウチらはよく歩くもんな」と香菜に向かって言う。「この時間帯になると四条は歩けやしまへん。これから御池に向かって歩きまひょ。ほんまは、京の人は宵山だけで終わるんは嫌うけど。ウチら祭り見物してへんから許してくれはるやろ」「嫌うて何ですか」「片参り言うてな、神さんが怒って仲が裂かれるって聞いたえ」

店を出て御池の市役所をめざしてゆっくり歩いた。時々ショコさんは香菜に隠れて手を握ってきた。「オオキニ、楽しかった。会いたいねんけど」と囁く。

彬もショコさんの浴衣から漂う女性の香りに、たまらないほど抱きたいと思った。

《蘇民将来》のお札のことを聞くのを忘れてしまった。

祇園祭の喧騒も静まり、京の街に本格的な夏が訪れてきた。京都は東山の山並み、西の愛宕山の山々、北には鞍馬や貴船の低山に囲まれ市街地は盆地なのだ。街は空気を澱ませ、まとわりつくような暑さをもたらす。

アルバイトの最終日、彬が食堂で冷やしラーメンを食べていると見覚えのある顔が近づき、きれいに折りたたまれた紙片を渡した。遠ざかる女性を目で追い、西さんと一緒にいた娘だと合点した。紙片には「今日は早番です、五時に上がります。お茶しませんか。北口でお待ちします。樫本」とあった。北口は従業員の入退場所とは反対側にあり、四条通りに面する。

五時十分、彬は指定された出入り口に回った。「こんにちは」。彬が声をかけた。彼女は気づいて近より「ごめんなさい」と言う。四条烏丸方面に向け足早に歩いた。「ウチ、こういうの初めてなんです。ドキドキしてます。喫茶店見つけてください」。ファニーフェースが言う。

藤井大丸を過ぎ四条通りから南に下がったところに《純喫茶ミモザ》の看板。

ブレンドコーヒーを頼み、もっぱら彼女のことを話題にした。樫本さんは樫本美栄子といい、知恩院系の女子短大を卒業して下着メーカーに就職。メーカーの研修所を経て、希望した高嶌屋に派遣されたという。派遣社員は高嶌屋の正社員ではなく、給与も人事権もすべてメーカーが有するという。酒類販売の藤掛さんと同じ身分だと知る。百貨店の店員は派遣で成り立っているのだった。彼女の実家は向日町にあり、四条河原町まで四十分だそうだ。誘われたのは彬だから強気に聞いた。顔を上気させて話す樫本さんに初々しさがあった。感じのいい人というのが彬の印象だ。目に特徴があり。丸顔で鼻は低からず高からず……さりとて団子でもない。女優の誰かに似ていた。思い出せなくて歯がゆい気持ちをひきずった。

九月になったら、定休日を利用してデートしようと約束させられ別れた。

八月は北海道を一人で一周すると話すと、しきりにいいなあ、いいなあと言い男ハンはいいなと締めくくった。

八月五日から彬は大きなリュックサックを背負い、京都から金沢・新潟と日本海回りの列車で北海道に向かう。鈍行列車の気まま旅で宿は、専らユースホステル、車内泊ときには駅舎を利用した。列車内ではひたすら眠り、目覚めると洗顔し車内を歩き回った。

道内の中央部は訪ねなかった土地もあるが、海岸線沿いはほとんど全てを巡る。原生林など湿地帯はさすがに踏み込めない。彬はもともと臆病なのだ。礼文島・利尻島を巡り村営の簡易宿舎で頂いたウニに感激していた。ウニは夏が旬だと知った。生まれて初めての食材は美味しくて幸せ感にしびれた。残念だったのは道東の知床半島行きだった。濃霧で交通の手段がなく、終日羅臼の民宿で待機したが回復しなくてあきらめた。羅臼の民宿は大正解というやつで、毛がに、タラバガニそれに甘いウニ。美味しい食べ物に出会うと家族、とりわけ妹たちに食べさせてやりたいと思ったものだ。

二週間の旅はほぼ予定通りで充実し、生涯忘れ得ない旅となった。

実家に帰りついたときは、妹たちが彬の日焼けと痩せた身体に笑い転げた。サングラスの跡がお猿さんになってると葵が言うと家族全員が爆笑した。

九月、樫本美栄子さんと約束したデート日は、あいにくの雨模様となり、丈山寺詩仙堂行きを次回にして映画を観た。彬が観たいと思った映画で雨に感謝していた。観たのはスティーブン・スピルバーグ監督の『未知との遭遇』。A大受験のときに観た『2001年宇宙の旅』以来スピルバーグ作品はエンタテインメント性抜群で目が離せない。クリちゃんと喫茶店に入り映画の話をしている間に、彬は思い出していた。「樫本さんは往年の団令子に似てるね」「そうらしいな、お父さんの友達がウチのこと、ポンとあだ名つけたの。どうしてか分かる？　ポンタからきたの、タヌキのポンタ。団という人の役柄だったそうよ」「「じゃあこれからはポンて呼んでもいい？」「いやです。ウチは美栄子やから、友達はミーコと言うてくれるし、父母もウチがこまいときからミーコやった」「了解、ミーコさんて言います」。そのミーコさんとは、阪急四条駅に送りそこで別れた。午後十時までやったら親も心配しないというのを、理由をつけて納得させた。どこに行けばいいのかアイデアがなかったのだ。

祥子は決心していた。子種をもらい誰にも秘密をもらさず生きていく覚悟だ。祥子は遠からず来る彬との別れに、神経質になりたどり着いた結論がこれだった。彬とあと何回会えるだろう、何回抱き合えるのか。彬を愛し、自分の肉体は彼一人のモノだ。彼の分身が欲しいと思うのは女の性だと思う。夫には子が欲しいと告げていた。人工受精のことをかかりつけの医師から学び、夫に話し分かってもらっていた。夫を欺き彼には黙秘、父母や姉兄をだまし、その罪も考えさらに考え選んだ道だ。怖くはなかった。

夫は積極的で大阪H大の付属病院を訪ねることを了承してくれた。祥子は医師から提供された手帳に体温測定を記録し、排卵日もチェックした。幸い彬の血液型は夫と同じA型RH＋なら祥子も同じだ。担当医から日本人に一番多い血液型だと聞かされ、企みの成就を確信した。

小野雅範は自分の精子が冷凍保存され、妊娠確率の高い日に着床させるという説明に納得した。夫婦生活をともに送るためのハードルと思えば、たやすいことだと思う。受精に至るまで様々な検査が双方にあると聞き、成功を祈り大阪K大学の講義終了後、H大付属での三回目の診察時に精子の抽出を受けた。カウンセリングで想像したより、時間的にも短くホッとした気分で祥子に報告した。

「和歌山にも、実家にも内緒にしたい」という祥子の言葉に、同じ意見だと伝えた。

祥子は、厄年でもあるので慎重に日を決めますと夫に伝えた。祥子は神職の家庭に育った影響か古風な一面を持っていた。

彬は十月十六日、祥子に誘われ午後から近鉄に乗り、奈良の長谷寺へ参拝に出掛けた。牡丹で有名な寺だけれども、秋が好きだと聞いた。寺の回廊から見る景色は、ようやく色づき始めた紅葉と長谷寺のたたずまいが絵画的で、彬もそのバランスに見惚れた。いつもなら着物姿のショコさんが、珍しく洋服姿なのが少し不満だったが、連れてきてもらってる身分だ。

宿は奈良万葉ホテルと知らされていた。ホテルにチェックインしたのは四時過ぎで、部屋でお茶を飲みショコさんの求めで庭園を散策した。広大な庭園のなかにこのホテルがあるという。奈良に都があった頃にこの庭園が造られたそうだ。夕食は彬が選んだら良いと言われたが、日本酒の好きなショコさんを思い日本料理店にした。館内には中華料理店、ステーキハウスなど五店舗があった。彬の思惑と違いショコさんが頼んだのはお銚子一本だけだった。彬も今夜は控え目にな、と言う。

ショコさんは「アキは卒業したらどんな仕事に就きたいの」「まだ具体的には……商社に入って海外を飛び回れたら最高ですけど」「アキは英語が得意なんやろ」「得意というほどでは。映画やビートルズなんかが歌う歌詞に独特の言い回しがあって、それを覚えてますが会話のチャンスがなくて。会話力がイマイチなんです。講師から自ら積極的に動かなんだらチャンスは生まれませんよ、ときつい言葉をかけられました」「商社マンか、ええな、夢にせんと気張って憧れの仕事したら？　ウチはどないになってるやろな。あかんあかん、そんな湿っぽい話はごめんや。でも自ら動かなあかんちゅう言葉はよう分るわ」。ウチも一大決心したんやから。言葉が脳裏を駈けめぐった。

風呂は海外からの客を想定してるのか大きなバスタブだった。一緒に入り身体を洗わせてと言い有馬のように自由にされた。

テレビをつけ、お笑い番組を見た。関西の落語家が身振り手振りを交え、汗を顔に滲ませ表情豊かに熱演する噺に二人揃って大笑いしていた。この人B大の落研出身え、と教えてくれた。「詳しいんですね」「新聞の芸能欄に出てたんや、お顔見るだけで笑えるいうんは徳やな、アキの好きな米朝一門やて紹介されてたえ」

ベッドに入ったとき「アキ、今晩は激しいことせんとこな、ウチ少しやけど身体がしんどいねん」。それを聞いて、今日のショコさんに合点がいった。お酒を控え目にしたのも体調を気遣ってのことだと納得した。
翌日は春日大社に参詣した。本殿で熱心に祈る姿を彬はそばに立ち見ていた。祈願料を払って祈ることは彬の経験にはない。昨日の長谷寺でも頭を垂れてお祈りしていたのを思い出し、ショコさんの家系とあわせて常態を垣間見た気がした。

十一月になっても気温は平年より高めで、今年は暖冬の気配だとラジオが伝えた。彬はそれにしてもランニングシャツはないやろ、と半袖のシャツを出したり、掃除をしたりして午前中を過ごしていた。開けっ放しにしたドアをノックされたので「はい」と応え廊下に出るとクリーニング店の吉本さんが立っていた。「廣岡ハン、今週の土曜か日曜日の午前中、いてますか」と聞かれた。「日曜日はテニスがありますので……土曜日なら」と答え「どうしたんですか」と尋ねた。「轟不動産の大将から尋ねてくれ、て言われただけで詳しいこと何も知らんのどすわ。役立たずな使いでえろうすんまへん」「そうですか、なら土曜日は部屋にいるようにします」「オオキニ、分かりました。お騒がせどした」。不動産屋がどうしたんだろう、家賃の値上げでも言いにくるんだろうか、入居したばかりなのに。灯油やガソリンの値上げニュースを聞いたばかりにしてもだ。間もなく、吉本さんが再び現れ「土曜の九時半から十時までに、来やはるそうです、よろしゅうお願いします」と言い階段を下りていった。

同じ日、祥子は大阪H大付属病院を訪ねた。主治医はたまたま出産予定日が大幅に遅れている患者を診るため現場に回り、祥子の診察は若い医師が担当した。

先生は画面に映し出される記録を見るのに一生懸命で、祥子を見ながら話す余裕もないようにみえた。祥子は、受精手術はやめること、かかりつけの産婦人科で妊娠が確認されたことを話した。

医師はほっとした様子で「そうですか、それはよかったですね。保存されている検体はしばらくそのままですから、今後何かあればご相談してください」と言った。夫には既に産婦人科の診断結果を報告していた。そのときの雅範の表情が忘れられない。眉間にしわを寄せたかと思う間もなく、涙を浮かべありがとう祥子さん、ホンマにありがとう。手を握り涙が伝うのもかまわず、あなたが私を救ってくれたんやと言った。後で祥子一人お茶を飲みながら、あの人なりにウチら夫婦のことで悩んでいたのだと推測した。ごめんなさい、ウチはこのまま《やや》を産みます、胸の内でつぶやいていた。彬にも謝っていた。「カンニンやで、年が変わるまでは会いに行かれへん。ありがとうな、元気な子産みます。でもアキの子やないで、ウチ一人の子や」

土曜日の九時半、指定された時間通りにドアがノックされた。開けると、男性が二人立っていた。一人は袴をはいた和服の正装姿、髪は総髪で鬢（びん）のあたりに白い毛が両サイドに見える。もう一人はネクタイを締め、濃紺の背広姿。こちらも正装だと彬は受け止めた。襟に金色のバッジをつけ教授のようだ。俄かに緊張感が走った。「朝早くにお訪ねしてすんまへん。私は加納吉信といいます。こちらは幅裕之さんです」。背広の男が名刺を出しながら名のった。名刺には弁護士とあった。不動産屋ではないのだ。なぜ弁護士なんや、それでも気を取り直し、どうぞと言い、通れるようにドアの陰に寄った。開け放しにしていた窓を閉め、二人を座卓に招き座布団を並べた。用意しておいたお茶をテーブルに置き、彬は二人の正面に座った。彬の座布団はない。二人は無遠慮に部屋を見回していた。着物姿の男性が「わては、幅といいます。祥子の父親です。ええお部屋でんな、それに若いのにきれいにしてはる」。そうかこの人がショコさんのお父さんか。どう返事してよいかも分からず黙って二人を見ていた。悪いことをした覚えもないし、と居直ったら緊張は消えていた。自分は修羅場には強いのだと言い聞かせた。湯飲み茶椀も座布団もショコさんが買ったもの。

「廣岡ハンは十九歳どしたな、ご出身はどちらです？」「岐阜の中央部です」「立派な身体してはるわ、ラグビーができそうや、Ａ大は強いですからね」。茶をすすり「こうして尋ねたんは祥子のことでおます。単刀直入に申しますよってに、気ぃ悪うせんと聞いてください……祥子と縁を切ってほしいのです。実は加納先生に少し廣岡ハンのこと調べてもらいました。祥子があなたさんを駒野から出して、こちらに住むように手配したようですな。申し訳ないことしたと思うてます。祥子も今年で三十六、じきに七どす、あなたから見たらええおばハンどすわな。あなたを巻き込んで悪いことしたと思います」

語る言葉は詰るのではなく、申し訳ないと言うときは頭を下げていた。「駒野に入らはったときは十八、引くのは祥子の方です。祥子も孫娘もワテには大事な家族です。この問題は修羅場になる前に、片付けなあかんと思うてやってきました。私らが考えたのは、あなたにここを出てもらい、今日以降祥子には会わないでいただきたいということです。祥子にはワテから言い聞かせます。今日ここに来たことは誰も知りまへん、家内も知りまへん。ワテとこの加納先生だけでおます」

ショコさんの父は湯飲みに手を伸ばしお茶を飲んだ。彬はヤカンごとテーブルに置いて「どうぞ」と言って座る。「きょうび、学生ハンいうてもいい加減なのもいますわな。ワテも大学の学生を身近に見ていますよってに、かなりのことは知ってるつもりです。廣岡ハンは、加納先生も真面目な人やと言っておられますが、その通りの人や。祥子の勝手な行動はこの通りお詫び申し上げます」。座布団を外して手をつかれた。隣の弁護士も慌てて同じように頭を下げていた。彬も倣っておじぎをした。「僕がここを出て行くことは了解しました。期限があるのでしょうか」「いやーっ、聞き届けてくれはるんどすか。そら嬉しいわ。この件はワテら三人で解決したいと思うてました。すんなりお聞きとどけいただくとは……」

「祥子も親ばかな言いぐさですけど、了見できん娘やないと思うてます」。ショコさんの父親は弁護士と目くばせし「ここに現金があります。引っ越し費用とお詫びの印でおます。受け取ってください」

テーブルに銀行の封筒を置かれた。弁護士は「引っ越されたら、ウチの事務所にご連絡ください。引っ越された住所は知らせていただく必要はございません。廣岡さんの人柄を知っただけで、この件はうまくいくと思います。私は手元に『誓書』を用意してきましたが、それも必要ないと判断しました。……一つお願いがあります。引っ越し先を轟不動産に頼まないでいただきたいです」「分かりました。月曜には探してその週に移れるようにします。決まったらご連絡します」

二人は立ち上がり、ドアに向かった。

「廣岡ハン、学業頑張ってください」。幅さんは彬を見つめ、言葉をかけて出ていった。

彬は疲れを覚え、大の字になって転がった。呆然としていた。ショコさんに「さようなら」も言わずに別れることになろうとは。歳の差はあっても好きな人だった。楽しかった。天井を見つめながら気づいたことがある。

「あれだな、ショコさん僕ら下手打ったんやで。霰天神山の会所はショコさんが子どもの頃から出入りしたという場所やもんな。ショコさんを知ってる氏子がいたとしても不思議ではないやろ。おまけが宵山の片参りちゅうやつや。嫉妬されたんや。手をつないだし、訳ありの態度を神さんは見通したんや。祇園さんでヘタ打ってしもうたわ」。天井に語りかけて朝の出来事をおさらいした。

香菜ちゃんと同じ年代に、彬の母親が家を空けた原体験を持つ。喘息に悩まされ寝小便した時代は誰にも話したくない辛く寂しい時代だ。

香菜ちゃんにそんな思いをさせたくない。二度と会わへんと誓った。ばれた以上、潔く立ち去ろう。「許してやショコさん、もう二度と会わへんけどお元気でな」

テーブルに残された封筒を手に取りなかを覗いた。千円札だと思ったお金は、まるで桁が違った。取り出すと一万円札が帯封され、それが二つ、見たことのないお金だった。心臓がパクパクし、思わずドアの施錠を確認していた。「二百万！」。声に出していた。眺めたまま動けなかった。彬が未成年だからか。

月曜日、早速下宿探しに動いた。学生課に行ってみた。窓口に立った女性は、この季節は、物件はほとんどないのよと言いつつ大きなファイルを開いた。募集中は二軒ありますね。一軒は西の京円町で、建物は母屋の裏にあって、長屋風の部屋は学生専用だという。現在三室が空いてるとのこと。もう一軒は叡山電鉄の出町柳駅から四、五分の田中町で二階の部屋が二室あり、先週の金曜日に入ってきた物件という。A大生が一人入っていて、来年は四回生とのこと。地図で場所を確認した。キャンパスから自転車で十五分ぐらいか。このお家を訪ねてみますと言い、紹介状を発行してもらった。係は、先方様に連絡するからいつ行けるかと聞く。早い方がいいので今日の二時に行きますと伝えた。

場所はすぐ分かった。叡山電鉄の線路脇にある大きな家だった。和風の家の二階を学生に貸しているらしい。西側の部屋に学生が入ってると学生課で聞いていたから。彬は東側が空いているならそちらだな、そう考えながら訪れた。大学から自転車で十分だった。

家主は古村亀次郎さん。古村家は和風の門があり、お金のかかった家のようだ。呼び鈴を押すとしばらくして小さなスピーカーボックスから、庭に回ってくださいという音声。格子戸を開け、玄関らしきガラス戸の左手にある枝折り戸を開いて庭に出た。大きな敷石を踏み和室らしき場所に人の気配がした。こんにちはと改めて挨拶をした。和室の前面にデッキチェアがあり和服のご主人とおぼしき人が、腰から下を毛布にくるみ座っていた。体格のいい奥様が正座されて男性の横にいた。

紹介状を差し出すと奥様が立ち上がり受け取ってすぐ男性に渡した。「お部屋見なはるか、玄関から上がってもらいます」と言ってそちらに向かった。彬はご主人に失礼しますと声をかけて玄関に回る。二階は三室がつながる和室で、それぞれ八畳もある。部屋の仕切りの唐紙戸(からかみと)を取り外せば大広間になる。やはり東側が空いていた。電車の軌道が覗き見えた。「トイレと洗面所、洗濯場は一階にあり、下宿人専用になってます」と言われた。風呂は歩いて学生さんなら五分で行けますと。真ん中の部屋にも下宿人が入るのですね、と尋ねてみた。「まだ書いてましたか、訂正しとかんとあかんな」。呟きが聞こえた。家賃は少し値上げさせてもろうて四千円に管理費は千円で五千円とのこと。駒野と同じで安心感が広がる。電車の軌道が気になったが、二十二時三十分が最終、朝は五時四十分に入ってくると聞いて影響がないと思った。階下に下り、ご主人の座る部屋に招き入れられた。広い和室が改造され一部がサンルームのようになっていた。そちらは板の間になっている。古村夫妻に向かい「こちらをお貸しください」とお願いした。ご主人から「岐阜県加茂郡は岐阜駅からどの方面でっしゃろ」と聞かれ説明した。「昔、仲間と下呂温泉に行ったことがあるわ、確か駅から一番近い旅館やった」と言われた。奥さんは「火の管理だけはきちんと頼みます」と言う。どこも火のことが真っ先に出てくるということは、学生が絡む事例があるのではと思わせる。金曜日には引っ越してきたいとの申し出には「いつでもどうぞ」と言われた。彬は二万円を差し出し、四か月分ですと言い添えた。「家賃帳は次回にお渡ししますよってに。麻雀と夜遅くまでのお友達の滞在はご遠慮させてもろてます」との返事。「承知しました。僕は煙草はやりませんので、ご安心ください」

と言い外に出た。奥さんは、年齢的にはご主人より若く、義母と同じ年代かなと想像した。自転車を転がし、これから卒業までの二年、下宿先を変わるのも面白いなと、気持ちは切り替わっていた。

「ショコさん、楽しい思い出ありがとうございました」。聖護院の方角に向かいお別れの儀式をした。自然に湧いた別れの言葉だった。

学舎に戻り弁護士事務所に電話をする。「加納は出張しています。廣岡さんの連絡は私が承ります」。若い男の声だった。引っ越し予定日を告げ受話器を下ろした。

第三章　華　筐

彬が十九歳の冬休み、高嶌屋京都店でのアルバイトは七階の販売促進課になった。白い上っ張りから私服に変わった。既に一度、外商部で宛名書きをした経験があり採用に問題はなかった。内勤を希望したのは幅裕之氏との約束を考えたからだ。幅氏の愛娘、小野祥子の前から姿を消すことにあった。

氏からは祥子さんに近づかないことを条件に大金が渡されたが、それを生活費にするつもりはなかった。貧乏学生はそれらしく働いて稼ぐつもりでいた。住み慣れたアパート清明荘から出町柳駅近くの古村亀次郎氏宅に越したのは、十一月八日のことである。京都に住み始めて一年も経たないのに三回目の引っ越しだった。自ら進んでの行動ではない、させられたというべきか。しかし決断したのは自分なのだ。小学校時代の母との別離、中学から高校への狭間（はざま）で経験した恩師との異常な儀式、京都に来て出会いがあり、消えてくれと言って突然現れた来訪者。全て彬が背負った出来事なのだ。

引っ越しの当日は小型貨物を借りて一人で堀川から左京区田中町まで運んだ。運転免許証は京都に出てくる前に、名古屋の伯母の家から自動車学校に通い取得していた。街路を指導者なしで運転するのは初めてだった。とはいえ、実家の商用車を無免許で動かしていたので怖さはなかった。

カーラジオが正午を知らせ、ニュースの最後に越路吹雪の死とスティーブ・マックイーンの死を報じた。コーちゃんは胃癌、マックイーンは腹部の癌だという。中学生時代の教頭でお寺の坊さんだった丹羽弘道先生は、生者必滅（しょうじゃひつめつ）・会者定離（えしゃじょうり）と言っていた。「そんなのばっかしや」。彬は運転席で独りぼやいた。

古村亀次郎氏宅は、外からたたずまいを眺めると純和風のお屋敷だ。建築に詳しくない彬だが、門は瓦がふせられ格子戸は桧の引き違い戸だ。切妻屋根というものだろうか。麻田村にもこんな門構えの家が二軒あった。塀の上や門の瓦は釉薬（ゆうやく）がかけられ、艶があり光っていた。門の脇が通用口らしい。呼び鈴を押すとしばらくして「どなたはん？」。女性の声で応答があった。「僕、廣岡彬です」「どうぞ、カンヌキ外してますよってにお入り」。入ると目に飛び込んできたのは左側の大型犬の犬小屋だ。そういえば門柱の呼び鈴のすぐ上に《大型犬にご注意》と記した三社札が貼ってあったことを思い出す。前回の訪問時にも見た気がするがすっかり忘れていた。その犬小屋に沿うように枝折り戸があって扉を押すと、飛び石伝いに庭に回れる。雪囲いが施された松があり、ツゲ玉と葉を落としてしまった低木、中央部には枯れた池が配され侘しげに葉を残した紅葉の木が池を挟んで二本ある。「こんにちは、引っ越してきました。これから部屋に運び入れたら、すぐ車を返しに出ていきます。今日からよろしくお願いいたします」。挨拶をして、作業に戻った。部屋にはご主人と奥様の姿が確認できた。二階に布団袋、座り机に本箱・図書類・自炊道具類一式とコンポーネントタイプのステレオなどを持ち上げる。窓を開けて改めて庭を見下ろす。枝折り戸の横に石の灯籠と舟形のツクバイが据えられ、一番奥には百日紅（さるすべり）の他にそれを超す高さの木がある。塀の外側に、比叡の麓まで走る電車の架線が複雑に絡むように幾重にも見えた。出町柳の駅舎は見えないものの、停車場の近いことを錯綜する架線が教えていた。沿線は軌道運行会社が安全のため建設したコンクリート製の塀と古村氏側の塀がある。したがって表の道路は行き止まりになり私道だった。この風景が気に入り、卒業まで古村家にお世話になろうと思った。

新たな下宿生活も始まり、朝の日課として家の外回りの掃除をするようになった。もともと実家では中学卒業時まで、掃除は彬の係であったし、整理・整頓は父からうるさく言われ、彬の几帳面な性格もあって苦にならなかった。

十二月の初旬のことだった。冬季休暇に入る二日前のこと。その日の最終講義を受講し、いつものように自転車を転がして下宿先に戻った。通用門をくぐり玄関を開けようと手をかけたところ施錠されていた。越してきて初めてのことだった。教えられていた通りに、枝折り戸を押し開け飛び石伝いに歩き濡れ縁の手前の大きな沓脱石（くつぬぎいし）の奥に隠されたブリキ缶から鍵を取り出した。何気なくサンルームを見た。いつもは電灯がともりご主人が毛布を膝に掛けてデッキチェアに座る姿が見られるはずなのに、薄暗く人の気配はなかった。

ふとデッキチェアのあたりで動きがあったので近寄って見ると、奥さんがポツンと正座されていた。小太りの人だから小さな岩のように見えた。奥さんも気付いたようで「廣岡ハンか、こっちゃに来ておくれやす」。手招きされた。サンルームは広い居間の一部だった。フカフカとした絨毯が足の裏に気持ちいい。「えらいことになりましてん」。彬を見据え、トツトツと話す。「お父はんが倒れたんどす。命に別条はないけどビックリしてもうて。不自由な足やさかい……今朝のことどす、アテが台所で洗いもんしてたんや、お父はんにオブー入れたげよ思うて探したら姿が見えへん。トイレやろな思うて、そのまま食器の片付けにまた戻って……トイレはいつも一人で行けるし。でも戻った音もせぇへんから遅いな思うて覗きに行ったら、中からうめき声や。アテは動転してもうて、アテの力では運び出されへんし。消防はん呼んで府立病院へ連れていってもろたん、お父はんのかかりつけの先生もいてるよって」。そばに置かれたコップの水を飲みながら話をされるが彬には話の一部しか理解できない。「お医者はんや消防はんの言われたんは、杖をマットに引っかけて転んだらしい。硬い便器に胸を強打して、肋骨を三本折りヒビの入った骨が二本、おおごとや。それはそれは痛がってな、息するんも大変みたい。レントゲンで撮った写真見せられたけど、目つぶってしもうた、打ち所が顔や頭やったらどうなったかなんて、怖い怖い話もしやはるし。胸やからギブスいうのんも付けられへんらしいな。呼吸するんも辛そうで、そら切ないことやった。外科のお医者はんは、完治するまで百日はかかるやろう、言わはった。歳も七十六やから、もっとかかるかもしれへんやて。肺炎や風邪でも引いたらもっと大事になるからて緊急入院で個室に入れられた。完全看護ということで、アテは端に座って見てるだけやけど。呼吸するだけで痛がって、話もできへんし」。奥さんはタオルで滲む涙を拭きながら状況を話した。

「一度戻ってきて、下着やら日用品を病室に届け、ようやっと戻ったとこどす。廣岡ハンに話聞いてもろうて、なんや気が落ち着きました、おおきに」

主のいなくなったサンルームは陽も落ちて、すっかり暗くなり彬は立って灯りのスイッチを押した。ご主人の声を聞くことはほとんどないのに、部屋全体が沈み込んでしまったように感じられた。

「明日からアテはしばらく病院通いします。もしかしたらお父はんが入院中、ずっとになるかもしれまへん。完全看護いうたかて、顔見せるだけでも安心するやろし。廣岡ハンもそのつもりでいててや。鍵も毎日お持ちになってなぁ、なくさんようにな」「承知しました。僕は明後日から四条河原町の高嶋屋でアルバイトします。水曜日がお休みです。何かご用があればおっしゃってください」「おおきに、アテらには身近で頼るとこあらしまへんのや、何かお頼みするかもしれまへんよってに。A大の岸川はんはいま、グリークラブとかいう合唱団の演奏旅行で、ロンドンに行ってはる、暮れまでには帰れるて絵はがきが来たとこですわ」「まだ僕、岸川さんに会うてませんね。奥さん、ご夕食はどうされましたか」「朝に頂いたきりどす。食欲なんてあらしまへん、病院でパン買うてきてます。呼びつけてすんまへんどしたな、戸締まりと火は十分気を付けておくれやす」

彬は二階の部屋に戻り事態を考えていた。古村家に来て間もないのに、急変したこの家の内情。肋骨の損傷がどんなものか、かって高校時代にラクビーの練習試合でラフプレーから足首と左肩を痛め、外科医にお世話になったことがあった。あの時も三、四日バスや列車の乗り降りに苦労させられたが、その比ではないだろう。呼吸するにも苦しむと奥さんは言う。暗い気持ちを引きずったまま、夕食のため河原町今出川の学生食堂に向かった。食堂は交差点の角地にあって、A大生やB大、京織大など近辺の学生専用のチープな食堂だ。もちろんアルコール類はない。女子学生の姿はほとんど見ない。昔は、農家出身の学生など米を持ち込んで食券と交換していたと聞く。ご飯は外米混じりで独特な匂いがする。トン汁に鰯や鯖の煮物・焼き物にキャベツの千切りとかタクワン漬けが二切れ、それがアルミ製のトレーにのって出てくる。老婆三人が切り盛りする店では、手の掛かるものは無理のようだった。注文すれば生卵とか奴豆腐もでてきた。彬は焼き魚定食オンリーだった。学生には有り難い店でいつも時分になると満席になり、タイミングが悪いと外で待たされた。

デパートでのアルバイトを再開して四日目、社員食堂で樫本美栄子さんに会った。彼女は食事が終わったところらしく、彬の席に近づき「廣岡さん、久しぶりやね、九月に詩仙堂行くって約束したんと違う？　ウチ連絡待ってたんぇ、振られたんか」「ごめんなさい。覚えています。ごたごたが続いて」「ほな、脈はあるんやな。廣岡さんの定休は？　水曜か。ほな来週の水曜やったらどう？」「ダメや、下宿先のご主人が倒れ入院されて、僕お見舞いに行く予定にしてるんです」「わあ、イケズなお人や、一日中お見舞いしてるの？　午後からかてええやんか」。丸こくて愛らしい瞳に少しいらだちを滲ませ、小声で話す彼女はファニーで可愛らしかった。整髪料の爽やかな香りが彬に届く。

「分かった。ほな午後からということで。午後一時、出町柳駅の前でどうです。詩仙堂やから、叡山電鉄で一乗寺まで乗ります」「嬉しい、やっぱ迫ってみるもんやな。ほな一時やで、来週の水曜やで」。手を小さく胸のあたりで振り、張り切り娘は食堂を出ていった。

丸いお尻も心なしか振って遠ざかった。はっきりした人だった。

夕食は炊飯器で炊いた残り飯を使い玉子雑炊にして、地下の食品売り場で買い求めた根菜類の煮物ですますつもりで下宿に戻った。奥さんは家に帰っていた。色白な顔が青みをおび黒っぽくなっていた。睡眠不足を思わせた。なで肩の肩も気力が萎えたかのように悄然（しょうぜん）としている。

食卓にパンが一個のっていた。

「奥さん、今朝の残りご飯ですけど僕、玉子雑炊にするつもりなんです。ご一緒に作りましょうか」。奥さんは彬の顔を見て「作ってくれはるんか、ほな頂こうかな」とうなずいた。「では、台所お借りします」。二階に上り食材を用意し台所に立った。出汁はかつお節の削り粉を使い味付けに梅干しをほぐして入れ軽く塩も入れた。奥さんの体調を考え、仕上げに玉子を溶きまわし掛けして蓋をした。火を止めたら蒸らす、子ども時代から作ってきたので、調理する手間は苦にならないのだ。

奥さんは、彬のすることを離れた位置から一部始終見ていた。「温かいうちに食べてください」。茶碗を借り、盛り付けてテーブルに置いた。お茶も用意した。茶葉は麻田村名産の飛騨茶で渋みが特徴だ。奥さんは鬱陶しがらずお茶をすすり、茶碗に箸を付けた。「ええお味してる。芯から温とうなってくるわ」とつぶやき、涙を流した。「よそさんに作ってもろたことなんてあらしまへん」。彬に語り掛けるのではなくモソモソと言うのだ。お代わりもして一人分を食べきった。「廣岡ハンは、お料理ができるんやなぁ、ご商売でもないお人が作らはるのん、初めて見た気イする。美味しかったぇ、卵も持ってはるんやな、優しいお味しててホンマ美味しかった……オオキニご馳走さんどした。元気出さんとな」「僕は午後からテニスの練習に行きます。明日の夕食もお作りしてもいいですよ」「へえオオキニ。作ってくれはるんか、なんや作ろうていう気力がまだ湧いてきいへん。お父はんは、相変わらず胸が痛むみたいやけど、ワテの話をジッと聞いてはる。完全看護いうても話し相手まではしてくれまへんしな」「食事は何を作るか、食材はどこで買うてくるか決めていません」「買い物やったら出町柳に商店がおますやろ、そこの小路入ったとこに小さな食料品店がおます。そこで買うたらよろしいえ、立て替えてもろて後清算でよろしいか？　冷蔵庫も覗いてみておくれやす」

「奥さん、思いつきですけど、寒い季節ですから明日は鍋にしましょうか、鱈と白菜に鶏肉を入れて……キムチもいれたらキムチ鍋となります」「キムチはお父はんの大好物や、冷蔵庫の野菜室に小さな樽ごとあります。ついこのまえ伏見から届いたばかりや、お父はんは韓国の麗水という港町から日本に渡ってきたお人やからキムチは必需品や。伏見のお仲間の家で、お家使いのキムチを仰山仕込んではるんえ」「じゃあキムチ鍋にします。豚コマと豆腐・春菊にシメジ茸、それにネギを入れます。もちろん白菜キムチも」「廣岡ハンのキムチ鍋楽しみやな」

午前中は洗濯をして庭の隅に作られた干し場に干す。空は雲一つなく澄みきった青空で、比叡の山並みの上に見られる雲は白く薄い。昼までFMラジオをつけた。この時間帯はクラシック音楽が多い。百貨店のバイトも休みなら、大学の休講で持て余す時間帯だ。奥さんにはテニスだとさっさに嘘を言ったけど、樫本美栄子との約束が午後からあった。

出町柳駅は下宿から徒歩で十分、駅舎の前に樫本さんは待っていた。「おはようございます」。

元気で屈託のない声が迎えてくれた。デパートでアルバイトするようになって、午後でも挨拶は「おはようございます」だった。最初は違和感があったが、慣れると挨拶言葉に迷うこともなくむしろ便利だった。樫本さんの化粧が、店で見るより濃く唇の赤さも気になった。そんなに濃くしなくても十分可愛いのに。彼女はウール地で茶系のコートを着てフォックスの襟巻、靴はヒールの低いブラウン色の靴でよく似合っていた。婦人もの売り場に立つ、女性らしいセンスだった。彬は濃紺のブレザーに薄ネズミ色のフラノ生地のズボン、テニスシューズでブレザーの下は首周りがV字型の薄手のセーターという学生そのものだ。彬の外出着は他にない。ただ下着は毎日着替えた。

「一時十分があるわ、はい切符」。ホームには既に電車が入線していた。テキパキと動く彼女は、人からみたら姉弟のように見えるかな、などと思いながら後ろに従う。先に座った彼女は横に座るようにと座席を軽く叩く。発車してすぐに古村邸が見えたが塀と木立に遮られ屋敷は定かに見えなかった。彬の部屋から見る景色と、電車から見る景色の違いに満足していた。「どないしたん?」「いま、下宿先を通過したんです」「えっ、どこ」。振り返って見ようとする。「もう見えません」「そうか、出町柳の近くなんや」

車中での会話は彼女からの質問攻めだった。初対面の喫茶店を思い浮かべて苦笑した。交友関係に女性との付き合い、それも高校時代に遡るのだ。一乗寺駅にはあっという間に着いた。

駅からは緩やかな坂になり、樫本さんは腕組んでと言い彬の左腕を抱えた。香水の甘い匂いがフワッと漂う。

詩仙堂丈山寺内には多くの人がいた。バスガイドの制服姿もちらほら見える。観光バスで来やはったんやな、樫本さんがつぶやく。狭い座敷には座って目の前の庭園を眺める場所もなく、二人は履物を借りて庭に下りた。庭巡りも団体客の後ろをぞろぞろと移動するありさまで、追い越すこともできない。さながら団体の一員のごとくになった。前を歩く人たちの会話は関西弁とは違った、独特のアクセントがある。「この方たちは、広島からやと思うわ、会社の研修会で仲良うなった子が呉出身で語尾に『じゃけん』とか『何々しょるんか』って面白いの、好きな人ができたら『ぶち好きなんさ、今度デートせん？』て広島弁の口説き文句も教えてもろた、可愛いやろ」。関西は女性から口説くのかと、彬は妙に納得していた。

もう少し歩きたいという樫本さんの言葉にうなずき返し、修学院離宮に向かった。一乗寺の地名をつけた小さな郵便局を見て「宮本武蔵一乗寺の決闘って知ってますか」と尋ねる。「テレビで観たことある、父が中村錦之助のファンなんや」「廣岡さんは彬さんやから、アッ君て呼んでもええか。ウチはミーコや、こまいときからミーコやった」「僕もアッ君とかアッちゃんでした」「ほな、アッ君て呼ばしてもらうえ。アッ君、夕ご飯も付きおうてな」。一瞬返事に窮した。今夜はキムチ鍋の当番じゃなかったのかと戸惑った。彼女は立ち止まっていた。「ウチのこと好きやないのやな。口数も少ないし、楽しそうでもないし、何考えてはるの」。黙って見返すばかりの彬。「嫌いやったらここで言うてほしい」。黒白をつけたがる性格のようだ。せっかちな性分なんだ。口数が少ないのはミーコさんが先に先にと進めるからやろ、と思った。「女の子とデートしたこともないし、詩仙堂行ったらどこかの喫茶店に行こうかと考えていました。岐阜の田舎もんやし」。卑下する言葉は彬には珍しい、嫌な気分になる。「田舎もんと違うぇ、そういうのんはウブていうんや、アッ君は少し陰もあるけど、鼻にかけへん素直さがええよ。ええかっこしいとも違うて。でもクールやな。土田宏子さんが言うてやった、もう少し若かったら連れて歩きたい子やて。恋人ならA大生、結婚するならK大生、用心棒ならB大生て京都ではいうらしいえ」

曼珠院道を北に向かって歩き離宮の杜に入った。午後の穏やかな日差しを受け、木々から乾いた匂いが漂う。人影もほとんどなく彬の手はミーコに取られていた。「アッ君、キスして」。いきなりだった。ドキドキするようなことをサラッと言う。庫裏（くり）らしき建物の裏に回りそこで抱き寄せた。そっと唇を合わせ離した。「ウチもキスしたんは初めてや、何や知らん、アッ君て苛めとうなるわ。根性悪のイケズな女やろ。男の人とこないしてデートしたこともないのに」「西さんみたいにならんといてね、ミーコさん、ホンマのこと言います。僕はミーコさんが好きです。そして、笑わんでほしいけど、食事するといってもどこへ行ったらいいかも分からないし、お金もそんなに持っていないのです」「……アッ君ごめんなさい、カンニンやで。お金は心配せんでええのや、ウチ端からそのつもりやったのに。アッ君にひどいこと言うてしもうた、カンニンや」「ウチ、嬉しい。アッ君に好きやて言われた。夕ご飯は蛸薬師の〈珉々亭〉いうとこへ行こうか、餃子と野菜炒めが美味しい店や、若い人に人気あるぇ」。本当にはっきりした人だ。デートが中途半端だとむくれかけた機嫌もどこかに飛んだようだ。キスをせがみ、顔をあげて唇をつき出した。「アッ君の唇が赤こうなった、ウチが拭いてあげる。アッ君の口元、可愛いな。触りたいし、唇合わせたなるお口や」「ミーコさん、唇あまり赤く塗らないで、化粧も。いつものようなお化粧が僕は好きです」「そうか、言う通りにする、なんでも言うてな、アッ君に嫌われんようにするから」

部屋を見せてというので、古村家に連れていった。窓から叡山電鉄の架線と塀内の庭を見て、これなら電車の音も気にならないわねとつぶやく。彬の部屋が整理されているのには「ウチの部屋よりこぎれいにしてる」と感心する。ストーブをつけて部屋を暖めようとした。「ステレオ持ってるんやな、レコード聴かせて」。求めに応じ〈ロジャー・ウイリアムズ〉を盤にのせた。インスタントコーヒーをマグカップに入れ、二人で飲もうと手渡した。壁にもたれコーヒーをすすり、彬から腰部に手をまわして引き寄せた。待っていたかのように顔を向ける。口づけたが舌を入れるのは知らないようだ。キスしながら胸に手をやった。「触ってもええよ」。彬の手の上から押さえるようにした。「ミーコさん、僕おかしくなりそうや……奥さんも病院からいつ帰るか分からんし、留守に二人いたら」「ここ追い出されたら困るもんな」「ミーコさんの胸、大きいね」「少しな、身長が五十六あってトップが七十五、アンダーが七十チョット。カップはBの七十でぴったりや」

さすがに下着メーカーの社員だ。彬には聞いても分からない単語と数字がスラスラと出る。クラシックをアレンジしたピアノ曲が終わったのを潮時に二人は部屋を出た。

戸外に出たら見たいといった庭を歩く。「すごいお金持ちのお家なんやね」「下宿学生を置くのは用心のためらしい。学生は僕の他にもう一人いるけどまだ会ったことがないのや。家賃も安くて、大学にも近いから大助かりです」

「アッ君は思うた通り、真面目で正直な学生はんや、ウチにあれ以上のこともしなかったもんな」

河原町今出川からバスに乗り、蛸薬師から東の狭い通りに入り店を探した。迷いながら〈珉々亭〉にたどり着いた。まだ五時になっていないこともあり店内は空いていた。餃子を三人前とそれぞれに野菜炒めとご飯を頼み、二人の空きっ腹を十分に満たした。「美味しい餃子でしたね」「そやろ……今日は楽しかった。明日からまた気張ろうて気持ちになった。アッ君と仲良うなったし、最高の日になった」。カウンターに隠れて彬の手を握る。「アッ君、クリスマスイブを付きおうてほしいねん、早番にしたら四時には上がれるさかい」。彬を見つめながら囁く。「いいよ」。クリクリした瞳が輝いて、この可愛いさがチャームポイントだと認める。阪急四条駅まで送り下宿に戻った。階段に、今朝干した洗濯物が畳まれて置かれていた。奥さんに戻ったことを伝え、お礼の言葉を掛け二階に上がった。

翌日、昼の休憩時間を利用して四条烏丸にあるN証券京都支店に行った。幅裕之氏が置いていった大金が机の引き出しに入ったままで気になっていた。鍵のかかる引き出しとはいえ、彬を悩ませる金額だ。祥子さんが一年分としてまとめ払いした家賃と保証金の返金分や時々渡された小遣いなどに、アルバイトで貯めた金などで二百五十万円になっていた。

株式投資に興味を持ったのは、いくつかの動機がある。高島屋地下で知りあった藤掛さんのサジェスチョンがそうだ。彼は残業代や会社から渡された報奨金など給与袋とは別の収入をへソクって八十万円になったところで株式をやり始め、今では百万を超したという話、伯母から聞いた実母の株式売買によって持ち金を増やし彬の学費の一部になった話などがそれだ。大学ではスペイン語教室で一緒になる箕浦哲夫の誘いもある。彼は学内の証券研究会に所属していて、彬に研究会入りを勧めた。新学期から入部しますと答えていた。

証券会社の受付で目的を告げたらパーテーションで仕切られた個室に案内された。ほどなくして中年の男性が現れ、お待たせしましたと言う。彬を見る目がなんとなく厳しい。営業担当なのに、名刺一枚出すでもなく表情も硬い。多分、目の前の客が日頃見ない学生だからだろうと思った。彬は自己紹介し、株式投資の勉強がしたいので教えてくださいとあらかじめ考えた筋書きをよどみなく話した。

男性の態度が明らかに変化したのは、A大生だと知ったことや高島屋の販売促進課でアルバイトしていること、左京区田中町の古村亀次郎宅に下宿していることなどで、男性のアンテナが呼応したのだろう。「古村さんをご存じですか」「古くからのお客様です。別の課が担当していますがそこの課長が直接担当させていただいています」。男性は初めて中腰になり名刺を差し出した。「周防博司と申します」と名乗り甥っ子がA大文学部の三年なんですと言った。名刺にはお客様投資相談室主任とあった。口座開設の必要書類を用意するから待つように言うと部屋から出ていった。ほどなく受付の女性がお茶を持って現れた。彬を客と認めたのだろう。「周防さん、僕は二年後には卒業となります。クラブ活動もA大証券研究会にこの春から入部して、勉強するつもりなんです。実務として勉強させてください」「分かりました」と答え「口座開設に必要な書類を一式準備しました。次回お持ちください。分からないことがあれば私宛てにお電話ください」。そう言って大型の茶封筒を渡し「こちらは株式市況などを解説する専門紙です、お持ちください」。そう言い出入り口まで見送ってくれた。受付係の女性二人は立ち上がって頭を下げていた。現金なものとはこういうことなんだと知った。保険・金融・証券、彬には向かない職種だと思った。人よりお金が客なのだ。

その日の夕方、出町柳の駅前商店街の食品店に立ち寄り、必要な食材を求めた。商店街というだけにカメラ店、メガネ店、タバコ屋・麺類・丼一式の暖簾のかかる食べ物屋、百万遍方面に向かうとラーメン屋もあってその数十店舗ほどがあった。自転車がありながらこのあたりには来ていなかった。いつも下賀茂神社方面ばかりという偏狭さを反省した。

奥さんは既に帰宅していた。必要な土鍋も出してある。食卓の中央部に埋め込まれたガスコンロがあって食卓についたまま煮炊きできるようになっている斬新なデザインだった。必要なければはめ込んで卓全体が一体になるのだ。「これはいいですね、主婦が喜びそう」「そやろ、出入りする庭師の小島はんのアイデアや。少なくとも二十軒近くのお家に据えられてると言うてやった」。その夜は、傍目には親子二人が水入らずで鍋を囲む光景だった。彬には母と二人で食事した記憶は皆無だった。

出汁は鶏ガラスープの素を使い、豚のバラ肉と白菜を入れ酒と味醂を沸騰させ、醤油を入れてから鱈の切り身・椎茸、最後に白菜キムチと豆腐を入れて蓋をした。「そろそろ頂きましょうか」。奥さんは久しぶりにお酒を頂くわと言いながら板戸を開け一升瓶を取り出す。ラベルに〈赤松剣陵〉とある。お鍋やから常温でええわと独り言を言い、湯飲み茶碗に注いだ。「廣岡さんはカイガイしいお人やな。若い人に作ってもろて……憂さも消えてなんや安らぐ。お父はんに玉子のオジヤを作ってもろた話をしたらな『廣岡ハンは苦労人かもしれんな。外回りを掃除するて言うた時そう思った。人に言われんでもできるのは、小さいときからやってきたからやろな』て。ワテは親御さんの躾やろなと思うたけどな」

奥さんの椀に鱈と豆腐を入れ渡した。「ワテの作る鍋はもっと赤こうなるえ、韓国産の唐辛子が入るのや。日本のは辛いばかりやけど、あちらのんは甘さもあるからな」。そう言って唐辛子の粉が入った大瓶を出された。豆腐に振りかけて試食した。途端にむせて、クシャミまで出る。奥さんは笑いながら「辛かったんか」。続くクシャミに奥さんは声に出して笑う。沈み込んでいた奥さんに笑顔が出て、この食事をしてよかったと彬も嬉しくなっていた。

「奥さん、ご主人は韓国の方ですか」「ああ、麗水から渡ってきたて言いましたからな」。奥さんはお酒を飲んで心が落ち着いてきたのか問わず語りに、ご主人にまつわることや、揚げ句はご自分のことまで話していた。古村亀次郎氏は、本名を沈龍亀といい大陸出身の漢民族だという。先祖は潮州で役人をしていたが戦乱の世になって命の危険を感じ、曽祖父の時代に朝鮮半島の南端に逃れ住み父親の代になって神戸に移ってきたそうだ。お父はんは、こまい頃から喧嘩に明け暮れて、それほど大きな体やないのに神戸の須磨というとこではリーダー的存在やったらしいぇ。今でも子ども時代に作った傷が肩にあってな。その他は綺麗な身体や。

何でも昭和十何年か忘れたけど、豪雨があってあの六甲山がえらい山崩れ起こしたらしい、やった」

神戸の街がつぶれるぐらいの大きな事故やったそうな。喧嘩どころじゃなかった、て笑うて

　お酒のピッチを落として語りかける。

「お父はんは神戸から大阪の天王寺に移り、日本人と結婚して京都宇治に来た時、離婚となった。ワテと一緒になるためやった。伏見に住んでそれからこの田中町というわけや。空手は強かったらしいえ、二段のままやけど自分を守るために道場通いしたんやそうな」「ワテとは、ワテが上七軒の料亭で働いていたときに知りおうた、ワテと一緒になったころは、なんや忙しうしてて、家に戻るのは午前三時、出掛けるんは夜が明けた六時やから化け物みたいやと思うた」「田中に移ってきた時は七十坪ぐらいやったんが、今はここの屋敷だけで百八十坪、道路の向かい側の土地は不動産会社に貸して、アパートは不動産会社が建てたんやけど。この家の管理は月三回の契約で屋内と家回りの清掃をしてもろてます。せやから廣岡ハンが箒持つことないえ。家の中はワテの仕事やわな。お父はんと一緒になってもう二十年以上経つなぁ、先妻さんとのことはお父はんもあまり話してくれへんからよう知らんけどな」

　奥さんは、鍋から追加で入れたキムチを口に運びながら、手酌した酒を飲み思いつくまま語る。話し相手がほしかったのか、アルコールのせいなのか。色白の顔や首周りから胸元まで赤く染まっていた。

彬は聞き役一方で頷き、時に感嘆する言葉を投げかけお付き合いをしていた。

「ワテの名は、古村しほ言いますねん。お父はんはワテの源氏名の琴路ていまだに呼ばはるけど。四国は大洲いうて愛媛の出や。テテ親は漁師、代々の漁師。ワテが義務教育の中学生になったばかりの頃の春先、漁に出たきりになってしもうて。濃霧で小型のタンカーにやられたんや、可哀想にな。お父ちゃんは、将来はお前に婿とって漁を仕込んだる言うてたのにな。中学卒業と同時に上七軒のお茶屋奉公に出された。口減らしいうて早い話が追い出されたんや。姉弟はいいへんかったからな。オッカサンはワテが消えると宇和島のミカン農家の男とくっついて。お茶屋の女将から、二人は前から出来てたん違うかて、むごいことを言わはってな。あの時は布団被って泣いたぇ。十七になって、芸事も仕込まれワテは座敷に出るようになった。踊りより三味線の筋がええとお師匠はんに褒められ嬉しかった。褒められたことなんかあらしまへんからな。三年を過ぎたころお父はんと知り合い、二十二のときに一緒になった」「頼りのお父はんは六十過ぎになって、たちの悪いリューマチが足にでてな、それがひどなって最近は杖に頼るようになってしもうた。今度は肋骨やろ、むごいことやわな」

奥さんは立ち上がり居間の方に向かった。足元はしっかりしていた。居間に灯りが入り「廣岡ハン、こっちにおいない」。手招きされた。畳敷きのコーナーにサイドボードがあり、奥さんはガラス戸を開け写真立てを取り出した。黒の羽織に黒の着物、桃割れに結った髪には鼈甲(べっこう)

の櫛と稲穂が垂れ下がっている。胸元に三味線を抱え、右手にバチを持ちポーズをとっていた。お正月のように見えた。「これが二十二の新年会に出る前に撮ってもろた写真」。彬は写真立てを受け取り覗き込んだ。紅をおちょぼに引き、いかにも花街の女性で永井荷風の世界やなと彬は思った。芸子姿の女性と目の前の奥さんとは結びつかないが、可愛い姿だった。「綺麗で、可愛いいですね」「このころは五十キロもなかったのに、今は六十七キロにこの年や、哀しいな。ほんでも先日、病院で秤に乗ったら三キロも減っていたぇ。ボードのなかには小柄な男性と髷を結った力士や、プロレスラーの格好した男たちと小柄な同じ男性、そんなのが数枚あった。大銀杏の力士は見たことがある。「その関取はんは大関昇進のころで、すぐに横綱にならはった玉乃海はんや。大阪生まれで愛知県の蒲郡いうとこに引っ越したんやて。隣はお父はんや。こっちゃのは相撲取りからプロレスリングに移ったお人で、力士時代のとプロレス転向後のもんや。お酒はあまり飲まれへんけど、飲むと乱れてそれが出世の妨げになり、命まで持ってかれてしもうたわ。ハワイとかトンガなんて島の人もいたな。お父はんはこの人らのスポンサーやった。世間様がいうタニマチやった。お父はんも全盛期やったんやな、この写真見ると思い出すわ」。レスラーのタイツ姿はいずれも大きく五人ほどいた。亀次郎氏は海外から日本に来た格闘家の後ろ盾だったと知った。力士にはそれぞれご当地があり、強くなれば後援会もできる。遠く海外からやってきた格闘家には、そうした故郷はあまりにも遠い。彼らを支援する人があってもいいと思う。

鍋には四分の一ぐらいが残っていた。キムチ白菜がほとんどか。奥さんはもう食べられないと言い、彬も既に十分だった。「いい出汁が出てますから捨てるのは勿体ないです。よかったら明日もこの鍋に追加してうどんすきにして頂きましょうか。この季節ですから腐る心配もないですし」「あんさんのお陰で久しぶりに美味しい夕ご飯頂けたわ。明日もやなんてホンマ幸せなこと。甘えついでにお願いしましょか。片付けはワテがやるさかいそのままにしといてな」

彬は気分よく二階に戻り、ＦＭからジャズを聞きながら就寝した。

十二月二十四日、ミーコさんとの待ち合わせ場所とした丸善京都店に赴いた。イブのこの日は、さすがに図書を求める人より、待ち合わせに使う若い人であふれていた。グループであったり彬のように一人だったり。彬が雑誌売り場に向かっていると後ろから、アッ君と声がかかり腕を取られた。すごい人やね、お店の地下売り場みたいや、と囁やいた。向かうのは京都宝塚でミーコさんが選んだ『ニューヨークの恋人』だ。上映開始まで時間があり京極通りに回って喫茶店に入った。席に着くなり「アッ君、はいこれクリスマスプレゼント」。デパートの手提げのついた紙袋を渡された。「僕に！　ありがとうございます。遠慮なく頂きます」。ミーコさんは笑みを浮かべながらうなずいた。「マフラーや。セーターはまだ編んだことないし、時間的にも間に合わへんしマフラーにしたんや、アッ君の顔を思い出しながら編んでた時間は楽しかった。アッ君と出会わなかったら編むこともなかったはずやろ、礼言わなあかんな」。濃紺のマフラーの両端には、赤いラインが三本入って洒落たデザインだ。糸の太さも細く手編みにしては軽く扱いやすそう。「早速今から巻きます」。コーヒーを飲み、時間を確かめ映画館に向かった。「アッ君、今夜は十時ごろまで付き合うてな。十時四十分の電車に乗ればええんやから」「いいですよ、飲みに行くんですか」「今は内緒にしとくわ、もう少し後で言うさかい」

映画はラブコメディだった。キャリアウーマンと時空を超えて現れたロンドンの貴族社会の若者との物語は深刻な場面もなく見終わっても気分爽快でクリスマスにぴったりだね、とミーコさんに告げた。正月の予告は山口百恵・三浦友和の『古都』、渥美清の定番の寅さんシリーズに『タイタニック』が紹介された。映画館内では、手をミーコさんに取られっぱなしで、外して鼻などに手をやってもすぐに取られて、お蔭で左の手だけ汗ばんで気色悪い思いをしていた。

京都駅構内は人の波だった。京都を訪れた人、家路を急ぐ人、その多くが手提げをいくつも持って跨線通路は混雑していた。吹き抜けになっている通路に北風が走る。夜半には雪が舞うかもしれないね、と言いながら風に乗って人波をかき分け進んだ。「ホワイトクリスマスは、幸せ感いっぱいの僕たちにぴったりです」「アッ君って結構ロマンチストなんやな」。向かったレストランは、京都駅南口のニュー京都ホテルの二階にあった。エスカレーターに乗りミーコさんが入ったのはイタリアの国旗がエントランスに飾られたイタリアンレストランだった。予約していたのかミーコさんが小声で何か言うと「お待ちしていました」とチェック柄のベストに黒のチョウタイで決めた若い男が先導する。奥まった席はキャンドルからの光と壁に取り付けられたほのかな明かり以外にはなく、他のテーブルに座る客の顔は定かには見えないようになっていた。

「アッ君、コース料理ではなくアラカルトにしよな」「アラカルトというのは?」「好みで一品一品注文することや、一皿を二人で分けあったらどうか思うてるの」「お任せします。僕はこういうお店は初めてですから」。彼女はメニュー帳を開いて独り言を言いながら選択した。そばに立つボーイにメニューを指で示しながら〈海の幸サラダ〉〈トマトのブルスケッタ〉〈牛肉の煮込み〉〈鰯のピカタ〉〈牡蠣のスパゲティ〉〈ミートソースのペンネ〉。テキパキと決めていた。彬はそのやり取りを聞きながらミーコさんらしいと感心していた。お姉さんさながらだ。

「慣れているんですね」「うそや、ウチもプライベートでは初めてや。会社の研修所が湯河原いうとこにあるの。そこはイタリアンと、和食の二か所でお食事ができるようになっていてね、なんでもウチの会社のオーナーがイタリアンがお好きなんやて。それに今、イタリアンは女性の間ではトレンドなの。上役も講師もオール女性、女性の下着を扱う会社やから当たり前やな」。

ミーコさんは裾周りに多様な花柄が織り込まれたセーターにロングスカート、ショートブーツで胸には貝殻で作られたブローチを付けていた。胸の膨らみがクッキリと見え、生々しい。オーバーコートは彬のレインコートとともにクロークに預けてきた。口紅も控え目で、ピンク系の大人しいもので彬好みだ。派手派手しいのは苦手だった。

「ミーコさん、今夜はレディの装いで素敵です。チャームポイントが目で、その目がキラキラとキャンドルに映えてホント妖精みたい、クリスマスの雰囲気たっぷりです」「アッ君は女の子を喜ばすフレーズは知ってるんやな、ウブや思うても油断できへんことも言うし……言いにくいけど、アッ君に頼みがあるねん。これでも悩んだ末や。ウチ、十月に二十三になったんや、アッ君とは四歳も上のお姉さん。なのに絶滅危惧種やねん」「なに、絶滅って」「笑わんといてな。ウチ、ヴァージンを引きずってるの。それをアッ君に葬ってもらいたいの。一人前の淑女になるんや、お願いを聞いてやってな」「捨てることないやない、結婚前の女性やったら」「アッ君、そんなこと考えてるの。意外に古いんやな。好きな人と結ばれる、結婚とは別や。大切かどうかはその人の価値観やと思うぇ。大事に取っておきたい人はそうしたらええのやし。ウチの父も母もそういう古い道徳を好むお人、口には出さへんけど何事もなく嫁いでほしいて思うてる。早い話、男性は結婚するまで誰とも寝てはあかんのか。そんなことないやろ、女性だけに要求するなんて時代錯誤やんか。個人主義的かもしれへん話を押しつけるんはよくないよ。議論するのはやめよな、折角のイヴやし、ウチの記念日になる日やし」。理論的にはミーコさんに軍配は上がるかもしれないが、導き方はいかにも彼女らしいと思った。彬が結婚する時はどうなんだろう。まあ、成り行き次第だろうと思った。料理が運ばれ会話は終わった。

「アッ君、乾杯よ。これからも仲良うにしてな」。グラスを目の高さまで上げて乾杯した。男性的でサッパリさがこの人の良いところ、今まで何もなかったというのが不思議なくらいだ。

「お肉が柔らかいわ、後でアッ君の鰯と代えっこして食べような」

彬はワインの味に不満があった。実家で飲んだポートワインより味とか香りに特徴がない。なんとなく薄いのだ。

「ウチ、一方的にアッ君を好きになったかもしれへんけど、優しいし変な噂も聞こえてきいへんし。酒コーナーの冨永さんも廣岡君は真面目な子や、主任さんにも可愛がられているし。地下のバイトさんで人気ナンバーワンやて」。パスタもペンネも交換しながら食べた。ミートソースが美味しいと言ったら、パンをちぎってお皿に残ったソースを拭って食べるのが料理人への感謝の気持ちになるそうえ、と教えられた。マナーも、教えてくれる人がいるからこそ学べると納得していた。

予約されていたのは九階のダブルベッドの部屋だった。暖房がよく効いていて、ワインを飲んだ彬には汗が滲むほど熱い。外気が冷たいのだろうか。ミーコは彬の後ろに回りコートを脱がせ、自分のものと重ねてハンガーに掛けた。母性的な優しさはマフラーを手編みする感情と同じなのだ、男性的な面もあれば細やかな気遣いも見せる。女性の奥行きを垣間見た思いだ。ミーコは彬の正面に立ち幾分硬い表情で、なんや緊張するなと言った。抱き寄せて頬を付けそのまま唇を滑らした。彬は舌を入れてみた。「苦しい……優しくしてな」。ミーコのセーターを脱がそうと裾に手をかけた。「自分で脱ぐから待って」

彬はバスルームに入り、シャワーを使い、バスローブをまとって部屋に戻った。

男性との経験がないというミーコにどう対応していいのか彬にも分からない。痛がるそうだから、無理してはいけないのだろう。未知の体験に、異性を抱くという興味より不安の方が勝り高まりはなかった。ミーコもローブをまとい、無言でベッドに滑り込んできた。身体が心なしか少し震えているのが伝わる。「アッ君に偉そうなこと言うたけど、なんや知らん怖い」。彬は黙ったままミーコを抱き寄せ、覆い被さりキスをした。舌を絡ませチュッと音をさせて吸ってみせた。「ミーコも吸って」。腕を首に巻きミーコも派手に吸う。震えは止まっていた。胸に手をやるとブラジャーをつけている。外そうと背中に手を回すと、これ前開きやと言い自分で外す。ポロンと形の良い乳房が現れた。「お椀のようなオッパイやね」。彬の掌からはみ出す。乳首の色が薄いピンクで胸の大きさに比べたら小さく埋もれているようだ。「きれいな乳首」。吸ってみる。乳房を揉むようにして口に含む。舌先で乳首に戯れてみた。「くすぐったいよ、アッ君くすぐったい」。彬の下腹部はミーコの囁きによって目覚め、折れそうなぐらいに硬くなっていた。手を下にやり下着の上から触った。「待って、明かり消して。自分で脱ぐ」。部屋のランプスイッチをオフにしてスタンドの灯りだけにした。彬はバスローブを脱ぎ、ミーコのロープをほどいて裸にした。下腹部の隠れたところに手をやりそっと撫でてみる。多くはないがそこは濡れていた。彬の入る箇所は意識的に避けてゆっくりと全体を撫でまわしていた。「くすぐったい」。訴える声が甘えるような囁きだ。彬はミーコの手を取り、自身のモノを触らせた。手はすぐに離れた。閉じていた目を開け「ウチには無理やわ、こんなの。怖い」「大丈夫や、赤ちゃんが通るとこやで。知ってるやろ、男と女が一緒になるとこや」「分かってるけど無理や……怖いなあ」「一緒になるにはミーコの協力が必要なんやで」。ミーコの手を導き再び彬のモノを握らせた。手は握らせた状態からピクリとも動かない。どうしてよいのか分からないのだろう。ミーコの壺はしっかり濡れていた。しばらく愛撫してミーコの気持ちが落ち着くのを待つことにした。しばらく経ちこれなら大丈夫と思い、タケリをあてがう。途端にミーコの身体が硬くなるのが分かった。「ミーコ、体中に力が入っている。これではダメだ。ミーコの大事なとこは、僕に来ていいよってサイン出してるんやで。ここが濡れてるんや、分かるやろ」「うん、アッ君の指で分かる」。彬は開いてあてがい少しずつ進んだ。「痛い……うーん痛いねん」「まだ入ってないよ、入り口をなぞっただけやで、ミーコが勝手に痛いと決めつけてるから、触っただけやのに痛いと思うのや」

ミーコは本当に痛いのだろう、体ごと逃げるから頭がズルズルと動きベッドのボードまで押し上がってしまった。ミーコを抱き元の位置に戻した。ミーコの目に涙が光る。「ミーコ、痛いのやな、今夜はやめようか」。優しく声を掛けた。「ううん、続けて。我慢するから」。秘所は持ち主の意に反して前より濡れていた。ミーコにも触らせた。「大丈夫やて言うてるやろ」。こっくりとうなずく。彬はへビーキスをして時間をおき再び開いてゆっくり進んだ。腰を引こうとする。少し入っているように感じた。「ミーコのなかに苔が生えて厚くなってるかもしれへん」。冗談が通じクスリと笑う。気持ちに余裕ができたのかミーコの下腹部も動く。それがプラスになったようでスッと入った。「痛いっ」。その声を封じるように唇を合わせた。ミーコの手は彬にしがみつくように圧力を加えてくる。この動きでタケリは完全に埋没した。「ミーコが無理と言うた僕のんが、のみ込まれたで」。ミーコは泣き出してしまった。泣くのをしり目に動いた。痛いとは言わなかった。爆発しそうになり思わず抜いた、と同時に高ぶりは頂点に達し、液体はミーコの大腿部を汚していた。「ごめん、ミーコにかけてしまった、いま拭き取るからこのままにしてて」。サイドデスクにあるティッシュを取りだし拭いた。恥毛が形よく刷り込まれていた。お尻のあたりに薄く血が見える

「アッ君、恥ずかしいからもうええわ、ここに来て」。乳房に触り、乳首を口にした。興奮が

再び訪れた。痛がるミーコを考え、静めるためシャワーを使い、ベッドに戻った。「アッ君、ウチ、シーツ汚してしもうた、恥ずかしいなあ」「後でタオルで拭きとっておくから気にしないで」「ウチ、脱皮したんやな」「セミの抜け殻みたいな言い方、おもろいで」

二人が京都駅で別れたのは、九時半を過ぎていた。「来年はいい年にしよな。『E・T』ていう映画、面白そうやから連れてってな」。キュートな笑みを浮かべ、ミーコは駅舎のホームに下りていった。彬は帰宅するバスのなかで思い出していた。石原先生や小野祥子さんがあのとき彬に「痛くないか」と気遣ったのは、自らの体験から男も最初は痛いのだろうと思ってのことだったのだ。ミーコの必死に耐えようとした表情を思い浮かべ、納得していた。

二十六日の午後、三階の下着売り場にミーコを尋ねた。クリスマスの喧騒も過ぎ歳末商戦はつかの間の落ち着きをみせていた。それでも新年に向けてどの階も活気があった。ミーコは二人づれの女性を前に対応していた。これでは近寄れない。午後五時半、彬の退社時間に着替えをしてから再度行ってみた。ミーコは歩く彬を見つけ非常口の方向を示した。「少し時間取れる？」「ウチ、六時上がりや、待ってて」「丸善で立ち読みしてるわ」。ミーコは、四条から駆けてきたのか息を荒げて、彬の横に立った。「走らんでもええのに」。手をつなぎ、京極通りの喫茶店に入った。店内が明るいのがいい。「オオキニ、帰省するからって顔を見せにきてくれたんやろ、会えるなんて思うてなかったからゴツウ嬉しい。アッ君はホンマ優して気の付く人や」「イブはごちそうさまでした。今日はこれ渡したかったんや。安物やけど」。彬は大学の生協で求めたトップに小粒の真珠がついたネックレスを渡した。高級品ではないがイミテーションでもなかった。売店の女性は、チエーンは金の塗りだと説明した。「ええっ、くれるのん？嬉しいな。気ぃ使こうてからに……男の人からプレゼント貰うの初めてや」「僕かてそうや、売店で恥ずかしかったけど」「アッ君、さっきイブありがとうて言うたやろ、ウチ別のこと考えてしもうて、恥ずかしいこと言わんといて、て早とちりしてたわ」「帰省は明日の午後の予定です」「そうか、帰ってきたらすぐデートしてな。手紙書くわ、古村様方て書くんやろ」

翌日、自転車で四条烏丸のN証券に周防さんを訪ねた。口座開設に伴う書類一式と現金を入金した。その場で自動車株、薬品株に造船と非鉄のD鉱業を買うようお願いした。「仕手株と承知してのD株ですか」と言った。「年明けまでです。仕手株の動きを見たいんです」。反対を押し切った。下宿の机に眠っていた現金が今後どうなるのか、そのことに気分はハイになっていた。午後、折よく在宅された奥さんに帰省の挨拶をした。「昨夜遅くに隣の岸川はんが帰ってこられましたえ、今はまだ眠ってはるみたいやな。顔合わせは来年になるな」。すれ違うようだけれども、予定通り新幹線に乗るべく古村宅を出た。

実家にはきっかり十日いた。商品の配達と集金の手伝いに明け暮れた。田舎ではいまだに盆と暮れまで〈付け買い〉する風習が残っていた。その家専用のノートがあって購入日と商品名に単価と金額、そして確認のサイン。月末の合計額が記載され、次月になるとページが変わり新たに記録する方式で、彬も小学校五年から中学二年ごろまで記録係だった。今は妹がその役だという。

付け買いする家は彬の頃より三割ほど少なくなっていた。それだけ現金が回るようになったということか。楽しかったのは、妹たちの企画ものだった。妹の千鶴とその仲間五人で、「餅つき大会」を年末三十日に計画していた。もち米は農協の寄付、経費は全額が県教育委員会から後清算の形で支給されるという。臼・杵・蒸籠（せいろ）にお釜は実家の裏手にある森岡家から借りたそうだ。当主の森岡一朗氏は県会議員に選出されていて、彼がこの企画を支援事業に推薦し実現したと千鶴は言っていた。そんなことで当日は早朝から関係者たちは忙（せわ）しなく動いていた。

彬にとっての餅つき体験は、小学生の頃自宅の土間で父や隣近所の住人が集まり、ついた記憶があるが、今ではついた餅は農協から配達される時代になっていた。なかには電動式の餅つき機で作っている家庭もあるらしい。餅つき場所は実家の隣にできた地区の集会所の前庭を使うという。昨夜、千鶴と末妹の葵が大会の企画や村の近況を嬉しそうに話してくれた。村は一年後には町村合併で町になるらしい。彬は早朝、子どもたちの甲高い嬌声で目覚めた。それでも朝食が終わったのは九時半を過ぎていた。綿入れの褞袍（どてら）から外出できるジーパンにはきかえジャンパーを着て商品配達に出掛けた。父は今年最後の仕入れに名古屋駅西の市場に出掛けていた。この仕入れ形態も、様変わりするらしく四月から、岐阜の中央市場から仲買人らが共同で運営する専門の配送業者が来るらしい。前日に電話注文しておけば、翌日正午までに届くという。「お陰で身体が楽になるわ」と言っていた。彬の高校生時代は、国鉄の上り一番列車の最後尾車両は沿線の小売り業者専用車両に指定され、下りも岐阜十時発列車が同じように専用となっていた。業者の運ぶ生鮮食材が生臭いための処置だったが、今では道路整備が終わり列車の運行形態も変わっていた。

餅つきは、父兄が代わるがわる杵を持ち、手返しは娘か母親が務めているらしい。店の手伝いにきている小母さんが、現場を見てきて、子どもたちが臼を遠巻きに張り付いていたと教えてくれた。日頃接触の少ない親子には思い出に残る企画だろう。大会の終了予定時間である三時をとっくに過ぎたころ、葵が最後の臼だと知らせに来た。前夜、打ち上げ臼をつかせてほしいと頼んでおいたのだ。現場では手の空いた人たちがカメラやビデオ撮影に動いていた。

彬の相棒は、村上美知さんという大柄な高校生が務めてくれた。白のジャージの体操服は胸の膨らみを隠すこともなく揺れていた。ブラジャーしてへんのかな、彬は想像逞しくしながら杵を振りおろした。

夕食は一家団欒とはならなかった。自宅が店舗併設では当たり前のこととして育った。アルバイトの小母さん二人がつきあがった黄な粉餅と、小豆餡の餅をパックして帰っていった。「ちいちゃん、ありがとうね」。声を掛けられ千鶴も嬉しそうだった。「風もなくて味方してくれたな、やってよかったな。村の人も楽しかったやろ」。彬も千鶴を労ってやった。つきたての餅を食した後だけに、兄妹三人の食事はすぐに終えた。「夏休みは来るんやろ。下宿の小母さんが廣岡はんの隣部屋に泊めてあげてもよろしいえ、て言うてくれたで」「嬉しい！　二泊させてもらえるんやな、宿代かからないなんて最高」「お兄ちゃん、葵は映画も観たい。夏休み早くこんかなあ、美ちゃんは京都へ一緒に行きたいて葵に言ったよ、お兄ちゃんのファンなんだって」「美知はA大に行くてみんなにも言ってるけど、あの子はバスケに入れ込んでるから無理やろ、A大は超難関校やから」「葵も五年生やもんな、記憶に残る年齢やから、いろんなとこに連れて行ったげる」。姉妹がニコニコしながらの雑談タイムは二時間も費やす、宴のごとくになった。彬は実母が去り、義母が来たときは素直になれなかったし、実母の嫌な思い出も未だに心の中でトグロを巻いている感じだが、千鶴にはそうした影がない。羨ましくもあったが、嫌なトグロがいるのは、俺一人で十分だとも思った。

一月七日、彬は予定通り古村家に戻った。奥さんは留守だったが机には丸っこい文字の封書が置かれていた。投函日は四日となっていた。差出人は樫本美栄子とある。

廣岡彬さま

アッ君、おめでとうございます。そしてお帰りなさい。私はたった二日の正月休みを何もせんとのんびり過ごしました。アッ君のことばかり考えてたら何もできなくて……人のせいにしたらあかんな。

会えないのが辛い。

シンガーソングライターのユーさんのテープ聴きながら便箋をひろげました。午後十時を過ぎたとこです。

父は既に寝間にゆき、母は先ほどまでソファに座ってテレビのお笑い番組を見ていました。多分寝間に入ったのでしょう。

あの夜、好きなアッ君と結ばれボーっとした幸せ気分で、電車に揺られ帰宅したのが未だに忘れられません。アッ君の私を気遣う思いやりの心、身をもって（笑ってください）体験しました。

詩仙堂に行ったこともいい思い出です。私ばかりが話して、恥ずかしいです。マフラーを編もうと思ったんは、珉々亭で食事しての帰りの電車の中でした。母に編み棒借りて……店内で毛糸を求め編み方を教わりなんとかクリスマスに間に合いましたね。

母は男物マフラー編んでるのに何も言わなかったです。

年が変わりました。悔しいのはアッ君との年齢差は縮まらないことです、四歳の差は厳しい。アッ君が社会人やったら私の性分ゆえ振られても構わないと思うて、強引にゆくけど学生やもん。どこに就職するかも分からへんし、アッ君が結婚を考える頃には私は三十路や。これはごっつう哀しい。私が決めたんやからアッ君には迷惑かけとうない、その覚悟はしています。卒業までお付き合いできたらええと思うてます。

仲良うしてな。

ユーさんのテープもラスト近くの曲になりました。切ない詞を聞いてると涙が滲んできます。ユーさんて天才やと思うわ、人の心をわしづかみにするんやもん。

お風呂に入って寝ます。店は三日から始まっていますから明日も出勤です。今年も頑張ります。正月三日　　　　ミーコ

彼女の文字は丸顔に似て丸っぽくて読みやすかった。読後の彬の感想は、女性を愛した経験がないだけに、ひたむきな愛を知っていじらしく抱きしめてやりたいと思った。一途に慕ってくるミーコに心はざわついていた。夕食に出た帰り、駅前の公衆電話ボックスに入り電話を掛けてみた。電話口には本人が出た。「アッ君のことやから掛かってくると思ってた。おめでとうさん」「手紙ありがとう、僕のそばにはミーコがいるんやと思って嬉しかった。今度の水曜

日会えますか」「十四日やろ、大丈夫や」「十一時に出町柳まで来てほしい」「分かった、サンドイッチこさえて持ってくわ」

奥さんは帰宅していた。新年の挨拶をして、実家から持たされた、干し柿とヨモギ餅を渡した。ヨモギ餅は小野祥子さんの娘さんを思い出させ、蝶々を追いかけている風景につながった。
「廣岡はん、牛肉が仰山届いたさかい、明日の夜はすき焼きにせえへんか、岐阜ではどないにするん？　またあんさんにお任せして」「いいですよ、実家では割り下を始めに作っておいてからです。関東風だそうです」「ほなワテらと違うな、お任せします。お肉だけあるさかい、他の食材はまた買うてきておくなはれ。お財布は食卓の上において置くさかい自由に使うて」。奥さんが彬を信頼した言葉だった。こんな風に暮らせることを幸せに思う。今年も奥さんとの疑似親子めしになるようだ。それでもかまへん、流れに任せるつもりでいた。

翌日、自転車を引き出し岡崎の府立図書館に向かった。図書館には駒野神社に下宿していた頃、借り出しができるように登録していた。川端通りから丸太町通りに出て、駒野神社の見える交差点にさしかかったとき祥子さんの住むエリアだと意識はしたがペダルを漕ぐ足は止まることはなかった。図書館ではブライアン・フリーマントルの『消されかけた男』『再び消されかけた男』の二冊を借りた。週刊誌の書評欄で知り興味を持ったのだ。政治サスペンスという領域を読むのは初めてだった。

その足で、四条烏丸の証券会社に向かい、担当の周防さんに会い仕手株だから注意しなさいとのアドバイスを意識し売却を頼んだ。買値より六十七円上昇していて、これが株式売買を通じて儲けた初体験となった。周防さんからは売却後の次の運用先を問われたが、しばらく検討してみたいので口座に預かってくださいとお願いした。また株式市況を掲載する新聞を二紙頂いた。

陽の落ちた五時過ぎ、奥さんは帰宅した。ご主人の話し相手になるためだという病院通いも毎日となると大変だろうと同情する。本人は家にいてもやることはなくて、もともと古村氏の話し相手なのだから辛いことなどないと言われた。「廣岡はん、お父はんが干し柿美味しかったらしく二個も食べはったぇ、係の看護婦さんにもあげてたわ。男はんは若い女子（おなご）やと親切なんやから、身体がいうこと利かんでもああなんや、笑えるわな」

彬は割り下から作り、野菜を丁寧に刻んだ。駅前の食料品店で求めたのは春菊・エノキ・ネギ・玉ねぎに白菜、生麩に糸コンニャク、焼き豆腐それに生うどんも用意した。二人では食べきれないだろうから明日のことも考えた。肉は見事にサシの入ったもので、肉の等級など知らない彬に、奥さんは最上級の神戸牛だと言った。「毎年、伏見の精肉卸売組合から届けてくるんどっせ。お父はんがいてはったら送り先もあるやろけど、ワテの知ってるんは世話になってる不動産会社の社長はんだけ。もう届けたから後は自由にして、廣岡はんのお友達にあげたかてかまへんぇ」。

生のしかも最上級の神戸肉をあげたいと思う友はいない。ふとミーコの顔が浮かんだが言葉は別のことを言った。「間もなく、友人たちが戻ってくるのですき焼きにしてつつきたいです。後は佃煮にしましょうか、もったいないけど、食べられるようにしないと」「ああ、それがええな、そうしぃ」。許可がおりて、喜ぶ野地健一朗や箕浦哲夫の顔が浮かぶ。奥さんはいつもの赤松剣陵のラベルが貼られた一升瓶から銅製のチロリに注ぎながら準備する。四国・九州人は酒豪が多いと野地が言っていたけど奥さんはご主人に鍛えられ半端な呑み助ではないようだ。肉はさすがに神戸牛の一級品、柔らかく肉質が甘くしかも香りがいい。これなら二百グラムは軽く食べられそうだ。「あんさんの手順を見てると、料理の素人やないな、いつの間に覚えたん？」「実家は、食品から文房具にタバコ・ハガキ・切手に酒類ほどを売っています。一日で一番忙しいのは夕時なんです。妹二人と僕の食事は僕が作るわけで、ついでに父と母の食べ物を用意します。包丁握ったのは小二ぐらいからです」「年季入ってるわけやな」。奥さんは味付けが口に合うのか、よく手が伸びて肉より豆腐と野菜が追加となる。「あんさんも一杯どうえ」。立って湯飲みを持ってくるとナミナミと注ぐ。「ほな、乾杯しよか」「ご主人の容態はいかがですか」「オオキニ、ようやっとご飯もお粥さんからオジヤに変わったとこ。けど、人参やらほうれん草は柔らか過ぎて見た目ちっとも美味しそうやあらへん。白身のお魚かてつぶしてあるんぇ、お正月はさすがにマグロとタイを刺身にしてもろて差し入れましたわ」「えらい痩せてしもうて、身体捻るのんが辛そうでな。あんさん、今晩は内風呂入れるさかい、用意できたら呼ぶさかい入りなはれ、ワテは酔ってるから〈賀茂湯〉に行かれへん。お湯たてます」

気が付くと彬は湯飲みで二杯目を飲んでいた。奥さんのピッチの早い飲みっぷりにつられたのだろう、頬が火照っていた。「お肉どのぐらい食べたやろ」「奥さんがあまり食べてませんから三百チョットですかね、僕がほとんど頂きました。具材が残りましたから、明晩はまた鍋にして、目先を変えて焼きうどんにしましょうか、お餅入れてもいいですし」「あんさんに任せます。残ったお肉はどうしましょ」「小分けして冷凍しましょう、明日帰宅したら佃煮も作ります。病院に持って行きやすいでしょうから」「ホンマやな、でもよう気が付くお人や、回転が速い。感心するわ」。彬はふと気づいたことがある。廣岡はんと呼ばれていたのが、いつの間にか「あんさん」に変わったのだ。家族のような……

後片付けはせんでよろし、と言われたがお肉を小分けすると断り、結局食器は全て洗い専用の篭にいれた。お肉は量るとまだ二・五キロ以上もあった。二百を佃煮にしてあとは子分けして冷凍した。こうしたことができるのも子供時代の遺産だ。調理するのは苦にならない。

「あんさん、お風呂入りましたえ」

風呂場は今まで見たこともない設えだった。広さもさることながら造作がすごくてしばらく裸のまま見惚れ、あたりを見まわしていた。脱衣室にはトイレがあり洗濯機と脱水機が据えてある。トイレを覗くと西洋風便座でスイッチらしきものが便座横にあって、これがシャワートイレだと知る。脱衣室だけでも五平方メートルはあるだろう。すりガラス戸をカラカラと引き浴室に入る。彬の借りた部屋並みの広さか。天井を見て判断した。奥の隅に長四角の浴槽があって檜の香が漂っている。窓の外は坪庭が見え、南天の赤い実が鮮やかだ。天井は網代葺き(あじろぶ)で中央部に換気のファンがあり、四隅には空気口の器具が付いている。室内の灯りは四隅の柱と浴槽の上のファンと同じ大きさの蛍光灯が設置され十分に明るい。冷暖房機はむき出しではなく木製の箱に囲われ、壁面はコンクリートの打ちっぱなしで型板の跡があってワイルドな感じだ。身体を洗う場所は銭湯のように横一線になって洗えるよう蛇口が三か所に並んでいる。しかも十分な間隔があるので大男でも並べるのだ。相撲取りやレスラーの写真を思い出す。この風呂に毎日入る贅沢さを想像した。奥さんが、ご主人が入院してからは〈賀茂湯〉に行くと言われたのも納得だ。

「気持ちいい！」。手足を伸ばしてほろ酔いを楽しんだ。パジャマに着替え、脱衣室を出ると「オブーを入れたから、ひと口飲んでいきおし」。声を掛けられた。「いいお湯でした、お湯より風呂場に酔いました」と笑った。「お湯が汚れてへんから明日も沸かすわな」。挨拶をして二階に引きとった。

　翌日、キャンパスに行き学内の情報を覗き必要なものをメモして四条烏丸の証券会社を訪れた。周防さんは接客中で同じ課の二十代後半ぐらいの男性が「周防に代わってお伺いします」と丁寧に頭を下げ対応してくれた。彼を通して仕手株のことや今後の注目株などについて教えてもらった。彼は彬が古村家に下宿していることを知っているばかりか、当主が入院加療中であることも知っており驚かされた。顧客個々のことは共通の情報としてつかんでいるのだ。前回、仕手株を売却したことで得た資金で女性下着メーカーの株を購入した。N証券の推奨株でもあったし、ミーコの勤める会社ということで興味がわいたのだ。帰りに錦小路の佃煮屋さんで大原の山椒の実を小袋に二十グラムほど求めて下宿に戻った。牛肉の時雨煮に使うつもりだ。奥さんが帰宅されたのを物音で気づき、台所に向かい時雨煮に挑戦した。実家では小女子（こうなご）やアサリの時雨佃煮を売っていたし、食べたことがあっても作るのは初めてだ。でも応用はできた。ただ店で売るのは甘すぎるので飴は使わなく彬は、砂糖を控えめの醤油も少なく薄味にして生姜のみじん切りを加えることで風味よくした。山椒の実が素人の力量をカバーしてくれるだろう。フライパンを使い、肉を炒るようにしながら脂を出し調味料を入れ仕上げ時には白ごまを入れて汁がなくなるまでじっくりと煮た。奥さんに味見をお願いしたところ、これはお酒が進む佃煮やわと合格点をもらった。「あんさんは、きっとなんでもできるお人やろな、学生さんに言うたら可笑しいけど、お店でも出せるえ」。夕食は昨夜と同じく、鍋に野菜類を足しうどんを入れて頂いた。二人でお酒を飲みすっかり家族のような雰囲気だった。女性のことを尋ねられたが、お付き合いするような人はいません、とミーコを思いながら答えた。ごめんなミーコ、小ずるい男やねん。

その夜、とんでもないことが起きた。女性との交際を聞かれたのはその助走みたいなものだった。酒を飲み、赤い顔をして風呂に入った。手足を伸ばし幸せ感を抱いていたとき脱衣室から声がかかった。「あんさん、入るえ」。カラカラと引き戸が鳴り、奥さんの姿が……奥さんは着物の裾を帯の下に挟み込み、薄いビニール製の前掛けをして、足元は素足だ。「身体洗うたげる、ここに座り」。檜製の踏み台ぐらいの椅子を示された。どうしようもない現場だ。言われるままタオルで前を隠し背中を向けて座った。奥さんは手にしていたスポンジに固形石鹸を塗り付けている。首から背中へと十分に泡立てられたスポンジが動く。手慣れた動きだ。「お父はんの背も昔はがっちりしてたけど、あんさんも筋肉質やな。余分な肉もついてへん」「今度は前や」。恥ずかしくて自分でやりますと言ってみたが、奥さんの手が向きを変える。首周りから胸に腹にと動く。スポンジのザラッとした感覚が下腹部に下り、カン違いしたヤツが反応する。恥ずかしいことこのうえない。「チョット立ち上がって……シンボルが立派になったかて恥ずかしいことやあらへんで、若い子やもの」。勃起した後ろの袋も手が回り容赦なく洗う。

素手で袋を撫でまわした。このまま続けられたら爆発してしまう、そう感じたとき汲み置きされた湯が掛けられ放免された。「頭は自分で洗い」。彬は湯船から汲みだした湯を体にかけ浴槽に入った。言葉は何も出てこなくて湯気のけむるなか奥さんが消えるのをただ見ていた。パジャマに着替え、浴室から出たが奥さんの姿は見当たらなく、そのまま自室に戻った。裸が恥ずかしいのではなく、義母より年長と思われる女性の前で勃起した醜さを見せたことが悔しい。布団を敷き早々に寝てしまった。

変事はさらに続いた。温められた身体は睡魔を連れてきて眠りに落ちた。襖の前で名を呼ばれた気がして寝たまま首を回したところに奥さんの姿。スッと近づき、羽織を脱ぎ捨て浴衣になって布団のなかへスルリと入ってきた。風呂上がりなのか、石鹸の匂いがした。「何も言わんでええ、あんさんの筆おろしに来たえ」。訳の分からない言葉だ。彬は言葉の意味は知っていたがご主人のことをいつも心配しているこの人がどうしたのか、どうすればいいんだ。思いは混乱するばかり。

奥さんは彬に添い寝する形になると、パジャマのなかへ手を差し込んで、普段通りのチンポコに触れた。モノだって驚いているのだ。袋だの竿だの、微妙な手の動きにあっという間に大きくなる。布団がはねられパジャマのパンツが脱がされた。「大きいな、若い人のや」。自ら浴衣の裾をはだけ屹立した彬に跨る。竿は握られ導かれた。のみ込まれた感じだ。「痛うおまへんか……」。乳房の揺れる音で目を開き見た。浴衣のなかで大きな胸が上下に動く。「痛うないのやな、ああ気持ちええわ、長いことして……あんさん……」。動きが激しくなり動物のようなうめき声とともに彬の身体の上に落ちるようにしがみついてきた。彬はそのあえぎにつられ腰を動かして一気に爆発させた。「いったんやな、初めてやろ」。耳元で激しい息遣いのまま言う。唇が触れ、年齢差なんてどこかに飛んで消えていた。欲望だけが場を支配した。胸に手をやり乳首を探る。「あんさん、乱暴にしなくてもどこへも行かへんのやから」。その手を下に送った。驚いた、驚いて手が止まってしまう、あるべきところに毛はなくつるっとしていた。奥さんは全てを剃っていた。ミーコが「水着になったとき脇から毛が出たら恥ずかしいから」。だから時々剃ると言ったことを思い出す。

「ワテはもともとないのや」。奥さんはいう。「上七軒の女将が琴路のおそそは、お茶椀やなて言うてたわ、脇には毛があるのにな」

「お父はんは、パイフウいうて嫁にしたら縁起がいいらしい、西の方からやってくる神様やそうな。漢字で白い虎と書いてパイフウ、麻雀で白い牌をパイパンていうやろ、それや」。奥さんの恥丘は剃り跡もなく滑らかで、スルッと股間から秘所に至る。指を動かしていると「もう一回、な」。彬は言われるままに上になり動いた。動物的にグワッ、グッと言い「イクッ、イクッ」。誰もいないこの家だ。自分のしたいようにできた。二人同時に果てていた。

気持ちよさそうなイビキはおばさんの音だ。背を向けて彬も寝てしまった。朝になり隣に寝た奥さんの姿はなかった。えらいことになったな、貞淑な奥さんだと思っていたのがこのありさまだ。どうすりゃいいんだと思いながらも半ば居直っていた。

まさか追い出されることはないだろう。

洗面所で顔を洗っていると、背後から呼ぶ声がした。「ご飯作ったぇ、ここへ来てお食べ」。深呼吸して「ハイ」と答え二階に戻り着替え台所に向かう。「おはようございます」「おはようさん」。茶椀にご飯がよそわれ、目の前に出された。味噌汁と鯵の干物、焼き海苔とタクワンが並べられていた。オアガリと言う。「食べ終わったら話を聞いておくれ」

「ワテのしたこと、お酒のせいでもあらへん、前から抱いてみたいと思うていたんや、誘惑ちゅうのやろか、魔が差したちゅうのやろか。男の匂いがたまらんようになって……もう二度とせいへん。ここから出てかんように……な」。緑茶が出され「お父はんも直に戻らはる、夕べのことは内緒にしておくれ、ここにいておくれ、この通りや」。頭を下げていた。「誰にも言うつもりなんかありません。卒業までの二年間お世話になります。食事のご心配はしないでください」「ワテはあんさんに気兼ねのうしゃべりましたやろ、あれですっかり垣根がとれてもうて……寂しそうやけどよう気がつくし、可愛い子やて思うようになってしもうた」

古村しほは十六の春、つまり義務教育卒業と同時に京都の北部にある上七軒で置屋を営む垣下千世子のもとに預けられた。千世子が四国大洲の出身で、いい子がいたら紹介してくれと町の有力者に声を掛けていたことから実現した。しほの父親、泰造は先代から続く瀬戸内を漁場にして持ち船を操り、主に中形の魚を獲って生計を立てていた、真面目な男だった。しほが中学二年の春先、濃霧のなかを漁に出たために事故に巻き込まれあっけなく逝ってしまった。母親も地元の女で活発な性格は好かれていた。しほの卒業を控えた年の暮れ、しほの先行きについて、訪ねてきた男性に垣下千世子のことや、先方に子がなく将来は養女にしても……など具体的な話を持ち込まれ実現した。母からその話を聞かされ、しほは女学校に行けると思っていただけに人生が変わったことを知った。京都に出て三年目、十八になった夏、千世子の内縁の夫に無理やり犯された。その男は店の料理長で千世子が惚れて一緒になったのだ。男が再びしほの起居する部屋に忍び込んだ時、千世子に気づかれ急転した。その場で男は店から追い出され、しほは女将に叱責されることはなく、油断を詫びられた。

店にとって最も大事な客であった亀次郎に見初められ結婚を条件に引かせてくれと申し出があったとき、千世子もしほの将来を真剣に考えた。いずれはしほに店を任そうとも考えていたが結果は店から嫁に出すことにした。旧姓金田亀次郎はしほと結婚したとき、古村姓に変えた。俺は今後古村しほという女と添い遂げる誓いみたいなもんや、と言った。

しほが廣岡彬という下宿生に対した時は、田舎から出てきた大学生であり、過去に五人預かったうちの一人にすぎなかった。気持ちがザワザワしたのは亀次郎が入院して、しほを心配する彬の情だった。一生懸命食事を作り食べさせようとする心根に驚き、今まで感じたことのない優しさに年齢差を意識しないで甘えていた。風呂場に入ったのも、日ごろ夫にしていた決まりごとを果たす軽い気持ちだった。身体を洗うという行為は特別でもなんでもないのだ。しかし彬を洗い立派になった男のシンボルに触れ忘れていた煩悩にさいなまれた。みさかいもなく二階に上がってしまった。自分が上七軒で体験したと同じことをしてしまったことに気付いたのは自分の部屋に戻ってからだった。当夜は後悔で朝まで眠れなかった。女将さんから謝られたけど、ワテはどうしたら許されるのか、許してもらうしかない。あの子がここから出るまでしっかり面倒みるしかないなと自らに言い聞かせていた。

時雨(しぐ)れた寒空では自転車をこぐ気になれず徒歩で大学に向かった。昨年の初夏に入部した証券研究会に顔を出した。今春に大阪証券取引所の見学会がありそれに登録するためだ。同時に新学期から始まる会計学のテキストを購入し、バスで河原町に出て高嶌屋の地下に下りた。伏見の酒造会社から派遣されている藤掛さんに会うためだ。売り場には冨永さんがいた。「藤掛さんは、ご本社に戻られたえ、あそこにいてはる若い人が後任なんや、呼んだげようか」「いえ、藤掛さんと話ししたかっただけやから」。そう断って三階に向かった。売り場にミーコは見えない。念のため社員食堂に行きミーコを探したが空振りだった。夜にでも電話するしかない。

その夜、夕食をいつもの河原町今出川の学生食堂で取り、普段はあまり行かない百万遍の〈田園〉という名曲喫茶に立ち寄ってコーヒーを飲んだ。ミーコが帰宅するまでの時間調整のためだ。店ではラフマニノフの『ピアノ協奏曲第二番』が大型のスピーカーから流れていた。彬が詳しいのではなく、回されるレコードのジャケットが、客に分かるようにレジの隣に作られたボードに掲示されるから曲名を知っただけの話。この店に入ったのは二回目である。場所柄京大生が多い。結局、午後九時に店を出るまで三曲聞いたが印象に残ったのはラフマニノフだった。予想通りミーコはいた。食事中だと言うので掛け直そうかと言ったらかめへん、なんやのと言う。明日渡したいものがあると伝える。品を問う声には「お肉」と短く答えた。

帰宅して奥さんに牛肉を世話になってる高島屋の人に差し上げていいかと許可を取った。「構へん、全部持ってっても構へんぇ」。夕べの後だからか、古村のお金が動いたわけでもないからか、気前よく承知の返事だ。「新学期が始まったら友人たちとすき焼きしたいので、その分は残します」「そうか、好きにしたらええよ。お父はんに時雨煮を小分けして持って行ったら旨い旨い、言うてご飯の上にのせて食べはったわ、二日続きで持って行ったけどもうあらへん、味付けが合うたみたい、ワテが作ったと思うてるけど」。奥さんの言葉には昨夜のこだわりはなかった。彬も引きずるのは苦手、もう二度とないと約束してくれたのだ。安心してお世話になろうと改めて思った。翌日はミーコが指定した団栗橋近くの純喫茶に行った。指定されたのは一時二十分、お昼の休憩時間だそうだ。二人はサンドイッチとレモンティーというシンプルな食事を取り、彬は肉八百グラムほどを渡した。「もう母に今夜はすき焼きするから、お肉だけは用意するさかいて言うてきた。でもこの重さはなんえ、よう許さはったな」。裏事情はミーコには話せない、誰にも話せないことが小野祥子さんしかり、奥さんしかりだ。何でこうなるのか、しばらくの時間ボーっとして考えてしまった。「どないしたん？」「うん、なんでもない。十四日のこと考えてたんや」とぼけてかわした。

一月十四日、十一時に出町柳駅に出向いた。義母が縫ってくれた和装に祥子さんがくれた草履、ミーコが編んだマフラーを小粋に首の斜めで結んだ。ミーコは小走りして近寄ってきた。「おはようさん、着物がめちゃくちゃ似合うてるえ、川端文学の書生さんみたい。ウチも着たらよかった。それよりお肉や、アッ君が何も言えへんから普通のお肉や思うてたら、最高級品やそうな。父が親会社の親睦会で神戸牛のすき焼きを食べたけどあんな高級品やなかったて、言うてやった。ウチとこ初めての超豪華のすき焼きやったわ。母も肉が口のなかでとろけていくて大感激してはった。どないしたん、あんなお肉」「決まってるやろ、本年もよろしくっていう挨拶やんか」「嘘っ！　あんなお肉ウチら庶民のもん違うぇ、お店でもグラム何千円もするんや」「ばれたか、下宿の古村という方は精肉業界のドンと呼ばれた実力者で引退後も組合から正月になると持参してくるんやと。今年はご主人が入院騒ぎで、家でも始末できんからいうて奥さんが自由にしていいと言うて下さったのや、僕は佃煮にしたんをご飯にのっけて食べた。ホンマ美味（うま）かったな」。そんな肉が三キロも届いたと教えたら丸い目をさらに大きくしてすごいと唸った。思わず彬が笑ったら「なんやの、気色悪い。どうせウチはドングリです」と拗ねた。それも可愛い。下宿に着いた。

奥さんが留守なのを幸いミーコに庭を見せて歩いた。調子に乗って沓脱石から室内に入り台所から風呂場まで見せた。すごいすごーいの連発で「アッ君もこのお風呂か？」「入ったことなんかないよ、学生は近くの銭湯〈賀茂湯〉や」。なぜミーコをここに案内したのか。己の貧しさにコンプレックスを抱いてるからやないのか、その思いが恥ずかしかった。

「お肉がこのお家になったんやな」。ミーコの言葉は正直な感想だった。部屋でインスタントコーヒーを溶かし、差し入れのサンドイッチを頬張った。午後の歌謡番組が終わり、クラシック音楽に変わった。アナウンサーがマスカーニのカヴァレリア・ルスティカーナの間奏曲だと紹介した。壁にもたれ美しい旋律を聴いた。「哀しい曲やね」「不倫して結末は……ミーコの感想は正解や」「ウチらは不倫と違うもんな、キスして」。抱き寄せて口づけた。口づけがエスカレートして胸を触り舌を交換するうちたまらなくなって「したい」と告げた。「アッ君ウチ会いたかった。正月中アッ君のことばかりやった。抱いていいよ」。彬はストーブを部屋の隅に移動させ、素早く布団を敷いた。羽織、着物、襦袢を脱ぎ、下着だけで横になった。二日前には別の女性が寝た布団だと脳裡をよぎる。「アッ君これが要るねん」。ゴム製品だった。「分かった」「これ買うのんゴッツウ恥ずかしかった、店員さんが母のような年齢で」。パンティはピンクのバラがちりばめられ可愛らしいデザインだった。ブラジャーも同じ模様だ。女性は下着にもおしゃれするのを知る。掛け布団を引き寄せ花園に手をやる。すっかり濡れてミーコの身体が動く。「そこ、何や知らんけど気持ちええよ、くすぐったいような、変な気持ち……」。

彬はミーコの上になりゆっくりと進入した。「少しやけどヒリッとする、痛うはないけど」。ミーコの手をとり挿入を確認させた。「入ってること分かるやろ」「うん、濡れてるんも分かる」「一心同体やな、キスしたら上も下もつながるんやな、アッ君はミーコのもんや。嬉しい」。背に回した手が強く締め付けた。「ゴムつけるから」「あ、離れた」「あったかい、感覚があるえ」。ゆっくりとピストン運動した。「どんな感じ?」「よう分からへん、いらわれたときほど気持ちいいことないけど、アッ君とつながってるんやもんな」「僕、気持ちいいよ、もうすぐ爆発しそうや」。耳を甘噛みしながら囁く「アッ君、ウチも感じる。気持ちいいて感じる」。彬は大きく激しく動き果てた。呼吸が不規則になりミーコの腹の上で喘ぐ。ミーコの呼吸も乱れていた。「セックスてエネルギー使うな」

黙したまま時間だけが動く。

「奥さんが帰ってこないうちにここ出るからね」「うちら泥棒ネコみたいやな」

自転車を引き出し、ミーコを後ろに乗せ大学に向かった。図書館内に隣接する喫茶ルームに入った。「アッ君と自転車に乗るなんて……そいでもってアカデミックな雰囲気のとこでコーヒーブレイクや、思い出に残るな」「Hもしたしな」「外でそんな話ししたらあかんぇ」。軽くにらむ。「ミーコのその目、チャームポイントもええとこや、大好きや」「オオキニ、アッ君のお誕生日、日曜日やな。ウチ早番にしてもらうさかい空けておいてな、手帳には印付けてんねん。またあのホテルを予約する」「まだまだ先のことやな」「関西ではな、一月イヌル、二月ニゲル、三月サルいうねん、三月八日なんてすぐ来るわ」。キャンパスをぐるりと案内して自転車を駐輪場に止め歩いて四条烏丸の駅まで送った。改札を出たときミーコが振り返り手を振る。体勢を元に戻したとき、前から来たおっさんとぶつかっていた。おっさんは被っていた帽子を飛ばしてしまった。慌てて拾いに走るミーコ、帽子を渡しながら二人はどちらもペコペコと謝ってる。一部始終を目撃した彬は、おかしくて腰をかがめて笑ってしまった。あの様子ではどちらも自分の不注意だと思ったのだろう。笑いのとまらない彬に、とって返したミーコが「アッ君のせいや」。指を彬に向けその指を振りながら怒る。その態度に彬の笑いはさらに続いた。

「すかんタコ、アッ君のせいやで。こんどオイドしばいたるさかい」。プリプリしながらホーム階段を下りていった。通りを歩く人は、彬が思い出し笑いをするのをみて、気味悪そうにしたのもおかしかった。

二月の下旬は教養科目の試験が続いた。学内の図書館にこもったり、テストに挑んだりとほぼ一週間忙しく過ぎた。講義には真面目に出ていたから、テストにも心配はなかった。追試のない分、暇な時間ができた。野地健一朗に誘われ麻雀を覚えたのはこの頃だ。白牌に触れると奥さんを思い出し、複雑な気持ちがした。ゲームは運次第、配牌次第で彬は、大勝ちすることもあれば、一人負けもあり平均すると負けが多かった。彬は要領というか場の読みには疎いと思った。野地の評価は「廣岡は綺麗な形にこだわり過ぎや、平和（ピンフ）でも鳴きタンでもいいから上がれるときは上がらな。そいでチャンスが来たら攻めたらええのや。ロマンチスト傾向はカモネギやで」。相手になった佐藤というひげ面は「君は正直やから、捨て牌見てるとどの方向に向かってるか読みやすいタイプ」と評した。あるとき、彬がメンバーから外れたので彼ら四人の背後から覗いたことがあった。野地など自分の配牌がごちゃごちゃ、佐藤は次に捨てる牌は右にあったり左にあったりと、彬のように右サイド一辺倒ではなかった。相手を意識していることが分かる。麻雀は時間の消費には格好の遊びだが、タバコの煙に燻（いぶ）され不健康でもあり、次第に遠ざかってしまった。ある日のこと、麻雀を終え彬にもなにがしかの掛け金が手元に残り気分よく雀荘から野地と二人連れ立って飲みに出掛けた。野地が案内したのは四条河原町から先斗町を上がったところで、おばんざい屋と言われる店だった。中国語の講師に連れられてきた店だという。開店して二十九年にもなる老舗だそうだ。二人はカウンター席に座った。彬が背後に鎮座する瀬戸物のタヌキ像を気にすると、おたかさんと呼ばれる女将が『タヌキ大明神』のお陰でこの店が焼けずに済んだんえ、と言う。彬が「応仁の乱ですか」と茶々を入れたら、すかさず「まあ、こちらワテを構いはるわ」と受けて大笑いとなった。陶器製の狸の背後に「火廼要慎」と大書された札に榊のような葉を束ねたのが見える。野地に「あれは榊ていうんやろ」と知ったかぶりで言う。「榊に似てるけど、あれは樒ていうんや。竃の護り木や」。樒なんて初めて知った言葉だ。いやどこかで聞いたことがあるような……。ふいにショコさんの顔と清明荘の窓辺に寄り、嵐山さらにその奥の愛宕山に登ったと言うショコさんの説明が浮かぶ。「お商売屋さんは月参りしやはるんえ」。言葉が鮮やかに蘇った。

「中国語の黄先生は台南出身の若い講師やけど、日本文化に精通してて今は縄のれんの飲み屋を片っ端から飲み歩くおもろい先生や。その先生がお気に入りがここ〈ます岡〉ちゅうことや。仰山の文化人が出入りしてるそうやけど、先生方は一次会なんかが終わって締めに来るそうや」。カウンターの上には大皿に盛られたカボチャと小豆の従兄弟煮とかフキとカツオの炊いたんだの魚卵煮など五皿ぐらいが並んでいた。おかず食いの彬にはたまらない店だった。筍とワカメの炊き合わせ、畳鰯の焙りを彬は注文してビールで乾杯した。野地に、この秋に予定しているシンガポール旅行についての打ち合わせを彬の下宿先でやらないかと誘った。「プレミアム付きやで、神戸牛のすき焼きをやろうと思ってるんや」「なんやそれ。すごいやん、廣岡は賞味済みやな」。相変わらず野地の勘は鋭い、麻雀に強いのもこの勘あってこそだろう。野地は高校生時代が寄宿舎だったこともあり、高校二年時にはマスターしたという。「佐伯貴和グループが仲間に入れてくれて言うてたで」。野地は言う。「それも含めて相談しようか。この店、僕も寄せてもろてもええか」。野地と女将さんに向かい言った。「A大やったら、考古学の権威、森田教授も月一ぐらいの間隔でお越しになります。カウンターやのうてお二階組みやけど」

三月八日、彬は二十歳になった。ミーコは約束通り、京都駅南のホテルを予約しレストランの席も押さえていた。クリスマスイブの設定と同じだった。注文を聞くボーイが現れるわずかな時間に「お誕生日おめでとう。これプレゼント」。細長い袋にはリボンが付けられていた。面映ゆい贈り物に頬が赤らむ。

「今日はアッ君と同じもん注文しよか」と言いながらメニュー帳を繰る。チーズ系の野菜サラダ、ローストチキンにポテトフライ、ミートソースのショートパスタと決まった。これにパンがつくという。生ビールもお願いしていた。「改めて、ハッピーバースデー」。ジョッキを持ち上げ乾杯した。

「晴れて大人になったから、アルコールも解禁やな。て言うたかて、子ども時代から隠れ酒飲んでたアッ君にはどうてことないか」「今夜のミーコはとても大人の女性に見えるよ」。ウグイス色のセーターが春を演出し、胸の膨らみが眩しい。「オオキニ、父と共同経営者の白石さんからも先週、小娘がレディ様に変身したいうてからかわれたわ。恋をしてるからな」。プレゼントはストライプのはっきりしたネクタイだった。「学生に人気のレジメンタルタイていうのんえ、アッ君のブレザーが紺やからエンジ系にした」。お礼を言って食事に集中した。パスタにも粉チーズをたっぷりとまわし掛け、ソースはパンで拭って完食した。前回教えられたマナーを実行した。

部屋はダブルベッドで、イブと同じ部屋番号だと言ったが彬は忘れていた。ベッドイン前にシャワーを使った。ミーコも裸になって入ってきたので立ち上がって二人でシャワー掛けするしかなかった。ミーコの方が大胆だと知った。「アッ君はこないに大きくして歩くことってあるんか、歩かれへんな」「当たり前田のクラッカーやろ、ミーコのオッパイ見たり触ったからや」「分かった、それ以上恥ずかしいこと言うたらあかん」「ミーコを見て思うたんやけどミロの『ヴィーナスの誕生』ていう名画があるやろ、ニンフていうか女神が貝殻の上にのってる絵や。ボッティチェリだったけ」「それがどないしたん、ミロやからミーコていうんやないやろな」「貝にのってるんはなんでや、ということ。撮影のときカメラマン助手が反射板を持ってるやんか。影を消すためやろ、女神さんがキレイなのは下から反射板の役目をするのが貝殻やないかな」「ホンマか」「廣岡学芸員の説や」「あほらし、でもアッ君は物語作るのうまいな」。お互いを拭き合い裸のままベッドに入った。ミーコが上になっていいかと言う、びっくりしたが深い意味は全くなく単に上になっただけ、ディープなキスを求め、舌を絡め吸いあう。「アッ君のがウチの太腿に当たってツンつくツンつくする、こそばゆうて……」。面白がるのが新鮮な感じ。お尻をなで胸を見てるうちに我慢できなくなった。「ミーコ、ゴムは」「要らへん、お客様がいんだとこや」。抱いたまま転回して、乳首を含んだ。舌で遊ぶと「気持ちいいよ」と教える。クレパスはあふれるばかりに濡れていた。素早く潜ってそこに口づけした。「イヤーん、そんなんしたらあかんやろ」。彬を押し退けようとした。「これもありなんや、お互いにキスするの映画で見たことないか」。ミーコのクレパスはヌレヌレと光り赤っぽい果肉だった。たまらず、口づけて舌でなぞる「ウーン、気持ちいいけどこれ以上いやや」

ミーコは彬の舌を求めた。挿入はなんの抵抗もなくスルッと入った。「感じる、気持ちいいよ、わかるように……気持ちいい」。ミーコも呼吸を乱し荒くなる。「爆発しそうや」。ミーコの乳首を吸い、動きを速め果てた。その夜、彬は二度果てた。二回目の時はミーコも何やらうめき声が出て、腰に回した両腕に力が入った。「なんや、不思議な感じがした。大事なとこにキスするんは知っていたけど、恥ずかしかった。ウチの大事なとこアッ君に見られてもうた。ウチかて見たことないのに……」「このまま眠りたい、アッ君の腕の中で朝を迎えたい」。帰る時間が迫り腕を揺り動かし訴える。「いつか、旅に出ようか、海の見えるところに」。指切りをしてホテルを退出した。

彬は帰宅途中のバスのなかで二十歳になったことを漠然と考えていた。八歳の時、妹とともに父に預けたまま出奔した母のことが浮かぶ。子より同性愛の道を選んだ理由は何だったんだろう。子はかすがいと落語でも出てくるが、子はブレーキにもならなかったのだ。寂しい思いをした少年時代を思い出しもどかしさが残る。兄妹は母に甘えたい時期に消えたのだ。妹の千鶴はまだ幼く、母を迎えるため使いに出されたのは彬で、夜道を相手の家に向かうのだ。寒い日など震えながら、かじかんだ手をこすり合わせ歩いた。母は子どもの姿を見ても一緒には戻らず、一人虚しく戻される情けなさ。暗い夜道、竹藪のそばが特に怖かった、サワサワと不気味に揺れこすれあう竹林、恐ろしくて走って逃げたこともあった。

迎えた二十歳という一つの区切り、心がざわつくまま下宿に戻った。

奥さんに声を掛け、二階に上がろうとした。奥さんはリラックスした姿でテレビドラマを見ているようだった。「廣岡はん、、いまオブー入れたとこや、こっちゃ来て飲まへんか」と手招きする。奥さんは銭湯から戻ったばかりなのか、ツルンとした首から顔に赤みが残り浴衣に羽織を着ていた。部屋は暖房が効いて外から帰った彬にも心地よい。湯呑を用意し、彬の前に置くと茶を注ぎ始める。胸元がしどけなく緩み、目の前に大きな乳房が見えた。心臓が反応してドキドキする。「奥さん」。掠れたような声で呼び止めた。「奥さん、僕今日が二十歳です、筆おろししたいです」。とんでもない言葉が口をついた。奥さんも驚きの表情で彬を見る。

「ワテでええのんか」。奥さんは彬に寄り両手で顔を挟んで口づけてきた。微かに酒の匂いがした。彬は強暴な気持ちが湧きあがり、手を浴衣の胸元から滑り込ませ熟れた乳房を鷲づかみにした。「痛いやんか、どないしたん、したいのやな」。引き返す気持ちなどなかった。欲望だけが湧き上がる。手を握られ、寝室に連れ込まれた。大きなベッドがあり、彬は衣服を全て脱ぎ去ると目をつぶり布団のなかに入った。足元に電気アンカらしきものがあったが足で蹴飛ばしていた。奥さんは戸締まりを確認し、台所の電灯を消すと浴衣のまま彬の横に来た。待ちかねたように彬は上になり、浴衣の紐を抜き去り裸同然にした。のっぺらぼうの下半身が、訳の分からない怒りの感情となって翻弄した。「廣岡はん、いつものあんさんと違うぇ、何かあったんか……どないしたん。ゆっくりして、ワテもしとうなった。楽しませて」。三角地帯の盛り上がりを滑らせ、敏感な部分に指を入れた。まだ十分な湿りがない。二時間前にはミーコを抱いたというのにこの高ぶり。母をなじった気持ちが言いようのない怒りになったと気づく。「もっと優しゅうして、急がんで優しゅうな……感じてきたえ、そうそうゆっくりと……ああ、感じてきた」。自分に腹を立てながら突き立てる。足を抱えあげて動いた。「ああ、そんなに……気持ちええ、この前よりええ。あんさん何でそない急ぐん？　ああいきそうや……あんさんが激しいから死にそうや……」「ああ、もうだめや」。叫び声をあげ頂に昇ったのが分かる。彬はさらに動いたが爆発には至らなかった。奥さんのよがる声に彬のモノが萎えていくのだ。ミーコが呪いを掛けたと思った。しばらくして呼吸が正常になり「もうせいへんて言うたかて、ワテも女や、ホンマはしたかったんや、このまま女を終わりとうない」。奥さんは潜ると彬のモノを擦り袋を舐め回した。淫靡な音に反応した。「若いってことはこういうことや、ワテが上になるえ」。無毛の三角は少女がそのまま大人になったかのようで、彬は積極的に下から突き上げ、奥さんの叫びと喘ぎを拡大させた。「もう、あかん」

目覚めたのは朝だった。脱ぎ散らかした衣類のあるものはハンガーに掛けられ、下着類は洗濯されたものになっていた。彬の部屋から持ってきたのだと理解した。悔いが彬を蔑んだ。夫婦生活をするベッドに寝ている自分が情けなかった。

朝食が用意されていた。和食ではなく、パンと牛乳、それにハムとキャベツ、玉子の炒め物が一枚の皿に盛りつけられ食卓に用意されていた。「おはようございます」。頭を下げた。

態度に夕べの非礼を込めたつもりだった。「ワテが誘ったんや、謝らんでもええから。パンと牛乳はあんさんの部屋の机にあったからそれを使うたえ」。奥さんは彬の真向かいに座り、優し気な眼差しで言う「医大の先生がワテが肥えたんは更年期障害のせいやて。ホルモンのバランスを崩したからやそうな。お父はんは好きや。打算かもしれへんけどこないな生活させてくれるお父はんは大事なお人や。彬はワテには三人目の男はんかもしれへんけど可愛い子や、愛しゅうてな。人生なんて生きてこそ楽しみもあると思うてる、仲良うしよな」。中年過ぎた奥さんの勘違いは彬が蒔いた種だった。禁断の里に踏み込んだことを申し訳ないと、ミーコの目いっぱい広げる顔に謝っていた。

通学するため二階に上がる後ろから「下着は洗濯するよって、パジャマも持って下りてな」。母のような声が追いかけた。

三月中旬、高知で桜が咲き例年より一週間早いとラジオが伝える。短い春休みが始まった。岡崎の府立図書館に返本する図書があるため、自転車を出していると奥さんが小走りで近寄り「言い忘れてたけど、美味しそうな福井の鯖とイカが届けられたんや。塩焼きとイカは刺身と照り焼きにしようかいな、と思ってる。夕食一緒にしよな。お父はんのことで話したいこともあるし」「分かりました」と答え自転車に跨った。最近、図書館には百万遍から聖護院を抜け岡崎に至っていたが、今日は川端通りを下り丸太町通りを左にとり駒野神社の交差点を右というルートにした。

同じ時刻、小野祥子は二年生になる香菜を送り出し、日当たりの良い部屋でくつろいでいた。和歌山から届いたミカンの皮を剥き、お腹の張りを眺めていた時だ。「あっ」。腹に軽い衝撃が走る。蹴ったんやろか、伸びでもしたんやろか、と腹を撫でる。初めての体験だ。香菜の時はどうだったのか、すっかり忘れていた。「元気な子やな、パパは足自慢な人え」。祥子の母親も、友人の樋口敏子もお腹の大きさを見て男の子やろなという。それを伝え聞いた夫の小野雅範や父の幅裕之は桜の季節が終わったら安産祈願をするといっていた。

春は神社の公式行事が目白押しになる。

安産祈願には和歌山の両親も呼ぶのだと言っていた。雅範の喜びの深さが祥子の胸を痛めるが、賽は振られたのだと自らに言い聞かせていた。

廣岡彬が父の独断で遠ざけられたことも知っていた。祥子が晴明荘に彬を訪ねた時、見慣れたスリッパがなく、隣のクリーニング店に尋ね引っ越したことを知ったのだ。今ではそれもどうでもよく、ひたすら元気な子を産み、大事に育てたいと思ってきた。いずれ別れが来ることを承知し選んだ道。再会より児の未来なのだ。

彬は図書館で図書を返却し、次のを借りるため小説・随筆の書棚、海外の書籍の書架など巡りマーク・トウェインの『ハックルベリー・フィンの冒険』、J・D・サリンジャーの『ナイン・ストーリーズ』を借りた。ハックルベリーは、『トム・ソーヤの冒険』『王子と乞食』のように少年少女時代に読まれる本だが彬はこの本はまだ読んでいなかったし、サリンジャーは『ライ麦畑でつかまえて』という作品が面白かったからである。昼食を館内の食堂でチキンライスを食べ、午後二時前に館を出て、証券会社に向かった。昨年の暮れに買い付けたT薬品、T自動車などを利食いのため手放し新たに好調な造船株と商社株に投資した。二百五十万円はこの日の清算で三百六十七万円になり、利殖率四十パーセント以上に大満足した。証券研究会で顧問の先生や会の先輩の意見をメモし、周防さんらのアドバイスのお蔭だ。

彬は浪費とは縁のない男である。利が手に入っても、生活が華美になることはない。実家ではわずかな利益で慎ましく暮らしてきた家計が教えた。実家で売上の記帳を手伝っていたことがあり、父は義母と彬に「小売り業は小さな利ザヤでおマンマ食わしてもらってるのだから、無駄なことはしてはならない」と教えた。

夕食は、脂の乗った焼き鯖におろし大根とイカの刺身に照り焼き、ほうれん草の胡麻和えと二人で食べるには量的に十分だった。銅製のチロリで温められた赤松剣陵を飲んだ。彬の適量は湯飲み茶碗で二杯だろうか、ご飯も進むのだ。お酒に強い奥さんはチロリで二回分だろう、ビールとか他のアルコールを飲むのを見たことはない。「お父はんがな、今月末に退院やそうや。三か月予定の退院がここまで延びたんは軽い認知症いうんが出て、検査が続いたせいやて」。彬はそれを聞いて嬉しくなった。アンフェアな関係がこれで絶たれることへの嬉しさだった。顔にもでたのだろう。「ワテも病院通いから解放されると思うと嬉しいわ。ただ、内風呂は無理らしい、介添えが必要で北白川の施設に三日置きに通うんやて。送り迎えはその施設から来てくれはるそうや。ワテは手を出さんでええと言われた」「今夜は風呂入ろな、ワテが抱いてほしいのや」。これでは男娼と同じやないか。

第四章　僥　倖

翌朝、外出のため階下におりた彬を奥さんが呼び止めた。「お小遣いや、遠慮なく使うておくれ」。N証券と印刷された封筒を渡された。自転車でキャンパスに向かう途中の葵橋上で確かめると、新札で十万円が入っていた。今夏の妹たちに掛かる費用と、海外旅行の費用が賄えるほどの大金だった。お手当てや、と声に出してジャンパーの内ポケットにねじ込んだ。「馬鹿たれ！」。誰もいない橋の上で大きな声で己を謗(そし)った。

午前中は靴を換えてコートに立った。見知っているのは兼村貴美子だけで、他に五人ほどがラリーをしていたがいずれも下級生のようだった。兼村は彬を見つけると「お願いしまーす」と声掛けしてラケットとボールを高く上げ相手になるよう誘う。四十分が過ぎ彬の息は上がった。運動不足なのだ。夜の運動とは違う。兼村は「廣岡君、バテるの早過ぎやで」。からかわれた。ティールームに移って、新学期からのことや雑談で時を過ごした。

「秋にシンガポール行くんやてな。ウチらも連れていってくれへんか、女子三人やけど。佐伯貴和と蔦利志子それに私。男はんは誰え、聞いてるんは廣岡君に野地君と後は？」「箕浦哲夫、彼は僕とスペイン語で一緒や、それに野地は中国語で一緒になった岡田君をと言うてる、つまり四人や。岡田はまだ会うたことないけど」「ほなウチらが入ったら七人か、研修旅行やったらええ人数やと思えへん？」「そやな、二十七日に四人は下宿に集まることになってるから話すわ」「一緒に行く方向でまとめてや、ウチらは全員一致その気なんや、ウチが廣岡君を口説く担当にされたんやから」「分かった、ＯＫ取るわな」

二十七日のすき焼き会兼シンガポール旅行打ち合わせ会には三人が集まった。岡田治久はアルバイトを抜けられないという。冷凍保存されていた肉は朝から自然解凍された。一枚一枚が丁寧にはがされ大皿に二皿盛られていた。奥さんは肉が長いこと保存されていたから、十分に熟成され最高になってると思うと言う。なるほど赤みが感じられた肉が濃い紫色に変わっている。野菜などの食材も奥さんが調達していた。「あんさんのお友達やいうから、親の気持ちでサービスするさかい」。今朝がたにそう告げられていた。日本酒一升とビール大瓶六本は野地と箕浦が調達してきた。食卓に組み込まれたガスコンロに驚き、居間から見えた庭の造作に「すげえーとこやな」と感嘆していた。奥さんにきちんと座って挨拶する二人を眺め、彬は育ちの良さを感じていた。さすがに風呂場を見せるのは憚られた。意味のないことはやめるべし、とミーコの時に学んだ。

すき焼きは奥さんと彬の担当で、関西風の手順だった。奥さんは若者の屈託のない会話に気分もいいのだろう、ニコニコと笑みを浮かべて手を動かした。アルコールに強い、野地と箕浦はビールを飲むピッチが速く、奥さんにもお酌し、こんなお肉食べたことないと、正直に言う。「お肉は神戸牛ですき焼き用にカットされてるけど最高部位やからランクは特級品え、サシも程よいからお肉が香ばしいやろ」。講釈に二人はすげえーなと応ずるばかり。

話題が肉から離れ箕浦の株式研究に移った。彼の株式売買による小遣い稼ぎは、野地を刺激したらしく俺も親父に借りて挑戦してみるかなと、すっかりその気になっていた。彬は証券会社に口座を開いていることなどおくびにも出さなかった。株式の話題が熱を帯び旅行の打ち合わせどころではなくなっていた。三人はほろ酔いで二階に上がった。ステレオをうらやましがり、ＬＰのジャケットを読んでいた。最近買ったばかりのオスカー・ピーターソン・トリオの名盤を回した。「彬は短い間に引っ越しばかりするから、引っ越し魔て思うたけど、ええ家を探しまくっていたんやな、そういうとこはマメや、感心した」。野地は、したり顔で評した。「それにしても、あの奥方はなんだ、色が白くて色っぽくて……」「そや、あの手ぞくっとした。手つきなど俺のお袋に比べたら月となんとやらちゅうやつや。色気あり過ぎ」。野地と箕浦が交互に奥さんを評する。「旦那さんはどんな人や、今夜はいいへんかったな」。箕浦が聞く。三十日に帰ってきやはる。そやから今夜にしたんやで、と設営の舞台裏を話した。「あの奥方、俺の見立てでは彬に気があるで、しっかりお前に気を使ってたもんな、野地君も感じたやろ」。箕浦が酔った勢いで言う。「彬は女にモテて、男にも敵がない。だから、マメな男やねん」「廣岡、気イ付けなあかんで、人の奥さん口説いたら金属バットで後ろか無礼打ちになるで。最高級の神戸牛を腹いっぱい食わせる下宿先なんて、本校始まって以来やろ」「それにしても金持ちやな、庭の手入れにも金掛かるやろ」。さすがに材木商の息子だけに経費も見ていた。旅行の件は、岡田も集まれる日に延期した。女子三名の参加は箕浦の賛成で本決まりとなった。「俺は彼女いてないから、一人でいいから彼女にしたいな」。箕浦がどんよりした目で言う。「三人とも面倒見たらええがな、三人ともええ感じや」。野地が笑いながらけしかける。野地は高校時代からの親も認めたガールフレンドがいるから余裕がある。

階下から「廣岡はん」と呼ばれた。三人は思わず顔を見合わせていた。知らず知らず大きな声で話していた。謝ってくる、と言い残し廊下に出て下りた。「おミカン買うてきたえ、皆さんでオアガリ」と竹籠を渡された。三人は差し入れられたミカンを食べた。「酔い醒ましのミカンは最高やな」。彬は心使いに感謝しながら言う。「ホンマ、あの奥方は彬のファンやで」「野地はテニスコーチもそうだけど、想像が逞し過ぎ」

二人にミカンを二個ずつ渡し、出町柳まで送ることにした。二人は居間の入り口で膝をつき、神妙に奥さんに礼を言う。

出町柳で公衆電話ボックスに入り、兼村貴美子に参加を歓迎すると伝えた。「よかった、あの子らにも電話する。廣岡君ええ思い出作りしよな」。兼村の喜ぶ笑顔が浮かぶ。

玄関に施錠し、奥さんに食器の洗いものしますと台所に入った。「洗うたえ、それより楽しそうな夜でよろしおしたな。若い子のエネルギーというのか、元気で笑いあうのだけでお酒が飲めるえ」「明後日はお父はんがお帰りや。だから後であんさんの寝間に行くから」。奉仕活動は今夕のサービスの代償と理解した。さすがに夫婦の寝室には誘わなかった。彬が銭湯から帰ると入れ違いに奥さんが行き、十二時近くに彬のもとに上がってきた。布団のなかに入ると仰天するようなことを言った。「あんさんも株式やんなはれ。ワテのヘソクリを貸したげる。証券会社は、お父はんのお金やけど、ワテのは銀行と郵便局にあんのや。衣食住いうやろ、食住に心配なく、衣料かて新しい着物はもう買うこともほとんどない。維持費にかかるけどな。五百ぐらい貸したげる」。彬は即座に「株式は損を覚悟する世界だそうです、大学で学びました。お金に余裕ができたら挑戦するつもりでいます」。真っ当な返事をした。古村しほの思いは、学生同士が株式売買で盛り上がるなか、彬だけが話に積極的に絡まないことが不憫に思えたのだった。彼が取り残されているように見えた。しほの母性が働いたのだ。彬を喜ばせたいという単純な心からかもしれない。

しほは子どもを育てたいと思ったことがある。亀次郎が自らの年齢や身内の少なさとか社会不安による先行きを心配し、第一子を流産して以来子づくりに賛成しなかった。

「この家はN信託で回され、元金が減るどころか増えてるんや。不動産会社から土地の賃貸料も入るし。お父はんはいずれこの家も売却しワテらはマンションに移るつもりでいる。ワテも賛成や、年取って使えんようになった部屋が多すぎ」。奥さんの手は彬の股間にあったが添えられているだけで話を続けた。「男はんは花街やクラブやと遊ばはるわな、タニマチかてごつい物入りやったで。自分で稼いで納得済みのお金やったら脇からは何も言えまへん。ワテは彬という子を介して株式をするねん、面白い遊びやと思うたんや。期限なしでお貸しする、損することは覚悟する。N証券の京都支店の春田はんがウチの担当や。なんやったら紹介しよか。春のようにいつもニコニコしてる営業マンピッタシのお人え」。全身裸にされ、奥さんの舌が瞼やら耳の後ろ、首に脇にとリズミカルに這う。

その夜も彬が目覚めたのは朝近くで、裸のままだった。奥さんの姿はなく、汗っぽい布団が体に纏いつく。爛(ただ)れた匂いがした。

翌日の夕刻、彬は郵便局の封筒に入った現金を三袋渡された。「証文を……」といいかけた彬に「アホなこと言わんとき」と一蹴された。「証券会社やったら、四条烏丸にあるN証券にし、春田という課長さんを紹介するわ」「奥さん、お金お借りします。ご担当の方はいいです。自分で一から経験してみます。お預かりします。ありがとうございます」。頭を下げ二階に戻ろうとしたとき、ついでみたいに一抱えもある丹前を渡された。

「お布団屋さんに頼んで作ってもろたんや、あんさんの身丈に合うよう頼んだから。寒い夜に羽織ったらええと思うて」。これも母性なのだ。

古村亀次郎氏は、予定通り三十日の午前中に退院してきた。彬は下校してきて知った。雰囲気というか空気の流れで分かった。

挨拶するべく声を掛けサンルームに行った。ご主人は想像していたより血色も良く彬を認めると笑顔になり手をあげた。奥さんは、足腰の筋肉が衰えているので、先生から週に三回は散歩させるようアドバイスがあったこと、廣岡はんの手が空いたときでいいから手伝ってほしいと言われた。既にご主人とは話し合われたのか、氏も彬を見ていた。「分かりました。四月、五月と日も移れば朝の散歩も気持ちいいですよね。喜んでお手伝いさせていただきます」。快活に答えた。

翌日は正午過ぎ、ミーコとスカラ座でオリビア・ニュートン・ジョン主演のミュージカル・ファンタジー映画『ザナドウ』を観て、午後は新京極の名画座で『ウエスト・サイド物語』を観た。ダブルでの映画だったけれど、封切られて十年ほど経った映画だとは感じないほどダンスも音楽も素晴らしかった。いつもの喫茶店に入り映画の興奮を持ち込んだ。夕方、〈珉々亭〉に行き餃子と豚肉の野菜炒めを食べビールを二人で一本飲んだ。

「ここのお勘定は僕にさせてな」「そうか、遠慮せんとこ、ご馳走になるわ。妹はんたちも夏に来やはるんやろ、一緒には付きあえん思うけど、下着類の社員割引券があるねん。それを渡しておくわ、ウチのんは定価販売が基本やから割引き使うたら三割引きになるぇ。別に高嶌屋でのうても、岐阜の丸物さんかて、名古屋の松澤屋さんでも、全国で使える券なの」。メーカーの名前が入った封筒を二枚、彬に渡しながら説明した。

ご主人が退院されて五日後の朝のこと。彬は新学期を控えゼミナールの手続きや受講科目に必要なテキストと資料を調達する目的で出掛けようと階下に下りたとき、奥さんに呼び止められ、夕食後でいいから居間に来てほしいと言われた。「お父はんが話ししたいことがあるそうや」。その言葉に顔から血の気が引くほど驚いていた。「心配せんでええよ、今後についての話や」。奥さんの耳打ちがなかったら、その場にへたり込んだかもしれない。彬は自分でも分かっているけれども、気が小さく臆病な男なのだ。ご主人の散歩につき合ったのは既に二回、最初はご主人の希望で百万遍近くの智×寺まで、一昨日は糺の森近くまでを往復した。奥さんが車椅子を押し、散歩に疲れたらその車に乗るという手順だ。杖は欠かせなかった。智×寺は古村氏のご両親のお墓があると聞かされた。

午後七時、緊張しながら居間に入った。四月とはいえその日は前日の低気圧通過で風も強く、部屋は暖房されていた。ご主人はロッキンチェアに座り、奥さんはその横に座るといういつも通りのスタイルだ。螺鈿（らでん）の飾りが施された、漆塗りの長テーブルに座布団が用意され、奥さんがそこにお座りと言った。オブーの用意をするといい、奥さんは台所に立った。「呼び立ててすまんの、今ではわしらが廣岡はんに世話になってる。有り難いと思うてますわ」。予め用意されていたのか、お茶の急須と湯飲み茶碗が三個、それにミカンの盛られた篭と海苔巻き煎餅の鉢がテーブルに置かれた。「お茶でも頂きながら主人の話を聞いてやって」「ワイの入院中は琴路も随分お世話になったと聞いた。廣岡はんに作ってもろた玉子のおじやは美味かったし、立ち直る力になったと言うてた。ワイの個人的な歴史ちゅうとこを話さんとこれからの相談事にもピンときえへんやろからチョットの間辛抱して聞いてや。ワイの先祖いうのんは大陸の潮州いうとこで上級役人だったそうどすわ。内戦が起こっての、親族引き連れて海南島あたりから船を仕立ててホンマは琉球に行きたかったらしい、このへんは祖父から聞いたことやけどな。ところが風の影響でたどり着いたんは、韓国の麗水いう漁村で、農業するのんも土地がなく、魚いうてもそんな荒い仕事もできずで、祖父母夫婦に親父は、親族と別れて一家で日本に向かうことにしたと。上陸したんが長崎、長崎いうても五島列島のあたりで宇久島いう小さな島や。ここも魚取るしか食っていかれへんいうことで、家族は神戸に向かった。実行に移す前に祖母が流行り風にやられて肺炎を併発し、看病した祖父もその島で逝ってしもうたんやて。二人を骨にしてから親父はまだ子まいワイと母を伴い、なんとか神戸に来たそうや、このあたりのことはワイも覚えてる。須磨ちゅうとこで新聞配達してたからな。災難は続いて、六甲が豪雨で大きな土砂崩れを起こして街は崩壊してもうた。そいで天王寺に移ったんや。親父は神戸にいるときから銭稼ぎが大きいと、精肉業界ていうか、丹波・但馬の牛を三重の松阪いうとこに運ぶ仕事に就いたんや。学歴も教育もない男の生きる道やったと聞かされた。そこで今度は松阪から東京に生きた牛を運んだんやて。茶壷道中やのうて牛連れて善光寺、いや大消費地への道中や。途中の三河あたりでも成牛を買うて頭数を増やしたていう話や。おもろかったやろな。親父はそこで牛・豚の解体も組織的にしながら金をためたそうや。親父はよう『人の嫌がる仕事は、宝の山ちゅうこともあるさかい、よう覚えときや』て言うてた。こうして須磨から大阪天王寺そんでからに京伏見、そいでこの田中。親父はこの田中で見送った。ワイは伏見時代から肉に関わり、昔のつながりのいろんな組織もあったけど、深入りせなんだお陰で琴路とも一緒になれたと思うわ。精肉業界もややこしいことがあった。それらを根気よくまとめて、ワイの仕事に関わる連中がついてきてくれたんや。人がついてきてくれたし、行政や金融も認めてくれた。近江牛のブランドを作るにあたっては随分、滋賀に通い行政やら業界に骨を折ったで。伏見の人らはいまだに恩義を感じてなにやかやと、ここにも訪ねてきてくれる。自分の懐ばかりやのうて仲間を考えてこその発展やな。人がついて来るということはそういうことやと知ったな。

若い頃から、牛の一番美味い肝やら肝臓やらの生を岩塩つけて焼酎飲むのが好きで……六十越してリュウマチがでるわ七十過ぎたら杖に頼る身体になり、今度は肋骨や。お蔭で大事にはなってないけど、これからどうするかや。琴路ともその話ばかりしてるんや。琴路はしほいうんや、ワイは知り合ったときから琴路て呼んでるわ。古村いうのも琴路の姓でな。一緒になるとき、弁護士と琴路と三人で大洲の長浜いうとこまで行きました。これの生家は更地になってました。母親ちゅう人は、存命やけど姓が変わってました。今もご達者かどうかわかりまへん。ちゅうことは、ワイら二人には身寄りがないということです。先の嫁とは子がいてへんからな。琴路とも……流産したんやったか？　今はこうして二人や」。お茶に手を伸ばし、廣岡はんもどうぞと手のひらで促す。「廣岡はんとの縁はたまたまこちらに入ってもろただけの学生さんや、それがただの下宿生と違うて、しっかり面倒見てもろてる学生はんになってしもうた。縁ちゅうもんですわな。廣岡はんの後、下宿生を入れるつもりはあらしまへん。琴路も言うんです。廣岡はんにワテらの骨、拾うてもらおうとな。ワイも大賛成や。しかしどうしたらええか分からしまへん。さしあたり弁護士はんに相談しよ思うてますけどな。その前に廣岡はんに了解してもらわないと進められませんからな。何をどうするかはこれからです。骨を拾うて、どういうことかを含めて考えてほしいんですわ」

長口上は大変な申し出だった。彬にしたら社会経験もさほどなく、身内に仏になった人もない。よく理解できないことばかりだ。冷めたお茶に手を出し飲んだ、飲んで頭は回転する。しばらく無言だった。奥さんは「冷えてしもうたな。入れ直してくるわ」と言って立った。「古村さん、突然のお話でおっしゃることの半分も理解していないと思います。古村さんの歩まれた歴史はよく分かりましたけど……小説になりそうな」。目の前のお茶が替わった。「どうしたらよいか考えてみます。大学の民法の先生にも伺ってみたいこともあります」。重い話はそこで終わった。期限をつけられず、また話し合うことだけ約束させられた。新潟の海苔巻き煎餅を器ごと持たされお開きになった。

彬がご主人の散歩に付き合うのは、アルバイトに変わった。下宿代が免除になり、古村家でとっていた新聞が一日遅れにしろ階段に置かれるようになった。牛乳も毎朝届けられた。就職を考え、購読し始めた日経新聞の料金も古村家に付け替えられた。奥さんは、相談事とは別やから気にせんでええよ、と言った。多分、奥さんの考えが織り込まれたのは間違いなかろう。

四月も下旬になった頃、学生課に立ち寄り、民法の教授名を教えてもらった。法学部の先生は教養課程では法律概論だったので、会社法が専門分野で領域が違うと判断したのだ。係の女性は、民法は西沢道宣教授で本日は研究室におられますと教えてくれた。お訪ねしたいと申し出たら、先生は昼休みの時間ならいいですとの返事だった。

彬は指定された午後に訪ねた。ふくよかな面貌の先生だった。こじんまりした応接セットでお弁当を食べておられ、その前に座らされた。下宿先で起きている全てを、骨を拾うという意味についても伺った。「亀次郎さんと琴路さんとの年齢差が二十四歳ということは世間的な常識やったら夫が先になるやろな。人生は常識では判断できんものですからね。どっちが先とかやなしに、この状況やったら早急に遺言状を法に基づいて作った方がいいでしょうね。まずは不動産の鑑定評価を受けて相続するべき財産を把握する必要があります。評価は毎年変わりますけど、ベースとして。公益法人で不動産鑑定という機関があります。遺言書は弁護士とか行政書士に依頼して正式文書にしたらいいでしょう。さて君のことです。骨云々（うんぬん）は弁護士を間に入れて契約を交わすことも可能やし法定後見人になることも必要でしょうな。存命の方の意向で喪主の代理を務めることもできます。財産処分は亀次郎さんのところでは重要な問題でしょう。相続する方がいないときは全て国庫に入ります。預金通帳は死に体になって金融機関のものになるそうです。一般に公表されないだけです。

　お金を生かすのは寄付することで、遺言書に明記すれば済むことです。京都市とか府とか……図書館や病院とか我が校とかね。亀次郎さんやから死んでも虎は名を残すやのうて、亀の名を残すということも考えられますよね。思い付きですけど。亀文庫とか古村文庫とか、寄贈者の名をつけて残す策です。私の研究室やったら大歓迎ですわ、最近要請通りの予算がつきませんから。ま、冗談ですけどね。不動産はすごそうですね、田中町の何％になりますかね。時価六、七億とすると、相続税だけでも……

　君は〈陰徳〉という言葉知ってますか。そっと差し出すことです。大袈裟に、私はどこそこにこうして幾ら幾らの金を寄付しますといって寄付するのではなく、そっと行うことを陰徳といいます。これは生前にやれます。遺言書作成には税理士の方も絡めばいいでしょう」。彬は、概ね理解した。思わぬことから、相続に関する個人レッスンを受けた気持ちだった。メモしていた手を止めお礼を述べ退出した。人はいずれ終末を迎えるのは自明のこと。ふと自分の親のことを思った。図書館に入り、教えられたことをメモを見ながら箇条書きにして、その夜奥さんに渡した。

奥さんは十一時を過ぎたころメモを手に二階に上がってきた。「お父はんは休みや、いつも三時半ごろまではぐっすり寝てます。五時間は眠りこけてます」と笑った。渡した文書で全てを理解するのは無理だろうと思った。彬は丁寧に話した。熟れた匂いに気分が騒いだが理性が勝った。

「オオキニ、ほな去ぬわ、お休みのキスしておくれ。あんさんのお口、ワテ大好きや」

ミーコもかってそんなこと言ったなと思い出しながら唇を合わせた。それ以上何事もなく、ホッとして背中を見送った。

大型連休を控えた四月下旬、秋のシンガポール旅行を計画している七名が集合し図書館の談話室を借りた。野地の紹介した岡田治久君とは初対面ということもあり、全員簡単な自己紹介をして打ち合わせ会を始めた。司会進行は旅行の言い出しっぺである彬が担当した。開催時期と日程、予算と宿泊施設について概案を述べた。内外旅行社京都支店と相談しておおよそを話したに過ぎなく詳細はこれからと告げる。旅行社から入手したシンガポールの観光案内パンフレットを配布した。旅行時のリーダーを決めたいと言い、彬は野地を押した。野地は彬をサポートすると言い、彬を逆指名。結果小さな拍手で決定した。彬は了解し野地とともに女性陣から兼村貴美子さんをサブにしたいと言い、本人も快諾してくれた。

この場では五泊六日として細かなスケジュールを作成すること、ホテルはB又はCクラスで探すことなど決めた。その日、彬は野地・兼村と旅行社の京都支社に行こうと誘ったが、野地からゼミの担当教授との約束が四時なのでと断られた。仕方なく兼村と河原町三条の旅行社には二人で向かった。飛行機は運賃の安さから日本の便ではなくパシフィック航空に決め、ホテルはオーチャードにあるホリディインにした。ビジネスマンが多いといわれたのが決めた理由だ。旅行社の担当と話し合っていて分かったのは兼村の海外渡航歴だった。香港、ハワイに北海道など多分メンバーでは一番の旅行経験者だろう。歯医者は儲かるとは野地の言葉だが、それの証明が家族旅行に表れている。彬の父母は旅行など全くの未経験で、母など新婚旅行すらなかったと思いだす。グループで行動する先は動・植物園に、シンガポール国立大学と付属ミュージアム、戦争記念碑訪問を予定に入れ、フードコートで多様な東南アジアを楽しむことに決めた。そうしたやりとりでリードしたのは兼村なのは当然の成り行きだった。次回のメンバー集合は五月末となっていたから、詳細なスケジュールの作成を兼村に押し付け、夕刻近く先斗町のおばんざい屋〈ます岡〉に案内した。三度目だった。女将のおたかさんは声高く迎え、オシボリを手渡しながら「廣岡はん、来年は開店三十周年やりまっさかい皆さんと来ておくれやす、K新聞会館の中ホールを借りましたさかい」と声を掛けた。「すごい、廣岡君ご用達のお店は先斗町の真ん中なんや」とカウンター席の見えない下で膝を突きからかう。

「僕たち男組は両替の経験もないから、アンジョウ頼む」「観光のボキャブラリーも教育せなあかんしな」。一時間半ほどを楽しく過ごした。「いい思い出作りしよな。廣岡君とやで」。兼村の意図は彬には伝わらなかった。

ビールと二合徳利一本を二人で飲み、気持ちよく下宿に戻った。机の上に封書が置かれていた。廣岡彬様と書かれた特徴のある丸っぽい文字は、ミーコからだと分かった。春休みなのに、高嶌屋へのアルバイトは行っていないこともあって連絡を一度もしていない。

次のデートを促すのか、音信不通をなじられるのかと、開封しながら想像する。それにしては枚数が多いと訝(いぶか)しむ気持ちもあった。

——

彬様

——

いつのまにか、桜が終わりましたね、このような手紙を差し上げることを許してください。本来ならお会いして言うべきことと思いますが、その勇気がなくて文字に託します。

遠回しな言い方は私の性分ではありませんので、結論から申し上げます。その先は理由やら言い訳やらになりそうですからお読みいただかなくても結構です。破棄してください。

私、結婚します。

お見合いをしました。

それをお受けしようと決心しました。つい先日お誕生日のお祝いをしたばかりなのに、ごめんなさい。私も二十五ぐらいまでは一人でいたいと考えていたのに……

こうする最大の原因は、母の体調を知ったからです。お見合いは四月の初めでした。相手の方は私どもの製品をご愛用してくださる方の息子さんです。お母さまとご長女の方が顧客リストにご署名頂いているのです。勿論、お客様と結婚は切り離していますが、この度のお話は考えさせられました。お話はあちら様から持ち込まれました。ご長男の年齢は二十七歳で、勤務先は大阪にご本社がある鉄鋼製品の商社です。現在は九州支店に勤務されています。来年、大阪に戻られるとのこと。ご本社は肥後橋にあります。誠実そうな方で趣味は囲碁で、大阪K大時代から囲碁部とか。ご実家は京都の西南、吉祥院ですが私はまだ行ったことありません。私の家からは車で三十分あれば着く距離です。

母のことです。母は私に好きな人ができたのを知っていました。マフラーのこと、私自身の変化や例の牛肉などのことから、いずれ収まるものと考えていたと言いました。父への報告は決まってからでいいと判断して父は何も知らないそうです。

その母が、大腸がんと診断され進行性がんだそうです。五月には入院して摘出手術を受けると申します。私にとっては血の気が失せるほどのショッキングな話でした。その夜は涙が止まらず、目が腫れあがり翌日は欠勤したほどでした。そんなことがあって、見合いを承諾したのです。母のことを考えると、なるべく近くにいたいという私の希望（家族の希望も）とも合致したから決心したといえます。

思い起こせば短い間のお付き合いになりました。でも楽しさいっぱいで、あなたの優しい心づかいを一生忘れないと思います。

結婚したら、その方を支えていく覚悟をしました。一度しかない人生をどう生きていくか、わたしにもプライドがあり、母や父を大事にする義務があります。この世に生まれなかった長子の分も含め孝行していきます。

あなたより一足早く幸せになります。

アッ君も絶対、絶対幸せになってね。ホンマに祈ってるからね。涙が出てきちゃった。

あなたにお会いもしないでこのようなことを書いている私の胸中、お察しくださいさい、
そして許してください。

ありがとうございました。

さようなら、ミーコ（樫本美栄子）

ミーコの文章は、彼女の性格、気性を彷彿させていた。

彬はいつもおいてけぼりになる稀な男だ。実母に始まり、先生が続き小野祥子さん、樫本美栄子さん。そして別れはいつも一方的だった。

深夜放送のボリュームを落として聞きながら布団に潜りこんだ。まるでタイミングを柱の陰から見ていたかのように奥さんが上がってきた。慌てて起き上がった。「廣岡はん、開けるで」と言い、静かに入ってきた。ラジオを消す。「市村弁護士はんに来てもろて遺言書作ることになったんえ、先生はワテの在所にも一緒してくれたお人で、ワテらのことよう知ってやから。公証人役場も先生にお任せする方向です。お世話かけましたな。お父はんは大学の先生にお礼

せなあかん言うてます。高嶌屋さんでブランドもんのブランデー買うて廣岡はんに渡すよう言わはったで。よろしいか」「分かりました。研究室にウイスキーの瓶がありましたから喜ばれるでしょう」「ワテを抱いておくれ、あんさんが帰ってきたのを知って……」。奥さんはパジャマの上から押さえるように触れてきたが、何の反応もしていなかった。ミーコが邪魔をしてるんだな、目を見開いて抗議する、ミーコの顔がよぎる。奥さんは、半身を起こしてズボンを下ろし口に含んだ。舌先の動きにたまらず、観念していた。「ワテのも触っておくれ」。掌が無毛の丘を滑る。濡れ方が少ないなと思いながら、指を入れ親指はツボを刺激した。「ああ、気持ちええ、上になるえ」。奥さんはこの体位が好きなのか、忙しなく動き、動きが乳房を揺らす。揺れる音まで。ヨガリ声を必死に我慢していたが、たまらず自分の浴衣を引き寄せ口に銜えた。その分喘ぎ声がくぐもり苦し気な息遣いに彬も合わせるように突き上げた。突き上げ、突き上げとうとう爆発した。しばらく上にしたまま呼吸を整えた。「あんさんがいくのん、よう分かったえ、なかで踊るように動くんや、ワテ二回も……」

自分の下半身と彬のを始末して、お休みと言い残し階下に下りていった。

その数日後のことである。彬が借りてきたスパイ小説を読みふけっていた時だ。午後八時を過ぎていた。階下から奥さんが「廣岡はん、お客さんどすえ」と呼ばれた。玄関に下りると、なんとミーコが白い顔をして立っていた。チョット待ってて、と言いおきジーパンにはき替え、ジャンパーを羽織って外に出た。すっかり暗くなった街路を出町柳駅に向けて歩いた。「カンニンエ、どうしても顔を見たなったんや。手紙書いたんはホンマやけど、気持ちが落ち着かへん」。ゆっくり歩き、河合橋から葵橋と過ぎた。ミーコのすすり泣く声が聞こえた。「アッ君は男でよかったな、ウチはだめや、大好きな人のことばかり浮かんできて……アッ君、ホンマは抱いてほしいんやけど、お別れの」。彬はミーコの手を握り歩いた。賀茂川の微かな流れを聞きながら立ち止まり口づけした。口づけはヘビーになった。「ありがとうミーコ、会えてよかった。幸せになるて書いた言葉、僕もウルッときた。僕は幼少期に実母と別れた過去があるねん。誰にも話したことない暗い幼少期や。だから僕の夢は家庭持ったら、子どもを大事にすること、家庭を守ることや。聞いたら馬鹿にするかもしれへんけど……僕たちの思い出は一生もんや、忘れへん。だからミーコも幸せにな。お母さん大事にしいや」。ミーコは何も言わず、首を振って答えに代えた。彬は今出川のバス停に送り、バスに乗り込んでも手を振り続け、溢れる涙に思いを込めた。

あくる日、庭の木々に飛来した雀の群れのさえずる声に目を覚まされた。ガラス戸越しに見ると、十五、六羽いるようだ。このあたりは吉田山や下賀茂神社、御所など森が多いし川に近いこともあってセキレイも飛来する。ムクドリも仲間を引き連れてくるが大型の鳥はいない。ミーコとの別れを思い出し、これで納得のいく別れ方ができたと思った。

午前と午後それぞれ一科目の講義を終え、二時過ぎ証券会社に向かった。奥さんが提供した資金を入金後、機械株、商社株など証券研究会で注目した銘柄に投資した。なんのことはない、研究会は、彬にとっては投資コンサルタント会社だった。周防さんは株式で損失を出さないコツは買値売値三割。上がって三割下がって三割とか、休むも相場ですよと言い、一喜一憂するのではなく休むことも必要ですと、初心者の心構えを小一時間ぐらいレクチャーしてくれた。しかし株式は生き物、毎朝の新聞と研究会は彬にとって好調を維持させた。

妹二人は夏休みに入るのを待ちかねたように現れた。彬は慣れぬ二人を気遣い、京都駅のプラットホームまで出迎えた。下宿に荷物を運び込み、古村亀次郎夫妻に挨拶させ、百万遍の名曲喫茶で一息ついた。千鶴が母から預かってきたと言い、封筒を差し出した。封筒には三万円が入っていた。これで三人分を賄いなさいという親心だろう、妹たちにも見せ、押しいただき内ポケットに入れた。軽いランチを取り、午後から銀閣寺から岡崎の動物園を巡り、知恩院、八坂神社そして清水寺と京都の東サイドの名所をバスと徒歩で回った。田舎育ちの兄妹三人はなにしろ健脚なのだ。祇園から四条河原町に出て高島屋に寄り、ミーコの売り場へ案内した。既にその人はいないが商品割引券を使わせてもらった。十二歳になる葵にはショーツを、千鶴にはブラジャーとショーツのセットを買いなさいと言いおき、彬は売り場を離れた。千鶴など高校三年でもまだ胸は薄い。

店を出て新京極を歩き、お土産物産屋では二人の自由にさせ、買い物しても構わないと伝えた。精算は彬の役目だ。

翌日は西北部の名所、苔寺・嵐山から太秦の映画村、金閣寺を回りA大のキャンパスに入り、三時過ぎに映画館と強行スケジュールだ。映画では葵が観たいという映画にするからと千鶴に納得させて『101匹わんちゃん大行進』を選んだ。千鶴も満足していたようだった。家族は犬好きで義母が家に来る前に一時子犬を飼ったことがあった。成犬になって、吠えたり幼児がこわがることもあって同じ村内にもらわれていったが、飼育の係は千鶴だったことを思い出していた。

夕食は、奥さんからお寿司をご馳走になることになっていた。彬が散歩に同行することや、遺産相続について教授からの意見聴収に尽力したことへのご褒美だろうと解釈した。明日の午後には帰郷する予定の二人に、天候が良ければご主人の散歩につき合いなさいと伝えた。寿司は出町柳の商店街から取り寄せられ茶碗蒸しとほうれん草のお浸しには白ゴマと削り節が掛けられ奥さんが作られたようだった。ご主人が若い娘二人を目の前にして、ガラス製の徳利から奥さんと酒を飲む姿が好々爺のごとくで、いい景色だなと二人を見て、彬にも楽しい晩餐になった。義母はビールなら飲むようだが日本酒は苦手だと言っていた。

千鶴などさすがに酒販売もする雑貨屋育ちだけに夫妻に酌をするのも好ましい。千鶴の高校卒業後の進路をご主人が質問されたり、雑貨店からコンビニエンスストアに変わった実家の様子などに興味を抱かれ、細かなことを質問して、妹たちをリラックスさせていた。

奥さんが風呂をたてるから後でお入りと、どこまでも夫妻揃って優しい。孫娘のように感じているのだろうか。ご主人が入らなくなった風呂だから、申し訳ないばかりだ。

三日目は、薄曇りで日差しがなく五人は団体となり葵橋から糺の森近くを二時間近く散歩した。姉妹は代わる代わる車椅子を押し、川沿いでは杖に頼るご主人の介添えを千鶴がした。千鶴が一生懸命ご主人を介護する姿を見て、こいつはホンマに看護婦になるんだな、と彬は納得した。千鶴はご主人に、またおいでと言われたから来たいという。もう来年は卒業やろ、お前の自由にしたらええやんか、と短く答えた。

荷物をまとめ、帰る挨拶を夫妻にしたとき、奥さんが二人に封筒を渡したのを彬は目にした。二人はバス停で、見ていいかと彬に尋ね、それぞれに一万円入っていたと、口を押さえながら「お兄ちゃん」と言い興奮する。

交通費の往復代を払ってもお釣りがくる金額だった。京都駅構内の土産物店を見て歩き、既に買い込んだ土産の追加をし、食堂街でランチを取った後、新幹線ホームに向かった。

階段下で葵が、お兄ちゃん背をかがめてと言い、「お世話になりました」と彬の頬にキスした。思わぬ行動にどぎまぎしてうろたえ恥ずかしくて周りを気にした。たまたま通りがかった女子高生らしき一団が、その様子を見て振り返り声をあげていた。葵はお兄ちゃんが大好きと言って憚らない性格なのだ。世代の違いと言えばいいのか。

照れながら「何するねん、言葉だけで十分やのに」。列車内に乗り込んだのを見送り、駅構内から実家に電話をかけ「今、新幹線に乗った」と母に報告し、三万円のお礼も言った。

この夏は、もっぱらご主人の介護係で健康維持のため天気が良ければほとんど毎日、散歩につき合った。例年になく暑い夏となり京都のまとわりつくような暑さをたっぷり味わった。散歩は早朝か、陽が落ちてからになったが、暑さ対策には早朝がよく、ご主人も目が覚めるのが早いから、彬にとっては規則正しい生活が送れて結果的によかった。

日中は冷房の効いた大学の図書館や、府立の図書館に通い、奈良方面に足を延ばし斑鳩の里や吉野山などの旧跡を訪ね歩いた。古村夫妻からは、食事を一階で一緒にどうかと親身になって誘われたが、自由にさせてもらっていた。そのことで気まずくなることもなく、万事を飲み込んでくれた奥さんに感謝だった。

夏休み期間中、庭に工事人が入り庭内が簡易舗装され、車いすで動きまわれるようになった。飛び石に使われた扁平な石や沓脱石などは庭の隅に片付けられた。いずれ出番があるのだろう。散歩の時「歩きやすくなりましたね」とご主人に言うと「もっと早くにやればよかったたな」と返された。

夏もそろそろ終わりに近づいたらしく蝉の種類も変わってきたころ、奥さんから明日の夕食を付き合ってほしいと声がかかった。ご主人と上七軒のステーキハウスに行くのだと聞かされた。「あんさんに、折り入っての相談がしたいそうや」「お供します」と答えた。

翌日午後六時にハイヤーが呼ばれた。向かったのは、北野天満宮の大鳥居が見えるあたりで〈萬春軒〉と目立たない看板が出ている古風な日本家屋だった。西洋料理と書かれた文字が宮沢賢治を想起させるノスタルジックな印象を漂わせていた。案内された部屋は一番奥まった七から八人が座れる席で、他の席からはブラインドされていた。部屋は適度な冷房が効いていて凪になった夕刻でも快適だった。

「ここは昔〈萬春〉いうてお茶屋でワイが琴路と出会った場所や。女将のお千世はんが大洲出身ということもあって、同郷の琴路は出てきたということやった。そのお千世はんも、西陣の旦那が亡くなり自分も年とって気力も萎えたいうことで、愛媛に去んでもうたわ。今の経営者はやはり西陣のお人やけど、商売には口を挟まんということで大阪のホテルで料理長やった男が、一切の責任者や。ワイもちょくちょく顔を出してたが、今夜は久しぶりや」。ご主人の相談事は想像した通り将来のことだった。「廣岡はんは口数少ないが性根が据わり辛抱強うて、若いのに似ず落ち着いてはる。この前、お目に掛かったお嬢さん方も礼儀正しい娘はんで琴路と、親御はんが出来たお人やからやろな、と話ししたとこや。末の子がお商売継がはるらしいけど、上の子をワシは養女に迎えたいと思うてるけどどないやろな」。思いもしない言葉だ。

「廣岡はんは、ワイが中国人やから、そんな話はどもならんと思うてなはるか」「千鶴の話にびっくりしていますけど、ご出自がどこであろうと個人的には抵抗ありません。うちの父も同じやと思います。この前、妹たちが来たとき将来のことを話していました。末の葵が後を取るのは間違いありません。千鶴は高校卒業後、岐阜に出て看護学校に入るそうです。二年間、専門学校に行くことを父が許してくれたと言うてました」。「優しい子やそれによう気の付く子やった。看護婦さんは向いてるやろな、お父はんへの介添えはホンマもんやったからな」。奥さんも頷きながら言う。「廣岡はんも知っての通り、ワシらには身寄りもないさかい、今後をどうするか二人で頭悩ましているとこですわ。あんさんも大学の先生にいろいろ尋ねてきてくれはったと、琴路から聞きました。養子いうたかて、今からではな。そこでや、妹はんをと思うたんやけど、難しいとなると。やはり財団かな、社会貢献できる財団がええやろな。ワテら二人にお迎えがくるまで、資産を財団に寄付する、という考えもあります。どない思われるか廣岡はんの意見を聞かしてくんなはれ」。彬を学生としてではなく、大人としての大きな相談に、気持ちの昂ぶりを感じた。熱くなるような気分で受け止めた。

「過日、大学で西沢先生にお話を伺ったとき寄付の話が出ました。相続すると税金で持ってかれるから、少しでも社会貢献されたら……ということでした。その先の具体的なことはこれから考えなければなりませんね」「弁護士や税理士にも相談してみますわ。ワイは琴路にも言うてるんやけど、資産を社会のお役にたててもらうちゅうアイデアは心おどりますわな。ワテがお世話になってる府立総合病院に図書を寄付するのは、これはすぐにでもできるけど、もっと大きな事業ですわな」。ご主人はここで、料理長のシャッポを被った五十過ぎぐらいの男性を呼び「ほな始めますさかい、よろしゅうにたのんます」と合図された。

サラダとパンが最初に出て、フルボトルのスペインナバーラ地方の赤ワイン、二百グラムのサーロインステーキコースを指定されていた。料理はこちらの食べ具合を見て運ばれ、最後はチーズアラカルトがでた。ご夫妻のステーキは彬より随分と小さく見えた。「廣岡はんは卒業後はどんな仕事に就かはるんでっしゃろ」「全く考えてないです。どちらかというと商社系に行きたいと思ってますが」。食事中の会話は、彬の身辺というか生い立ちを含む実家がらみが話題になった。そこで彬の母親が違うことを指摘され驚いた。千鶴が葵がらみで話したのだろうと推測した。進んで言うことでもなく、さりとて隠し続ける必要もないことだ。奥さんは黙って聞いていた。フルーツにコーヒーが最後に供され午後九時過ぎに店を後にした。今後のことは古村氏なりに考え、人の意見も聞いて決めたい。「廣岡はんも考えておくんなはれ」と言うことでお開きになった。

週末の夜、夕食から戻った彬はまたご主人に都合を聞かれ、そのまま居間に入った。「ワテラ二人、それに弁護士や税理士、寺の住職と相談して大方の方向を決めました。大きくは、子どもの育英に関する事業を興すこと、次は世話になっている府立総合病院のなかに『タートル文庫』と名付けたコーナーを設けてもらうことや。育英会はシングルマザーや親の病気とかで、高校に行くのも大変なお子さんに無利子で奨学金を貸し出す財団をワイの目があかるいうちに作ろうと思います。義務教育から高校に入る子を対象にして、府内に暮らすお子さんに限定しようと思います。視野を広げると資金もそんなに大きくないから限定的にしないといけませんと、市村弁護士はんのご指摘やった。財団の大きな仕事の一つが資産の保持でしょうな。

力のこもった目を彬に向けて話す。「財団はワテ古村亀次郎が理事長になりますが、役員には市村はんや渡部税理士に加え、廣岡はんにも参加していただきたい」。さすがに彬の名が出て驚いた。咄嗟に「僕ですか……考えさせていただいてもいいでしょうか」「むろんや、具体的になったのも昨日のことやからな」。思わぬ事態に、思考の回路は止まった。彬の部屋に戻ってからも自分の仕事、責任がよく理解できなくてまた西沢教授に相談しようと決め、ようやく心が落ち着くありさまだった。西沢教授のサジェスチョンが、プランのもとになっているだけに報告もしたいし相談しやすいと判断した。さらに追い打ちをかけるような続きを奥さんがもたらした。例によって、十一時をかなり過ぎたころ、奥さんが部屋に来て言われたのは、晴天の霹靂（へきれき）という内容だった。「お父はんと市村弁護士はんとの話をワテもねぎで聞かせてもろうててな、お父はんはあんさんに、財団の代表になってもらいたいて言うてたで。ワテも同じ意見やけどな。市村先生は一生財団にとどまるやのうても、スタートして十年でもいてもろうて、基礎づくりしてもらえたらよろしいけれど、とお言いやった」

この話を聞いてその夜、彬は自分の人生設計に関わる重大問題と受け止め、マンジリともしないまま夜明けを迎えた。

結論は、やはり西沢教授に教えを乞うことで自分の考えをまとめようと思った。

彬にとってもう一つ、安心できることを奥さんは言った。「ワテはあんさんを男にしたかもしれへんけど、女もあんさんで終わりや。あの時に痛いのや、ホルモンやろな、もうワテは女を卒業させてもらうわ、でもあんさんは、ワテにとっては大事な大事な男はん、抱いてもらわんかてええから優しうしてな。お父はんも面倒見てやってな」

顔に笑みを滲ませ軽く口づけて階下に下りていった。

身体の付き合いはその後一度もなかった。

ただ、彬そして千鶴は古村夫妻の意向でその後も深く関わった。それには奥さんの意見が大きく影響しているのが分かった。一下宿人がそこの大家さんと親密になり、人生に大きく影響した事実は、きわめて稀なことだろう。客観的にみて、彬に計算があったのではなく日ごろの態度がもたらしたことだった。

同じころ正確には八月二十一日の早暁、小野祥子は京央赤十字病院で予定日より五日早く男子を出産した。体重三千五百グラム、身長五十一センチの全く問題のない新生児だった。看護婦から標準よりやや大きく元気だと聞かされ、祥子を喜ばせた。「小野さんが出産時にアキ、アキと二度言われたのでお名前が決まってるんやな、て思いました」。笑いながら付け加えた。ビックリする言葉だが、神経質になるのはよくないと判断して無視した。心中はざわざわと波打つようで穏やかではなかった。児は肌がつるっとしていて、足が大きいように思えた。香菜のときはどうだったのかすっかり忘れていた。出産に立ち会ったのは母の康子で、雅範は母の知らせを受けて駒野から駆け付けた。ベッドを覗き込み「和歌山の爺様によう似てるわ」、それが第一声だった。「祥子はんよう頑張ってくれた、ありがとう」と言って相好を崩した。笑う顔に涙が見えた。昼前に到着した父の幅裕之は「えろうきれいな顔してからに、この頃の子は昔の猿顔と違うな、耳も足も大きいからでかいのになるで。祥子の手柄や」

裕之は昨秋、祥子から若い男を遠ざけたことなどすっかり忘れていた。ゴタゴタ騒ぎとならなかったことで記憶が薄れてしまった。人工受精も夫の協力で成功したと聞かされ、二人の孫が家庭の絆になってくれるだろうと信じた。

祥子は毎日のように変化する子を見つめ、時折見せる意味のない笑顔に彬の面影を見た。祥子の笑窪こそないものの、屈託のなかった彬が腕のなかにいた。母乳に貪りつく子に「そないにあせらんかて、オッパイはアキさんのもんやんか」。声には出さないが、元気な子を授かり目を潤ませていた。

退院を明日に控えた夕刻、神社の勤めを終えた雅範から「名前を考えてるんやけど……」。候補が二つあるようで得意の毛筆で書かれた二枚を示された。一枚は「裕康」とあり、明らかに祥子の父母から頂いたものだろう。もう一枚には「彬彦」とあった。これには祥子の心臓がいや身体全体が震えた。思わず雅範の真意を探る目になり鋭く見据えた。「こちらは香菜が生まれるときに考えた名や。こちらは看護婦さんがあきちゃんて言われるんですか、と聞かれたから僕なりに調べて付けた名や。彬いう字は木偏と違い彡(さん)づくりいうて、調和が取れてるとか、外見と内面のバランスが良いという意味らしい。彦も彡づくりで男子を表す、二字合わせたら調和のとれた男となる。文字にも格があってそれなりの家柄で使われてきたそうな。僕の本心は彬彦にしたいけど、祥子さんの意見も聞きたい。考えてる名があったら聞かせてくれへんか」。何の魂胆もなくむしろ自慢気に言う夫から目を反らし閉じた。夫は策略を巡らしたり、陰湿な人でないことを祥子は理解していた。「ウチはあなたの説明で、よく分かりました。立派な名やと思います。名前負けせんように育てなあきまへんな。『裕康』と書いたのは父には見せんときましょう。第一母が嫌がるわ」。父のある時期からの発展ぶりに陰で泣いていたのを祥子は知っていた。ようやく手が切れたと知ったのも、母の口からだった。

その母は祥子のスキャンダルは全く知らない。雅範が一大決心をしてくれたお蔭で授かったと思っていた。「よし、アキヒコで届ける。明日の朝、お二人が退院の付き添いに来られたら、祥子さんから伝えて。明日は六曜の赤口(しゃっこう)、午前中に役所に行ってくるわ、お七夜の祝い膳の時に梁(はり)にこの命名書、貼り出すさかい。膳に間に合うよう行くから、よろしゅうに」。祥子は退院後、実家で十日ほど養生のため過ごすことになっていた。祝い膳は母の話では出入りの仕出し屋に頼むそうだ。

それにしても……と祥子は思う。祥子のうわ言を看護婦が誤りなく聞き取り、それが雅範に伝わったのか、あるいは偶然の一致なのか。こうなった以上看護婦さんに問いただす愚を避けよ、と祥子は思った。

ざわざわとする気持ちは自分の招いた宿悪(しゅくあ)だと覚悟していた。禁断の園に踏み込み、結果が彬彦なら命を懸けてしっかり守っていかねばならない、責任と義務を胸中深くに沈め生きていこう。ベッドのなかできつく目を閉じて眠る嬰児を眺めながら、夫に感謝し一人うなずいていた。

夏季休暇が終わりキャンパスに大勢の学生たちが行き交うようになったある日の午後、彬は待ちかねた西沢教授の研究室を訪ねた。古村亀次郎氏から預かっていたブランデーをようやく渡せた。資産については先生のアドバイスの方向で進みそうなこと、それには弁護士も協力されることなどを伝えた。先生はフランス産の高級ブランデーを前にして、機嫌よくたっぷり時間を割いて相談にのってくれた。財団のベースとなる資金は、古村亀次郎氏の個人資産の他、氏がかって活躍した京都府内の精肉業界など関係先からの寄付も合わせ十億規模の原資になると聞かされ、それは……と絶句された。

資金は当座の運用資金以外は長期信用銀行とか証券信託、郵便局の定期貯金など渡部税理士のアドバイスをもらい三年もの、五年ものなどに預けて運用することも決まりましたと教えた。育英会の対象は、京都府内に住み府内の高校に進学を希望する中学生および中学卒業二年未満の子どもとするなどの骨子も伝えた。ただ財団の専従役員に彬を求められたことには大変驚きようだった。運というのはどこにあるか分からんちゅうのはほんまやな、君は見込まれたんや、としげしげ彬を見た。役員には市村弁護士、渡部税理士、精肉業界団体の松岡要蔵理事長や高坂貞観住職が加わるとも話した。そうした方々は基本的にはボランティアで賃金支払いの対象とならないらしく、これは弁護士の意見だと聞きました。今後は育英会の定款とか細則を作成し、役員が集い承認されてから法人登録するスケジュールだとも。

「僕としてはどこから手を付けていいかさっぱり分りません」と訴えた。教授は国内の育英会は数多くあるから、運営を含めて調べてみましょうと言われ「私でよければご協力することにやぶさかではありません。古村氏や市村さんにお伝えください。もちろん無給で」「先生なら相談しやすく今後もご協力願いたいお方です。よろしくお願いします」と頭を下げ研究室を退出した。

彬自身は、十年は無理でも区切りのある時期に身を引くことも視野に、財団を手伝うことはありじゃないのかと心は動いていた。それには財団運営に詳しい人に会って教えを乞うことだと思った。下宿に戻り、古村さんに、西沢教授の無給で参加したいとの意向を伝えた。先生は、検討していただけるなら法人登記に向けた書類作りを手伝わせてほしいという具体的な申し出も伝えた。ご主人は「財団は資金が第一、第二は財団の構成メンバーやろな。安心できる役員が表に立てば親御さんや教育関係者にも安心してもらわれるわな。ぜひにもお願いしたいですな」。前向きな答えだった。

シンガポール旅行は、予定通り十月二十一日から五泊六日プラス機内泊一日の予定で七名全員が成田の新東京国際空港を出発した。便は二十二時四十分発香港経由だ。男子は全員初フライトで一方女子は三名とも経験者。佐伯と蔦は北海道旅行で往復飛行機利用、兼村は海外が今回で五回目だそうで、さすがにお嬢さまばかり。岡田が「バイトに明け暮れる俺とはえれえー違い」と言うので彬も「セイム、セイム」と受けて笑い合った。そこに卑屈さはない。

トランジットのため香港で機から降ろされた。日本と違う蒸し暑さに辟易したが目的地のシンガポール・チャンギ空港ではそれ以上で蒸し暑さが地表から湧き上がる感じだ。けたたましくさえずる南国の鳥の声に全員が反応した。兼村はこれってテープだろうと判じた。空港内の両替所では各々二万円をシンガポール・ドルに換えて、ようやく旅が始まるのだと気分は高揚する。ホリデイインにチェックインし、かねて決めていた通り、彬は箕浦と相部屋、野地は岡田。女性は三人が同室である。ラッフルズホテルでイギリス式ティータイムとしゃれ、市民戦没者記念碑『Ｃｉｖｉｌｉａｎ・Ｗａｒ・Ｍｅｍｏｒｉａｌ』と表記された施設を訪ねた。お線香に火をつけ手を合わせた。このプランは野地と岡田を指導する中国語の講師から提案されたもので、その講師は台湾人だ。

昼食はフードセンターのホーカーと呼ばれる屋台村に行き、インドネシア系串焼きにナン、など思い思いにテイクアウトしビールで乾杯した。暑い国にはビールがよく合う。蔦は全くアルコールがダメだと一人コーラだった。翌日は、動物園に行き午後遅くにシンガポール国立大学と大学敷地内にあるＮＵＳミュージアムを見学した。夕食は虜になったフードセンターで思い思いのジャンクフードと飲み物に取りついた。食を取るためにインド系のカレーコーナーに立った時、さりげなく寄り添った兼村貴美子が「明日の夜、ホテル内で別の部屋を予約してほしいねん、楽しい思い出作ろうねって約束したでしょ」。小声で言い彬を見上げた。「分かった、フロントに君宛てのメッセージ預けとくから。八時ごろには行ってるよ」

翌日の午前中はボタニックガーデンを巡りホーカーでランチ、午後の国立博物館へは公共交通の地下鉄ＭＲＴを利用した。バスにしてもＭＲＴにしても英語の得意な佐伯と兼村が率先してリードしてくれるからウロウロオロオロもなく、女性陣に参加してもらったのは大正解だと男子はうなずき合っていた。夕食はマーライオン近くの大きなホテルのフレンチレストランに予約を入れ、そちらに回った。コース料理は予算オーバーということでアラカルトにしたが箕浦は不満そうに岡田とひそひそと話し合っていた。野地は野地で彬に「豚に真珠、費用対満足度だな」とこちらも耳打ちする始末。フレンチを希望した女性陣をおもんぱかったのは事実。岡田は下戸だからともかく、野地と箕浦はシンガポール製ビールとジャンクフードで十分という手合いだから。「恩恵の代償として我慢しなくちゃ」。彬はこの程度で不満を言うなよと野地に答えた。彬としては旅そのものが非日常なら食事もその一つという意見だった。「まあ、これも旅のうちか」と納得してくれた。

女性陣は結構盛り上がっていたのだから。

明日は出発の二時間前までを自由行動にしてホテルロビー集合と確認して会食を終えた。

生温かな風が吹き渡る宵闇、全員がマーライオン周辺を散策するというなか、彬は絵はがきを書きたいからと同室の箕浦に言いおき、野地にアイコンタクトしてグループから離れホテルに戻った。箕浦は「飲み直し会するから部屋に戻るのは遅くなる」と言った。

兼村貴美子が部屋をノックしたのは、丁度三十分後だった。家に電話したいから言うてぬけてきた、といたずらっぽい顔をして舌先をチョロッと出した。見ていたテレビのアニメを消し、立ち上がり彼女を抱き寄せた。

「僕の早とちりやったらこれ以上進まへん。君を好きやから仲を壊したくないし」「彬君は鈍いわ、飲みに行っても手もつないでくれへん」「それは佐伯だったか河村さんだったか忘れたけど、君に許婚がいると聞いていたからや」「耳に入ってたか、それにしても彬君はどっちかいうたら鈍いと違う?」「分かった、この話はここまで」。そう言って口づけた。口づけながら胸に触れた。大きくはないけど柔らかな弾力を感じた。彬は素早く裸になりベッドに入った。「ここに来て」「仲良くしてね、思い出作りよ」。彼女も下着姿になって横に来た。ブラジャーに手を掛けながら「ゴム製品持ってないけど」「いいの、こうなると考えたからお薬飲んでるの」。下着の肩ひもを外し、乳首とその周辺に唇をあてた。ピンク色のきれいな乳輪だった。「美しいね」「彬君は恋人いるの?」「いないけど、経験はあるよ」「河村先輩でしょ」「違う、彼女とは何もなかった。学生やない」「彬君は女の子に言い寄られるタイプやもんね、素直やし偉そうにしないし。フェミニストや」。こうなることを予想したという彼女はブラと同色のビキニだった。彬の物を握らせ、やさしく股間に手をやった。すっかり濡れていてウーンと言う。「感じる？」「なんだか、恥ずかしい」。ゆっくり挿入した。動きながらクリちゃんを指で刺激する。「彬君、気持ちいい。こんなの」。腰に回した腕が彬を締め付ける。「そないにきつくしたら、動かれへん」「カンニン、とっても気持ちいい、もっと指動かして……ウーンいやや な。きついわ、すごく感じる」。頂に向かい二人の作業は続く。悦びの時がきたようだ。呼吸を弾ませうんうんと喘ぎ、息を吸うたびに喉が鳴る。苦しそうだ。彬にも爆発の時が来た。突き立て運動を速め爆発を彼女の耳元に知らせた。彼女は身体をぶるっと震わせ、ああっと小さく叫んだ。無言のまま時が過ぎた。呼吸の乱れもようやく収まる。「なんや知らんけど別の世界にファファと飛んだ感じ。身体が吸い込まれて落ちていくような……不思議な体験やわ。これって女の悦びなの？」「僕も爆発するときは、一瞬訳がわからんようになる、でもすぐ現実に引き戻らされてしまう。女性の方が悦びが深いのかな」「彬君て相当な悪やないの、何食わぬ顔して……」

兼村貴美子に許婚がいると教えたのは佐伯貴和だった。男は東都歯科大を出て〈兼村デンタルクリニック〉に入ったそうだ。院長の父親と同じ歯科医の母親が気に入り、将来は病院を継いでほしいと言われてるらしい。

両親とも医院はいずれ子どもたちに譲り、ハワイに移住するつもりだとか。貴美子には弟がいて、京都薬科大学に入ったばかりとも聞いた。「ウチ、浮気性かな」「旅を楽しんだだけやないか、気にせんとこ。成田に着いたら離婚というわけや」「彬君はやっぱり悪や」

成田に戻る便で、兼村はメンバーの誰にも遠慮することなく、彬の横に席を取り甘えはしゃいだ。機内の冷房対策で配られたブランケットを肩からスッポリと覆い、二人は戯(じゃれ)れあった。体を合わせたら女はこんなにも大胆になれるのだと知った。男組は後方の中央部五人掛けのシート。女子二人は彬たちより三つ前の二人席でこのふざけあいからは蚊帳の外になる。彼らがトイレに立っても彬たちの座るシートを通らない。「席のチョイスは搭乗カウンターで交渉したの」。舌をペロッと出して笑った。「小悪魔」彬は肱で貴美子を小突いた。辛辣な彬評もあった。「ウチ、春ごろから楽しい思い出作りしよなて言うてたやろ。どう受け止めたん」「特に……」「そこが鈍いのや、女はお酒飲みに連れていかれたら、ある程度の覚悟もしてるぇ、彬君て女性経験もウチの勘ではかなりあるとみたけど、ウチのときはサッサといんだやんか、拍子抜けしたわ。ホンマは怖いちゅうか、愛したことないんと違う?」。痛烈な言葉だった。女性体験はいつも訳ありで秘さねばならないケースばかり、現に兼村だってそうや、彬のどこがそうさせるのか、自分でもさっぱり分からないのだ。

二人の会話で、偶然にもある情報が入りこれには彬も興奮した。彼女に将来のことを聞かれ、もしかすると教育方面の財団作りに関わるかもと告白した。兼村は京都の有名下着メーカーが昨年、〈大和伝統文化研究財団〉を作った話をした。樫本美栄子さんの会社だと知り動揺も広がる。「パパの知人が理事してはる」と言う。「財団の目的は違うやろけど、いろいろ教えてほしいな。本校の法学部の先生に定款とか細目の骨子を作ってもらうことになってるんや」「じゃ、かなり具体的なんやな、ウチもお手伝いしたいな。パパにそのお方を紹介してもろて一緒にお訪ねしよか」「そうだね、ざっくばらんに相談できたら、僕も嬉しいわ」

情報はその気になればいろんなところに転がってるもんだと知った。世間は広いようで情報を持ち寄れば手掛かりは広がることに気づく。

兼村の卒業後は、父親の伝手で京都医師会に就職するらしい。歯科医師会でないとこが深慮遠謀というやつか。他愛のない話では、彬の性格に触れたのもあった。フランス文学の講義で、教授が「ロマンチストは人の感情に無関心」と言ったとたん期せずして、佐伯と廣岡君やと思ったと言う。「廣岡君はどちらかというとロマンチスト傾向やろ、男は多少そういうところを持ってたほうが可愛いいけどな、というのんが貴和との結論やった」。彬は「随分、上から目線で見てるんやな」と返した。

香港で機が変わると聞いて、野地と話をすることを理由に兼村と離れた席にした。財団の件を話しておきたいと思ったからだ。親友なら親友らしく……そう耳打ちされて兼村も席替えを了承した。

彼女とはその後六か月ほど続いたがある夜「廣岡君に溺れていく自分が怖いからもうセック

ス抜きにしよ、けどいいお友達でいたい」と涙声で言った。世代が同じで、話題も共通になることが多く確かに去りがたい。兼村、佐伯は彬も気が合う友人だ。兼村は親の期待を裏切ることもできへんと言い、二人の関係は短く終わった。その後は気の置けない友人に移行した。

シンガポール旅行から戻った翌日、チョコレートのお土産を奥さんに渡し、ご主人に三十歳まで財団の基礎作りと定着に向けて頑張らさせてください、と頭を下げた。

昨年発足した大手下着メーカーが設立した、日本の伝統衣装の伝承に関わる財団法人の理事の方とお会いできることになりました。僕なりに勉強しますと話した。ご主人はうんうんと首を上下に振りながら「廣岡はんとのご縁や、しっかりやっていこやないか。ワテが今から勉強したかてどにもならん、全ては廣岡はんが表に立たんと。陰徳という恩返しにワイは心、動かされた。人助けできるなんて夢のようで、今は楽しみしかあらへん。これも廣岡はんのお蔭やいうて琴路と話してたとこや」

年が明けて二月のこと、古村氏の所有する不動産はかねて決まっていたK不動産に売却されることになった。古村夫妻は百万遍の北、白川通りに面した新築のマンションに引っ越し、彬も慈照寺（銀閣寺）近くの、久保田町の小家族向け五軒長屋の一画に移った。どちらもK不動産が手配した。K不動産は大阪が本社で六和銀行系列と聞いた。財団法人「古村育英会」の事務所は、古村邸の向かいに立つマンションの一階に決まった。事務所は三十五平方メートルの広さがあり十分だ。トイレとキッチンは外部にありK不動産左京営業所と共同利用だ。スチール製の事務机が五本、ガラス戸の書架とむき出しの書架が二本、それに中型の耐火金庫、六人がけの応接セット、四人が打ち合わせできるテーブルと椅子。入り口のドアを入ると、衝立が二枚あって、内部がブラインドされているのも好ましい。事務所開きは三月二十日、彬の卒業式が二十一日だったから、卒業前の就職となった。事務所開きの当日、理事の方々及び来賓の方々合わせて十名余の諸士が集まりささやかな開所式をした。古村夫妻、市村弁護士、渡部税理士、智×寺の高坂住職、府の精肉業界の松岡理事長、K不動産の金子社長に脇京都支店長、西沢A大学法学部教授それに府立病院の林田総務課長。野地と兼村も来てくれた。杖にすがる古村氏からごく簡単な挨拶があった後、事務長の廣岡が古村氏から指名され挨拶するよう求められた。これはすでに言われていたので驚くこともなく立って中央に進み「不束ながら全力で財団の運営を軌道に乗せます。ご指導ご鞭撻のほど、伏してお願い……とこれも西沢教授に指導された挨拶を形通りに述べ、ビールとお寿司で乾杯した。

彬の身分は財団の理事兼事務長、事務員はゼロ。初仕事は府立総合病院内に〈タートル文庫〉を設置すること、書棚に並べる漫画本の購入だった。購入は兼村を伴い古書専門店を歩き回ってとりあえず既刊本を入手した。病院側との交渉は、スムーズに運んだ。古村氏の主治医を介して病院の友利事務局長、林田総務課長と詰め、与えられた場所（大食堂の入る八階の食品倉庫が与えられた）は、二十平方メートル強あった。いよいよ開館となる前日、彬は車いすに古村理事長を乗せ、古村しほ理事とともに病院長に挨拶した。病院側のトップに挨拶したのはこの日が初めてだった。〈タートル文庫〉の運営も財団法人の中に組み入れた。お金が動かしやすく資金の流れに透明性があるからだ。看板は病院長が揮毫した。

育英資金を十代の子に支給できるようになったのは、準備に手間取り翌年からとなった。記念すべき発給初年度は、京都府の教職員組合が推薦した、男女合わせて七名には高校進学に伴う学資と支度金が、二名の女子中学生には理美容専門学校に進むための学費と支度金だった。支給金は本人名義の口座に一年分を振り込んだ。支給の目録を本人と保護者に教職員組合事務所長の立ち会いのもとで行った。古村理事長は滑舌に難があったが、育英財団のスタートに直接関わり、しほ理事、彬にとっても記念すべき年になった。

古村亀次郎氏は翌年春浅い明け方、嚥下障害による肺炎をこじらせ息を引き取った。普通食を食べていたとき、ひどくむせて入院した翌朝、病院からの知らせでしほは駆け付けたが既に死亡が確認されていたという。享年八十一。さまざまな誘惑にも独特の勘と知恵で乗り越え、事業にも成功して築いた財産。大陸出身で漢民族という彼の誇りは、財団を設立してその名を後世に残すことになった。古村氏の晩年期に関わった彬は、古村夫婦に喜ばれるような行動へとつながり、後年妻にも「タイミングて大事やな、いい人と出会え、世間知らずが大きな勉強もさせてもろた」。感謝を口にしたが多くは語らなかった。

古村氏はしほさん曰く「行動が速く、頭のきれる人やった」とのこと、全くその通りやろうと思ったことだ。

彬からしたら、西沢教授のサジェスチョンをそのまま伝えただけだが、古村亀次郎には、廣岡ハンから教えられたと思われたのも成り行きだ。彬はしほさんを助け、市村弁護士・渡部税理士それに松岡京都府精肉加工業協同組合理事長とK不動産京都支店長などごく内輪で葬儀を行った。その日のうちに初七日もお寺で済ませた。彬は育英会の業務を務めながら、行政書士の資格取得に向けて独学で勉強した。渡部税理士のもとを訪ねてはアドバイスをもらった。

奥さんの気力の萎(な)えが一向に回復せず四十九日の忌明(きあ)け法要の席で、食が細いことに気づき、たまらず同居を提案した。奥さんは涙目になり「アンさんはホンマに優しいお人やねんな、今時の若いお人と心根が違う気がする。八畳一間が空いてるからいつでも来ておくれ。マンションいうのは鍵かけたら何の心配もいらへんからホンマ安心でけてええけどな。話し相手がいいへん。アンさんが来てくれはったら、気を強うに持って食べもん作らなあきまへんし」。古村氏を見送り、とみに衰えの目立つしほさんは、ぜひにも早く来てくれと彬に懇願した。しほさんは夫を愛し、彬は一時の道具に過ぎなかった。彬に対する負い目があざなう縄目の禍福となったことは間違いない。

そうした時期に、岐阜市内の病院で働くようになった妹の千鶴から、同僚と京都に一泊二日の予定で遊びに行きたいと連絡が入った。しほさんに相談すると、ここに泊まったらええやんか、お布団だけ用意せなあかんなと言う。そんなことで千鶴はしほさんと再会し、思わぬ展開がここでもあった。

千鶴が岐阜の病院を休職してしばらく奥さんを看病するというのだ。千鶴としほさんの同居が始まり、彬の引っ越しはなくなった。マンションの名義替えについて、しほさんから呼びだされた。なんと千鶴は義理の親子となり、千鶴は京都人となるという話だった。彬も驚いたが、岐阜の父も「どうなったんだ」と電話口でうめいた。千鶴から手紙で報告があったのだろう。

彬が古村財団に関わったのは通算して五年だった。

しほさんが肝硬変で倒れ、そのまま帰らぬ人となった。千鶴の話では、古村氏が亡くなり身辺の寂しさから、日本酒の摂取量が増えての結果と聞いた。彬は同居の誘いがあったとき、すぐにでもマンションに移り住めば、病魔をくい止めることができたのではないかとしばらくは落ち込んだ。

二日後にわずかな人数で葬儀をだした。彬は傍から見たら異常と思われるほどに嘆き哀しんだ。

大学卒業後から四年が経っていた。台風の心配もなくなった十一月のなかば、古村夫妻と約束した散骨に、彬は千鶴を伴い長崎に行った。智×寺の高坂住職が船上で経を奉じたいと言われ、兄妹は納得して同行してもらった。

早朝は波も少ないということで、六時起きとなり、ライフジャケットを着せられ五島列島の久留島から中型の漁船で沖合に向かった。地元の漁師さんの指示した場所に、二人の骨をビロードの袋から取り出し静かに手の平から離した。お線香と読経が穏やかな海に流れ、漁師まで も厳かな空気に支配され数分合掌していた。船が沖合いから漁港に向かったとき、千鶴が大きな声を出した。「タコだーっ！　タコが躍ってる！」。わずかな潮風を受けて揺れるタコ群は面白い光景を見せている。山育ちの兄妹には確かに、風を受けてタコが上下するのは華麗なダンスだった。

財産の整理は、市村弁護士事務所で行われた。事務所金庫に預かっていたしほさんの遺言書は、不動産であるマンションと、しほ名義の郵便貯金は廣岡千鶴に、証券会社のしほ名義の信託預金、郵便局の生命保険金は「古村財団」に寄付された。手持ちの現金に、装飾品などを廣岡彬に贈ると明記されていた。装飾品は主に和装小物で帯留めが多く、ご主人のものらしい、亀の文字が彫られたごつい金製の指輪に本人の指輪もあった。

財団は千鶴を有給の事務員として採用し、彼女は看護婦の仕事から完全に離れた。千鶴が結婚したのは三十近くになってからで、相手は市村弁護士事務所に在籍していた同年齢の弁護士だった。


彬は今後の人生について悩んでいた。

財団の意義はよく分かっていたし、資金がある以上続けるべきと思うものの、個人として別の生き方がしたいという欲求が強いのだ。シングルマザーといわれる母子家庭の内情、夫がいても交通事故や病に倒れ生活保護を受けている家庭、ケースはさまざまであっても学びたいという若者の情報を得て、資金的な援助をする意義については十分に理解していた。古村夫妻への恩義もある。ここに来て千鶴が財団に入った。これも別の人生を選択するにあたり妨げにはならない。そんななかA大の西沢教授が定年を迎え、そのまま退任されると分かり彬の気持ちが動いた。

市村弁護士や渡部税理士、智×寺の高坂住職に面会して彬が財団を離れたいこと、後継に西沢先生（財団の理事でもあった）にお願いしたいと、思っていることを話した。住職は「あんさんの人生やさかいな」と理解を示し他の理事も賛成してくれた。市村さんは「廣岡さんはまだ若い、世間をもっと知りたいやろ。財団も仕事にしたらかったるいかもしれへんし。いろんな人生を泳いでみたいんやろ。経験を経て戻りたいときに戻る手もあります。その方がええかもしれへん」と言いこちらも理解してくれた。

夫妻が亡くなった途端の退職に、後ろめたい気持ちを抱いていただけに、周囲の理解は有り難いことだった。

西沢教授に面会して彬の今後のこと、他の理事との面談の結果などを折り込みながら、財団法人の運営責任者になってください、とお願いした。先生は次の仕事が決まっているといいながらも、迷っておられるようにもみえた。京都S大の講師になることを内諾したとのこと。「廣岡さんは財団からナンボもろうてるの」「銀行員並みと聞きました。先生、講師との掛け持ちができるのではありませんか」「うん、私の頭にも兼務が浮かんだが、理事さん方がどうなのかな」「僕が、皆さんを説得します」

時間を要したが、空席となっていた理事長職を含め運営責任者として、西沢道宣氏（元A大教授）は引き受けた。その縁で彬の就職先は、東京日本橋に本社を構える、化学薬品製造会社の子会社と決まった。化学品を扱う商社に入社することになった。その製造会社の常務取締役が西沢先生と懇意にする先輩の子息だという。

廣岡彬二十七歳の夏のことだった。

東京では三ノ輪の独身専用アパートに入った。会社には独身寮が浦和にあり親会社の独身者を含め十五人が入居し、妻帯者向けは青梅市にあるマンションの三棟のうち九室を借り上げて社宅にしていた。彬は幸い手元に三十前の男にしては潤沢過ぎる金を持っていたこともあって、独自に部屋を借りた。会社の総務課に三ノ輪のアパートの住所を届けた。会社からは五千円の住宅補助が毎月あり、三ノ輪から日本橋人形町までの定期代も支給された。

給与は大きく下がり、財団から頂いた給与が一般の会社よりよかったことを知った。銀行員並みと証券会社の支店長から聞かされたことがあったが、銀行社会の不思議さを給料で知った。

サラリーマン生活は楽しくて毎日が新鮮だった。途中入社のハンデもさして感じなかった。入社した当時は彬のキャリアに関心が持たれたが、財団法人勤務で全くの世間知らずなのでよろしくお願いします、と低姿勢を貫いた。一年後にはすっかり溶け込んでいた。アフターファイブは、同僚と飲む習慣がなかったことから、この付き合い方はかなり苦労した。なんと酒好きな人の多い会社だと思ったほどだ。日本橋人形町から三越あたりまでの界隈、サラリーマンを相手にする飲み屋の数、どこも同じように男で埋まる。京都ではそうした経験が皆無だったので、今夜もまた？　という感じなのだ。といって声がかかれば断ることはしなかった。差しつ差されつのタイミングも覚え、世渡りを習得していった。アルコール類は好きでも溺れることはなく、一人で暖簾をくぐることはなかった。

そろそろ結婚だなという声には、なかなか巡り合わなくて、とかわした。

彬が所属したのは、営業部営業三課。この課は京浜地区と京葉地区の化学コンビナートが担当で、課員七名、女性は二名。彼女たちは、サポートつまり後方支援係で電話応対に雑務だ。お茶・コーヒーは営業部共用のティーディスペンサーが設置されていて、女性社員が用意することはなかった。「廣岡さんの入社と同時期に導入されたので、ディスペンサーは同期なんです」と若い社員にからかわれた。彬の入社三か月は試用期間として三年先輩の営業マンとか、三十代前半の主任に同行して基礎的な営業心得を現場指導された。「ジョブトレーニング」というらしい。その期間も終わり給与は少し上がった。

彬の営業範囲は京葉地区から鹿島まで、内陸部は荒川以東を回った。受け持ったのは、鉄鋼・機械・石油精製・電力・ガス・化学品・油脂・化粧品と業種の幅が広く、親会社の界面活性剤と海外からの輸入化学品に機械オイルだった。輸入先はアメリカ・ドイツ・オランダだ。慣れない商品に勉強することばかりで、資料を丹念に読み、基礎知識を頭に入れた。大学受験期の必死さには及ばなくても真面目に取り組んだ。

在学中から、漠然とだが商社の営業がしたいと思っていた。化学品であることまでは考えなかったが、日々勉強の時間は苦痛ではない。同僚の六割が国公立大学の応用化学出身者と工業高校出身者だった。バイオを担当する農業関連校の人もいて、彬のように経済系は部内で三名と少数派だ。会社はバイオ部門を育成しようとしていた。

組織は支店が大阪一か所で、営業所は名古屋と福岡にあり、札幌と仙台、広島に出張所を置いた。札幌と仙台は本社管轄、広島は大阪管轄でトップは常務取締役兼営業本部長となっていた。彬が入社するにあたり世話になったのは、親会社の常務で子会社とは直接関係がなく、ある意味、彬には気分的に楽だった。

第五章　邂逅

彬は奇妙な体験を立て続けにした。大型連休に入った初日のことだ。三ノ輪のアパートを出て、龍泉寺から谷中へと自転車で回り早めのランチを取るため店内が明るい喫茶店に入った。二人掛けのシートに座り、カツサンドとブレンドコーヒーを注文した。店内に三十分ぐらいはいただろうか。会計を終え、駐輪場のある店の裏手に向かおうとしたとき、背後から声を掛けられた。おずおずとした態度で頭を軽く下げていた。「あのう、ご面倒でなかったら一日、私と付き合っていただけませんか」。どこにもいそうな、ＯＬ風の若い女性だ。身だしなみも普通なら、化粧も目立たないどこにもいそうな大人しそうな娘さんだ。

「僕も暇なら、あなたもアテがないのですね。どうしますかね。レンタカーでも借りてドライブでもしますか」。思い付きで言ってみた。「お願いします。ぜひお願いします」。勢い込んで言う。自転車を押し、上野駅の近くで小型車を二十二時までの条件で借りた。車に乗り込んだとき、その娘は一万円を差し出し「今日の費用に使ってください」と言い「その代わりと言ってはなんですけど、海の見えるところに連れていってください」。車を発進させ答えた。「この時間帯から海ですか。上野を起点にしたら浦安方面ですが、工場地帯ですからね、千葉は。西に向かえば川崎に横浜、さらに走れば湘南となりますが」「湘南海岸に行ってみたいです。茅ヶ崎に行けませんか」「帰るの遅くなりますよ、お家の方が心配するでしょう」。この娘がどこに住んでいるのか、なぜ俺なのか、何が目的なのか、謎のまま車を西に向けた。釘を刺すつもりで遅くなると告げた。助手席の娘はしばらく考えていたがびっくりする言葉で返した。

「いいです。どこかで泊まってもいいです」。あまりにサラッと言うので思わず顔を見た。「レンタカー会社に電話しなくちゃいけないな」。相手にアドバンテージを与えるつもりだった。前言取り消しならそれでいい。「私もそのとき電話します」。決心は覆らなかった。「私はミチコといいます。それ以外は聞かないでください。ミチコと呼んでくだされぱいいです」「それ以外は聞いても答えないのですね」。ふざけて同じ言葉を繰り返した。ダッシュボードにレンタカーの書類があります。僕の氏名、住所に生年月日が書かれています。電話してる間にでも見てください。あなたは若い女性ですよ、僕が悪い男ならどうするんですか」。少し説教じみた言葉を使った。返事はなかった。

四時近くに茅ヶ崎海岸に着いた。道は大混雑ではないものの、これなら真夜中の十二時ごろには戻れそうだと予測した。「海のないところで育ったので、広い海は憧れなんです」「会社の旅行で勝浦とか銚子にバス旅行したことがあります。いつまでもいたいなと思いました」「この連休中に親元に帰ります」「あなたが喫茶店に入り、出ていかれるまで見ていました。誠実そうな人だと思いましたし、この人についていって最後の東京にしようと後を追いました」。何も聞いてはいけないはずが、問わず語りに話す。彬は相槌を打ちながら「僕は岐阜県出身ですから海のない県ですよね、だから山より海が好きかな。育ったところは山また山の集落でした。おまけに海産物大好き人間なんです」。彼女はうなずきながら彬を見つめ聞いていた。

海岸は混雑もおさまり、波の音が届いた。ミチコと名乗る娘は堤防に座り海を眺め、時々彬に視線を送っていた。二十歳は過ぎているように見える。話す言葉はしっかりしていて、尻軽娘ではなさそうだ。もの静かで分別もありそうだ。不思議な出会いだ。

引き返す道路は、あちらこちらから東京に戻ろうと合流し、大渋滞だった。彼女との会話が気を紛らせた。ミチコと名乗った娘は、二十四歳で山梨の石和という鄙びた町の出身と言う。彬の知らない地名で、鄙びた町の出身と言われてもこちらも〈ど田舎〉だと言った。笛吹川が流れているらしい。上野根岸にある袋物の製造工場で働き、一年前から経理仕事に変わったそうだ。親からそろそろ帰って来んねと言われ、迷い始めたとき、経営者の息子に言い寄られ嫌なことになったという。

息子の母親から「ミチコさんが誘ったんやないの」と詰められ泣いているところにお祖母ちゃんが現れ、黙ってお祖母ちゃんのいる事務所に連れていかれ頭を下げられたと。誰にも言わないことを条件に示談に応じ「それも昨日で終わりました。連休後には石和に帰ります」

彼女は全てを彬の前にさらけ出していた。彼女から泊まってもよいと聞いたときは据え膳じゃないかと思った。しかし身に起こった全てを洗いざらい告白されると、この俺を信用したからだろうと悟り、据え膳じゃなくなった。

「根岸まで送ります。横浜に入りましたから、なんとか今日中には到着できます」と伝えた。彼女は「寮母さんに、外泊許可いただいたから帰りません。お嫌でなかったら一緒に過ごさせてください」と言う。彬の勧めにはきっぱりとした言葉で押し返した。

その夜、川崎駅前のシティホテルに部屋をとった。相手から希望がなかったからダブルベッドにした。食事はホテルに尋ねると、ホテル裏手の通りに中華料理店があり横浜の中華街で修業した人が去年オープンさせた店で価格もそんなに高くなくて評判いいですよ、と教える。オーナーは台湾の人だと丁寧だった。

九時を回っていたが彼女も中華は久しぶりだからそこに、と賛成した。彼女に変わったところは全くなくて、態度を決めたのだと感じた。彬が独身だと分かったとき「最初に見たとき、落ち着いておられたので既婚者だと思いました。ここは私の想像と外れました」と笑っていた。全てを彬に任せた安堵感が顔に出ていた。

翌朝、彬が目覚めたとき彼女は消えていた。サイドテーブルにホテルの用箋を使い、置手紙されていた。小さな丸文字だった。

有難うございました。

田舎に帰り、親戚から持ち込まれた縁談に従い両親を安心させせます。イヤな思い出のある上野でしたが、最後にあなたに会えました。あなたの優しさにイヤされました。明日、心置きなく列車に乗ります。

今日は荷物出しがありますので、黙って出ていきます。ありがとうございました。

相良廸子

ベッドのなかで彬は裸だった。もともと彬は裸の上にパジャマを着て寝ていたので寒くはないが、昨夜は別々にシャワーを使い戯れた。セックスは、なんとなく痛がる様子をしたのでペッティングに切り替え、そのまま眠ってしまった。行きずりの遊びといえばいいのか。

ハプニングは続くときは続くものだ。

会社の同僚六人が誘い合い、日本橋三越前近くの炉端焼き店で飲み会をしたときのことだ。席に座る位置には個性というか、癖があると思う。彬はこうした多人数になると中央部は避けるタイプで端を好んだ。トイレが近いからとか言って席をとる。アフターファイブで、他愛のない与太話で盛り上がりいつの間にか声高になっていた。左のテーブルは女性ばかり五人の席で、こちらも同じように盛り上がっていた。彬が左端に座っていたことから女性のテーブルに目を移したとき、女性陣のなかでは年長者らしき人と目が合った。その方からうるさくてごめんなさいと言われたので、彬はこちらこそと答えた。それだけのことだったが、女性陣が帰る気配でもう一度視線を送ると、件の女性は小声でこの近くのシャンソンクラブに行きますがいかがですかと言った。彬はとっさに◯を指で作りサインを送った。彼女たちは出入り口に向かい女性が会計を済ませている姿を見て、彬の隣に座る新入社員の矢板君に五千円を渡し、俺の勘定をこれで済ませてほしいと頼み、腹具合が悪いから先に失礼する、よろしくと言い置いて外に出た。女性は数歩先にいた。お店はどこかを尋ね、僕一人で伺いますと伝えた。「もちろんあなたをお誘いしたのですよ」。彬はいったん店に戻り、トイレを使ってからシャンソンクラブに向かった。店は昭和通り手前を右に折れ狭い路地に入ると三軒目にひっそりとあった。ドアを引くと意外に奥行きがあり、進むとピアノがあり、ギターとアコーディオンも準備された店だった。会社の近くにこんなクラブがあることに驚きつつ席に向かう。店内の照明は暗く、ミラーボールが光っている。ピアノが弾かれ始め拍手がまばらに起こった。青っぽいドレスの女性が現れ、マイクを握りハスキーな声で歌い出した。アズナブールの有名な歌だ。

「皆さんは?」「あの子たちは帰ったの。明日勤務の子もいるし」「そうなんですか」「水割りを注文したの、あなたは?」「僕も同じもので」「お仕事の後なのね、皆さん盛り上がってましたわ。聞くともなしに聞いてしまいました」「あなた方はなんで盛り上がったんですか」「研修会でしたの、最後にペーパーテストがあったものですから」「勉強会だったんですね」「私は引率者兼雑役兼打ち上げ会幹事という役どころ、若い子の引率は疲れるわ」「ご職業は？」「当ててごらんなさいな、当たったら奢るわ」「外れたら僕持ちっていうこと？」。笑いながら「面白い方ね、お誘いしたのは私だわ」。彬はグラスを合わせて店内を見渡した。ボックス席が八席に五、六人が座れるカウンター席がある。客はこの席を入れて三席に座っていた。まだこれからだろう。アズナブールを歌った歌手は、日本語でオリジナルを歌い出した。職業を当てたら……といわれたことに乗っかって手の平を見たり、匂いを嗅ぐポーズをしたりと遊んだ。手は細く綺麗で、マニキュアもしていない。その爪も短い。職業の見当はついていた。

「ご職業はユニフォームが頭の上から靴まで決められているでしょう」「おっ、すごい。奢りは決まったのね。どうしてストレートにたどりついたの？」「あなたからの香り、女性の香り」。女性は笑った。「ホント、面白いこと言う方だわ」。事実は違った。さっきの店で、エビデンスとかオペとかの言葉が聞こえたのだ、種明かしはしないことにした。「病院はどちらですか」「市川なの。ナースの卵ちゃんたちを連れて年二回の研修があるのよ。私が担当になって三回目だから一年半ということかな。この店は研修会の講師の先生に連れてきていただいたの。前回来た時は中平圭五さんが『百万本のバラ』を弾き語りで」「名優、中平達也の弟さんですよね。誰かのファンですか」「特にはないわ。あなたはお詳しそうね」「僕も誰でもいい方で、癌で亡くなった宝塚出身のKチャンとか兼子由カ利さんは銀巴里で聞きました。本場の人を見たことないけど、コラ・ボケールとかバルバラなど好きかな。本当はモダンジャズが好きなんです」「ウワーッ、私より詳しいかも。病院でも年末になると長期入院の方を慰める目的でジャズとかフォークとかボランティアの学生さんの協力もいただいて、ホールコンサートを毎年やります。私も駆り出されてシャンソンを歌ったんですが、さまにならなくて……それでこちらに来てプロやセミプロのスタイルを見て勉強です」「すごいじゃないですか、ディープでいい趣味ですよ。音楽はいいですよね」

「あなたは失礼ですけれど、会社の方々のなかでは聞き役のようでしたわ。雰囲気のある方だな、と思ってお声をかけましたの。お住まいは？」「三ノ輪です、荒川線という都電が走っていて起点になってます」「そちらに奥様とお子さんがいらっしゃるのね」「いえ、僕はまだ独身なんです」「うそっ、あらごめんなさい。でもこの落ち着きようはなんですか」「あなたは？」「私たちの仕事はきつくてね、よほどの理解者でないと……」

九時近くになり、その店を出た。外に出たとたん、腕をつかまれホテルに誘われた。神田方面に歩き、鍛冶町の地名表示を目にした場所にホテルはあった。部屋は広めとはいえ、シングルベッド一つ。浴室はシャワーだけといった設えだ。別々に浴室に入り、一枚しかないバスタオルを共有した。裸のままベッドに入り、上になり下になって夜明け近くまで遊んだ。彼女は華奢な身体つきながらタフだった。小さな胸は敏感で口に含むだけで声が出た。ビジネスホテルの薄い壁を考えたのか、バスタオルをくわえ必死に防御していた。夜がしらじらと明けそうになり、抱き合って眠った。彼女は非番だからお昼近くまで眠ると言った。睦みながら「あなたとはまたお会いしたい人よ。優しさと紳士性、女心にはたまらないわ。女性を見くびったりしないし。一目ぼれ、一夜ぼれか。でも私は勤務が不規則で……考えた結果、今晩だけのアバンチュールにするわ」「ワンナイト・オンリーですか」「そう、ワンナイト、明るくね」「アイム、クライ」。看護婦さんという、この女性はクールな人だった。

オオサワトキコというらしい。デスクの上にあったホテルの領収書に片仮名で印字されていたのだ。一夜限りなら名のりあう必要もないことだった。

途中入社の彬が社内はおろか親会社にまで、名前と経歴がつまびらかになる出来事があった。本社サイドの役員のなかには文系出身で化学の営業ができるのか懐疑的な人もいるらしい。その人たちもかなり刺激を受けていたと、宮下本部長が教えてくれた。

営業に出て二年目。ルーチンに慣れ行動計画も立てられるようになった頃のことだ。彬の評価は、積極性があり協調性と敵をつくらない性格がいい、何よりレスポンスが早いのがいいと、評価は良かった。

その日、彬は千葉県袖ケ浦から君津を回る予定で八時半には会社を出た。火力発電所を訪れた帰路、石炭が備蓄されたヤードを通り抜けようとしたとき、赤旗が前方で振られ、待てとのサイン。白旗となるまで前方を見ていると放水車がヤードに向けて散水している、なんでもない光景だった。発電所を出て車を次の訪問地に向けて走らせた。一日どのぐらい放水するのか、水の量とか頻度とか従事する人数とかを考えながら走らせていた。ふと散水に関する情報が欲しいなと考え、取引のある地元の防災会社へ立ち寄った。お昼時ということもあって経営者は事務所にいた。彼は「どこでも同じだと思うが、製鉄所ができた頃は、民家などほとんどなく、県も税の優遇措置を餌に有力企業を誘致したでしょ。一方で地元のディベロッパーは地価の安いことから工場の労働者向けにアパートやマンションを建てた。私鉄は沿線上ということで、都心へ通勤する家族世帯が住む団地を作った。そういった住民が臭気・騒音に塵埃を気にし始めた。大体がこんなストーリーでしょう。廣岡さんがいう水は、工場循環の中水を使いコスト低減はばっちり、散水の回数は天候次第で海からの風が強く陸地に向かう時は神経質になりますわな、企業と行政は公害防止協定を結んでいますから神経質は当たり前。粉塵防止の散水も当然の措置だと思いますね」。話好きらしい社長は、若い彬に自分の知識を丁寧に語ってくれた。

「粉塵は電力よりヤードが広い製鉄所、君津ですよ」

行動が早いのは彬の利点であるが失敗も多い。その日のうちに君津に走り製鉄所で荷役やヤード管理している〈鉄元〉の君津事業所に入った。昼休みがもうすぐ終わる時間帯で、彬が受付に立ち、出てきた女性に散水のことでお尋ねしたいと伝えた。途端に所内にいた社員のほぼ全員の視線を感じた。なかには気色ばむ若い男性もいる。彬が戸惑うというか怯むほどだ。応対してくれたのは毛髪が後頭部に僅かに残るかなり年配の男性だった。入り口近くの応接間に招かれ「どういったご用件でしょう」と慇懃に聞く。散水の回数や散水量について、ご提案がありお訪ねしました、と言うとその男性の顔つきが見る間に緩み、閉めたドアを開けて事務所に向かって手を振るのだった。それで彬も気付いた。彬を散水でクレームをつけに来た住民だと思ったのだ。

会社の商品一覧の冊子を取り出し、繊維産業向けのページを開いて、糊剤の一群を示して提案趣旨を伝えた。男性は製鉄所側がどう言うかここでは分からない。提案理由や具体的な案を文書にまとめ、糊剤サンプルに成分表など添付して持ってきてくれとの返事。初対面にしては優しい応対だった。「承知しました。後日持参します」。男性は課長の肩書のある人で「廣岡さんが散水と言われたので少々驚きました」と笑いながら立ち上がった。

彬の想像通りだった。公害はシビアな問題だと痛感した。

糊剤は、会社にとって伝統ある既製品だった。石炭ヤード向けに新商品〈粉塵防止剤〉となるのは、糊の特徴を生かし新規マーケットを創出したに過ぎない。ところが需要先の受け止め方は違った。およそ三か月、天候不順を除きほぼ毎日、糊の効用が現場でテストされ、導入メリットが数値化されデータが整備されると、購入荷姿・購入単価・納入品番が決められた。商品は〈鉄元〉ルートで納入されるまでになった。品番は〈ＮＳＫ―００９〉として登録された。全国にあるグループ会社はもとより粉塵防止剤として他社に販売する場合、この品番を使うようにしてくださいと要望された。ＮＳＫには社名が入っているのだった。製鉄所からコスト削減を理由に、感謝状が贈られることが決まるに及んで、廣岡彬の名が全社に広く知られるようになったのだ。

感謝状は製鉄所の副所長から担当部の糊剤採用に至ったエビデンスのコピーとともに会社宛に授与された。宮下常務取締役が神妙に受け取った。

感謝状授与の場には、会社から宮下常務兼営業本部長、坂寄部長と廣岡が出席し、それに本社の研究部糊剤担当の藤森主査の四名が出席した。贈られた副賞は、鉄製の蒸気機関車のレプリカだった。日本車両製造とあった。黒光りする機関車はガラスケースに収まり、本社ビルの一階ロビーに飾られた。

彬は、重厚な機関車モデルを見るたびに、思い付きの産物で面映(おもは)ゆいと思った。そこに仰々しく己の名がないことが嬉しかった。

彬の閃きで、新商品開発となったのがもう一件ある。後に名古屋勤務となってからのこと。

閃きは名古屋大学建築学科デザイン科の教授を巻き込み、材料提供の製造会社も参加して産学共同機関を立ち上げ新商品にこぎつけたのだ。こちらは家庭向けの消耗品となり、彬の人生でも大きなトピックスとなった。

粉塵防止剤〈ＮＳＫ―００９〉に戻す。

糊剤からの派生商品は、全国の石炭ヤードを有する企業に売り込まれ一定の成果をもたらした。営業サイドから新商品が生まれたのは三例目ということで、社長から金一封が与えられた。彬はその半分を同僚との飲み会に使った。抜け目のない行動には自分でもやりきれないと思った。

プライベートでは相変わらず、楽しくやっていた。自転車をあちこちへと転がしていたときのこと。浅草橋近くの河川敷に区立スポーツセンターがあることを知った。プールもあればバレーボールのコートもあり、テニスコートもある。クレーコートだけれども中高年の男女が楽しげに打ち合っているのを見て、学生時代以来遠ざかっていたラケットを振りたくなっていた。センター事務所に立ち寄り入会手続きをした。彬の即断即決は持ち味である。土曜日の早朝を練習に充てた。朝食前の二時間、身体をほぐしスポーツセンターの外周を走る。鈍った身体も喜びの声を上げているようだ。コートに入り誰かを探し、あるいは求められボールをトスして打ち合った。

そんな状況が一か月ほど続いた頃、区民体育祭の実行委員だと名のる男性から声を掛けられた。十月下旬に開催される混合ダブルスに出てくれないか、というものだった。その役員は、二、三十代の男性が少なく、ペアを組んでもらうのに苦労しているという。チーム数が少なく毎年同じペアが優勝しているとのこと。女性はいるんですが男性が少なくて、と言って熱心に誘われた。考えておきます、と差し障りなく答えたが役員も察したのか助けると思って参加してほしいと懇願されてしまった。区営のコートを利用していることだし、と心が推してくる。分かりましたと応えていた。

同じ頃、三ノ輪のアパートで問題が発生し、関わりを避けるため引っ越しを考えていた。アパートの隣室の男性は、午後から夜中まで働いているようで、ほとんど出会うことのない人だった。ところがテニスを終えて帰宅すると、いかにもという風体の男が三人、隣室に向かって何やらわめいていたのだ。そのうちの一人は彬の部屋のドア近くに背をもたせかけていた。太い金色の指輪に同色のネックレスをこれみよがしにつけた男で三人組のリーダー格のようだ。その男は他の二人が声高く開けろとか叫んでいるのをただ見ているだけだ。どいてくれないか、と鍵を出して近づくと、唾を派手に通路に飛ばし無言で睨んできた。あまり頭が切れる男ではないな、と思った。気持ちよく運動し、さてこれから食事をと考えながら自転車を飛ばして帰ったのに、いっぺんに気分が悪くなっていた。ケチがついたと思った。三人の男をしげしげと見やった。唾飛ばしヤロウが「なんだよ」とすごむ。

気分の悪さが募り、午後には不動産屋を二か所訪ね、最後の店で田原町の小学校近くの物件を見た。一階は妻帯者向けで風呂付き、二階は単身者向けの風呂なしだった。通勤時間はどちらも変わりなく、日比谷線が銀座線になり降車駅も人形町が三越前になるぐらい。決めたのは、浅草界隈がより近くなり浅草橋のスポーツセンターにも便利になったことだ。彬は迷うとか逡巡するとかはしない性格で、決めたらすぐに飛び乗るタイプ。

次週の日曜日に転居した。

区民体育祭の役員という方は、春木さんといい、定年まで区役所の市民課にいたそうだ。次の土曜日に大会でペアを組む相手の女性を紹介するので必ず来てほしいと念を押された。その女性は、香月梨央さんという三十代半ばぐらいだった。いつもは水曜日に来ていますといい、ペアになる男前を紹介すると春木さんに言われ楽しみにしてきましたと、自己紹介した。身長は五十八ぐらいか、そんなに日焼けした顔でもなく、健康的で艶やかな人だな、と思った。「軟式は高校、短大と五年間やりました。足を引っ張らないよう頑張ります」とも。「冗談はよしてください、僕はお遊びでやってきただけなんです」といい尻込みした。「ほらほら、香月さんがプレッシャー掛けるから」。春木さんが笑ってたしなめた。「でも、先ほどお打ちになってらっしゃるのを見て、いい人に会えたなって喜んだですのよ。ぜひよろしくお願いします」。

今さら引くに引けなくなった。

香月さんは店の休業日だという日に、スポーツセンターに来ているそうだ。金、土曜日は朝から忙しく、人手のことから来るのは難しいという。それでも大会前の九月から、なんとか折り合いをつけて三回出てきてくれた。彼女は自己紹介した通りの実力を持っていた。生活費を稼ぐため、アルバイトを優先させてきた彬とは違っていた。正確なショット、機敏な動き、何よりボールのスピードと切れが彬と違っていた。香月さんも彬の実力を見抜き、最初から彬をチームになるように指導してくれた。サーブを受けるときの立ち位置とか、第一サーブを成功させるためのトスの高さ、忘れていた基本を呼び出そうと真剣に指導していた。「廣岡さんはブランクがあるだけで、ボールに力があるからきっと大丈夫よ」。なんとかしましょうと励ます。

春木氏やその世代の男女が興味深げに見守っていたのは、香月組をダークホースとみたのか。

区民体育祭は、十月の第四土曜と日曜日に開催された。球技は硬式テニス、卓球、ソフトボールにバレーボールの四種目。以前は軟式テニスと軟式野球もあったがチーム数とか他の球技と掛け持ちする選手が多く、試合を組むのに大変で休止したと春木氏は言っていた。

テニスのルールは、社会人ということもあって五ゲームのマッチ制だった。

香月・廣岡組は、順調に勝ち上がり準々決勝までストレート勝ちした。香月さんのコーナーを突くリターンに、相手側で足の送りがもたつき、ついてこれないという一方的なものだった。

誰しも足腰が弱く柔軟性に欠けてくるのだ。明らかにケガを恐れるペアもいた。

翌日は、午前十時から準決勝、決勝は午後二時と掲示され、香月さんは「明日は常連のご夫婦よ、頑張りましょう」と言い帰っていった。

掲示されたボードには、春木（美）・春木（吉）対香月・廣岡と書かれていた。もしや役員の春木さん？　と思い、彼の姿を見たので聞いてみた。息子さん夫婦だという。去年は香月さんと組んでいたが嫁に教え始めたことで、今年から夫婦で出るのだと笑う。「廣岡さん、嫁を苛めんといてくださいよ、香月さんにも伝えといてね」。今度は真面目顔だった。

翌日、試合前の練習に春木夫妻は現れた。夫の春木さんが香月さんとにこやかにどちらともなく「お手柔らかに」と挨拶するのを聞き、区民大会らしさを感じた。「旦那さんは保健所の職員だから、試合に勝つと店の衛生管理で厳しくされそう」と香月さんは笑い、冗談ですよとまた笑った。

試合は接戦だった。香月から彬に出す指示も力が入るのか、怒声に近いような声で「ネットに接近し過ぎ！」とか「もっと前に！」とか真剣勝負の態だった。それでもやっとこさという感じで勝ちを得た。ファイナルまでもつれ、最後も三―三のジュースになった。アドバンテージになり、最後は相手方の奥さんがネットに引っ掛けて、辛うじて勝ちとなった。ご主人がパートナーを労る姿勢が誰の目にも気持ちよく映った。

決勝は、徳野・末田組で二年連続このクラスで優勝しているそうだ。二人は中学校の教師で学校は違うけれども、練習はどちらかのコートでやってるから、今年も歯が立たないわ、気楽にやろうねと励まされた。試合が始まり彬を小手調べするかのように、ボールが集中した。立ち上がりはリードしたが、彬のダブルフォルトをきっかけにズルズルと奈落の底に落ちた。ストレート負けの完敗だった。午前の試合で足がつったシーンもあり、常日頃の運動不足は、先生組とは明らかに違った。

香月さんに「すみませんでした」と詫びた。それでも二位、役にも立たない賞状と記念品に彬は電気シェーバーを、香月さんはヘヤードライヤーを貰った。「去年はコーヒーサーバーだったのよ」と言った。「僕のミスから足を引っ張りました。ごめんなさい」。サーブに端を発し、いくつかのミスは香月にも伝染し凡ミスを誘発した。「ごめんなさい、は私かも。ペアを組んで間もないのに、プレッシャーをかけていたわ、反省しています。お茶でも飲んで残念会しましょうか」「僕も喫茶店に行こうかなと思ってたとこです」「じゃあ、この先の交差点の角にケーキ屋さんがあって、二階が喫茶ルームになってるの。そこへ行きましょう」

お互いが汗をかき、香月さんからは健康的な匂いがした。汗の匂いは性的なんだと意識していた。香月さんに先導され、ついていった。小ぶりのシュークリームとアメリカンを二人は注文した。

「決勝の相手の末田さんは谷中の中学の先生で、お店にも時々いらっしゃるの、いつか香月さんと組みたい、なんておっしゃるけど自分が転勤するかもしれない人。徳野先生は二年前足立区から来られた浅草中の先生。噂では学生時代、かなり活躍されたと聞いたわ。そんなペアに俄かペアが勝てるわけないわね」「試合経験が少なく趣味的に打っていただけのキャリアではダメでした。ホント迷惑かけました」「廣岡さんのお住まいは？」「以前は三ノ輪、そこから最近越して今は田原小学校の前です」「お仕事が台東区なのね」「勤め先は日本橋小舟町なんです」「お子さんはもう大きいのかしら？」「まだ嫁もいません」「あら、それにしては」「落ち着いている、ていうんでしょう。みんなに言われますが、本人はいたって遊びが大好きな人間なんです。香月さんの家ははどちらでご商売を？」「稲荷町よ。お蕎麦を商っていますけど、現在は二階を改装してお鍋の類も。昔は父母の住まいだったんですけどね。私は店に出ないけど、金土が忙しくて、午前中の仕込みを手伝わされていますわ」。身元調べのような会話をして、同じ方向に向かって帰っていった。

彬のテニスは相変わらず、土曜日の早朝だった。区民大会に出たことで、皆さんから声を掛けられすっかり常連様だった。

十一月中旬のこと。コートに珍しく香月さんの姿があった。同年輩らしき女性とラリーをしていた。彬は挨拶を交わし、ロッカーで一緒になった六十代の男性と、準備運動後打ち合った。

定年を過ぎたようだが年よりも元気で彬にとっても有り難い相手だった。終了後自転車をひきだしていたら、後方から香月さんの声。「廣岡さーん、お茶しません？」「いいですよ、お連れは？」「旦那さんが迎えに来られて帰ったわ」「前回、香月さんに奢っていただいたから、今日は僕が」。二人はケーキ屋の二階に向かった。

オーダーしたのは前回と同じシュークリームにアメリカン。バニラの香りが優しく彬の好みだ。大体、彬は甘党ではない。自分では少年時代、手の届くところに菓子類が豊富にあって、下校すると和菓子にキャラメル、クッキーの類いを食べていた反動じゃないかと思っている。

「ご一緒の女性もこの付近ですか？」「牡蠣殻町よ、《小たぬき》という屋号のお寿司屋の若女将。一年後輩なの。お義母さんが元気で、小さなってるから、たまにガス抜きにコートに誘ってるの、でもお茶も許してくれないみたいだわ。旦那さんがいつも迎えに来て。旦那さんもお義母さんの言いなりらしいから、よし恵が可哀想」「お子さんは？」「子は鎹、お子さんが可愛いのね、それが生きがいだと言ってるわ」。彬の母親に兄妹は鎹とはならなかった。女性を斜かいに見てしまうトラウマが彬に残り、未だに真剣な恋愛を経験できないでいた。臆病なのだ。

「そのご夫婦について僕は違う見立てをしました。香月さんを出汁にしてテニスに行き、終了後迎えに来た夫とともにどこかへ。香月さんは元気で口うるさい姑の隠れ蓑、どうですか？これ」「えーっ、大胆な筋書き。なーるほど、その手もあるなあ。うーん、そこかあ」「どうしたんですか。あのご夫妻から離れてませんよ」「あのね、よし恵は夫が迎えに来ることを嫌がってないし、なんやいそいそ感があるの。廣岡さんの見立て大正解や。運動後にしっぽりか、いいわね」。小話のつもりが、香月さんにはどう響いたのか、真面目にうなずいていた。「廣岡さん、来年もペアになってね」「転勤がなかったら、お願いします」

店を出て稲荷町・上野へと続く浅草通りを走り、地下鉄に下りるコンクリートボックスが見えたので、彬は香月さんに声を掛け曲がろうとした。「廣岡さん、あなたのお部屋見せて」と言われた。女性を入れたことは三ノ輪でもない。部屋はパジャマが干され、窓は換気で開け放しになってるはず。思いだしながら何もないですよ、とOKしていた。

「私、独身男性の部屋を訪ねたのって、三十四年間生きてきて初めてだわ。弟がいるけど、何やら臭くて入ったことないし。廣岡さんは綺麗好きなのね。話違うけど、ダークダックスのテナー、パクさんに似てるって言われない？」

香月さんは窓際に立ち、通りの向こうにある小学校の校庭を見ていた。彼女を後ろから抱きすくめた。嫌がるならやめようと思いながら、胸を上から押さえる。くっつけた首筋に唇をあてた。しばらくお互いの呼吸を整えるかのように、立ったままでいた。彼女は何も言わず、意を決したように向きを変え口づけてきた。

彬は相手の口を開かせ舌を要求した。お互いに貪（むさぼ）るように舌がもつれる。「アア……」。呼吸が乱れ畳の上に崩れた。彬の下半身は既にはちきれそうだった。それを彼女の手で触れさせ状態を教えた。直接触ろうとトレパンのなかに手を入れようとする。座布団を引き寄せ、彼女の頭にあてがった。彼女は彬を握り「すごい」と言う。「大丈夫?」。うんとうなずきブラジャーを外した。露わになった乳首を舌先で遊び、手をショーツの上から触る。じっとりとした湿気が伝わる。彬は久しぶりのセックスにすっかり興奮していた。彼女も下着を取り払って「頂戴」と促した。挿入しても動かず乳首を左右交互に吸う。気持ちを静めるためだ。「廣岡さん、こんなになってるのに……」。秘所を探り、指で円を描くようにゆっくり撫でる。「アア、何でも知ってるのね、早く動いて」。苛立つのか腰を持ち上げるようにする。「ネッ、ネッ動いて」。彬は両足を持ち上げ、ぶつけるようにして動きを速めた。「ああっー、あぁぁすごい、イクワーイクッー」

じらされたうえの攻撃にあっさり昇りつめていた。彼女の股間を見おろし、彬はさらに動きようやく爆発した。

「ああっ、またまた……イクッー、ああっー」。再び頂点が来たのか彬の腰をしっかり抱き呻いた。「このままにして、抜かないで」。足首を絡め乱れた呼吸を静める。「香月さんの汗の匂い、興奮させる匂いです、フェロモンというか」「私もあなたの体臭が好きよ、こうなること分かって付いてきたの。抱かないで帰したりしたら、この唐変木て言ったかも」「なんですか、古い言い回し。落語の世界みたい」「廣岡さんは女たらし?」「スケベだけどタラシではないと思う、東京に来てまだ女性との縁もないし。チャンスもないけど、若い女性が接待する店にも行かない」。どうでもいい話を三十分ほどしていた。「もう帰るわね、また会ってね」。彼女はトイレを使い帰っていった。

香月梨央の生家は、稲荷町交差点近くで蕎麦を食わせる店だ。父親が四代目になる老舗とか。店名は〈香蕎園〉と号し、カキョウエンとおくり名した。先祖は信州高遠藩の江戸詰めの藩士だったという。武家社会が崩壊し、故郷から蕎麦を取り寄せ、見よう見まねで上野駅前に小さな蕎麦屋を開いたという。梨央の夫は、日本料理店で修業してきた腕のいい板前で調理師資格を持ち、現在四十になったばかり。蕎麦一筋の店を、義父を口説き二階の住まいを客用の座敷に改造して大人二十人が座れる、宴会のできる店舗にした。衝立をおき少人数も受け入れた。これが当たりバブル期と重なって大繁盛となった。借地ながら駐車場まで用意したのも正解だった。父親はすっかり婿に頼り切っていた。子どもは二人でどちらも女の子だ。働き盛りで本人も、自分の提案が当たったことで趣味にも大威張りで出かけた。趣味は釣りである。調理師仲間と海釣りや渓流へと朝早く、時には前夜から出かけた。梨央の母親は、釣りが道楽なら有り難いよ、黙って送り出せと言った。梨央は、三十を超してから欲求度が増し、求めたが適うのはせいぜい月に一回程度。健康な身体の奥深くでうずき、自ら慰めていた。水曜日にテニスコートに向かうのも、血の騒ぎを静めるためだった。顔見知りの春木俊生から廣岡彬を紹介されたときは、もの静かに話し女性に対しても軽薄な態度をとらなくて、偉ぶらない様子にすっかり惚れていた。セクシーな男は店にも現れるが、家庭を壊すようなスキャンダルは望んでいない。血が騒ぐのも一時のことと承知していたが……結婚は家の存続を考えてのこと、夫との関係が薄くなれば家庭を壊さない程度の遊びをしても構わないという考え方をしていた。廣岡彬と出会い、言葉を重ねるうちに信用できる男だと見定めた。のこのこ店に来ないのも好ましい。女性は現実的だ、危ないと分かれば近寄らない。

香月梨央は、主に水曜日の夜の早い時間帯に、時には火曜日の夜更け食料品を携え田原に現れた。ウイスキーやブランデーが好みなのかミネラルウォーターなどとともに段ボール箱に入れ、抱えてやってきたこともある。二人の宴が終わると、床を延べ満足すると帰っていく。彬にとっても、金のかからないセックス処理の相手となった。そういうことだと気づいたとき、自分を卑下することはなくなった。お互い様と思った。

香月梨央は食べても肥えない体質だという。テニスで鍛えた身体は、二児の母になっても大きく崩れることはなく、臀部がはり脚はスッキリして躍動感があった。裸になっても下腹部の膨らみがなく、本人も自慢した。彬はいつしか会うのが楽しみで、彼女の訪れには全身で応えた。

ある日梨央は、彬を動物に例えて評したことがある。「ヒロさんは、例えるならば犬系だと思う。躾・訓練を受けた目立たない犬。誤解しないで、あなたを悪くゆうつもりなくてよ。ゴールデンレトルバーかしら。待てと言われたら、美味しい餌皿とか大好きな玩具が目の前にあっても待つの。伏せと言われたら、その状態でじっとしてるの。ヒロさんの世界が全くない、というのではなく……うまく言えないな。私を愛してくれるのは、肌でも情感からも感じているわ。何というのかしら、激しい熱情でぶつかってくるのとは違う、激しかったら私が引いてしまうのに、うーん私って何を言いたいんだろう。ヒロさんは覚めてるのよ、私を観察してる感じ。もちろん観察していても、浮気女とか思って軽蔑もしてはいないし、でも心の奥深いところでは女性に対して何かがあるわ。飛び込んでいくのを意識的に避けられる老成さというか。話題は豊富ね、そういうところには、知性を感じるし。うーん、とりとめのない話になってしまったわね」

いいことは長続きしないのも世の習いで、区民体育祭が話題になりかけた頃、彬に転勤の辞令が下りた。サラリーマンの辞令は待ったなしだ。行く先は名古屋だった。現所長である後藤さんの奥さんが胃がんで入院し、お子さんもいないことから病院通いに付き添われるらしい。坂寄営業部長から奥さんの病状は深刻で今後の看護を考え退社を決断されたと聞かされた。彬は入社年次が若いこともあり、役職は主任待遇となって、辞令は「所長心得」とあった。総務課から「まず住む場所を決めてください」と促され部長同行で名古屋に赴いた。部長は後藤所長の見舞いに近鉄で三重県の松阪市へ向かった。車中で部長は「人材育成に期待している。後藤さんは古参で人当たりも良かったが、所内の活性化には今一つだったな。我々のような会社は守るより攻めて攻めて、マーケットを刺激しないと伸びないよ。君ならやれると思っている」と尻を叩かれた。

彬は待機していた舘林広武君と部屋探しに名古屋市内に出た。舘林君は入社三年目の若手営業マンだった。廣岡とは入社年次で一年違いの男で話好きな性格なのか、彬を過剰に意識してるのか、実によくしゃべった。名古屋市内に明るいということで後藤所長が指名したらしいが、新聞広告や新聞の折り込み広告を見せ、この中で気になる物件があったらおっしゃってくださいと言う。「舘林さんは、アパート住まいの経験あるの」「それがないんですよ、ずっと親と一緒です」。午後になって営業所に戻ると、古参株の枡口課長がいたので、互いに挨拶して状況を話しアドバイスを求めた。「営業所の北東地域に築後も新しい大きな公団住宅があります。現在はやや不便でも近い将来地下鉄が通るらしいし、この営業所の近くに駅舎ができます。ビル周りの道路が鉄板で覆われてるのは、地下工事のためなんです」。歳を伊達には取っていない見本がここにあった。生きた情報だった。再び舘林君と公団の名古屋支社を訪れた。物件はあった。築後四年というマンションは賃貸と分譲が六棟のなかにあり、彬はそれぞれの書類を手に入れて営業所に戻った。資金的には問題はないから分譲にして1DKにするか、2DKにするかだった。結婚を考え、2DKにすると分譲価格は六百八十万円。彬の所持金は、学生時代からのもの。お金の出所に、苦いような懐かしいような複雑さが渦巻いた。その日のうちに単身東京に戻った。

翌日から、三日間は業務の引き継ぎと、連日の送別会で遅くまでひっぱり回された。楽しかったのは同業他社が企画した送別会だった。年齢的には彬が一番若いが気を使う相手でもないので、好きに飲み二次、三次会と誘われるままつきあった。女性が隣に侍(はべ)る酒場にも連れていかれたが、彬は女性との会話では積極的にリードするというより、もっぱら聞き役に回った。女性からは「静かに呑むのね」といわれ「別の娘(こ)と変わりましょうか」とも。「君でいいよ、相手になってよ」と答えていた。

会社主催は副社長、常務取締役と役職者ばかりで、気の張る送別会となった。寿司屋の屋号にどこかで聞いたことのあるような。店名は〈たぬき〉といった。寿司は美味しかったが堅苦しくて彬には苦手な席だ。管理職の宿命かなと覚悟した。

同僚たちとは、雰囲気的にリラックスできた。出世街道にこだわる先輩が一人ならずいて、廣岡は年寄りにもてるからなという嫌味が鬱陶しく、気心の知れた連中との二次会でようやく力が抜けた。とはいえサラリーマンのこうしたアフターファイブは彬にとって憧れであり楽しみだった。京都時代には全く経験がなかったことだ。同年代に気安くする人物が一人もいなかったことにもよる。野地は三重で代々の家業に、箕浦は金沢で役所勤務とそれぞれが郷里に戻り会うこともかなわない。それでも一度ならず、西沢先生には呼び出されて三条大橋の近くの魚処にはお付き合いした。業務引継ぎが目的だった。

その夜、アパートに帰ったのは十二時をわずかに越し、日付が変わっていた。ドアを開け部屋に入ると床が延べられ、香月さんの寝た跡があった。鍵は彼女も予備キーを持ってもらっていた。テーブルに置き手紙が残されウイスキー臭のするコップが重しになっている。

「ヒロのバカ、どこをほっつき歩いてんだよ！ 死んじまえ！」。乱暴な文章だった。下町のお転婆娘だった頃を彷彿させて笑ってしまった。イライラして待っていたことが知れた。そして思い出した。寿司屋〈たぬき〉と香月さんの親友というよし恵さんの店〈こだぬき〉がつながった。〈こだぬき〉というからにはのれん分けしたのだろうか。

その梨央さんとは会わずに転勤していくだろう。会社が作ってくれた、転勤を知らせる案内ハガキを名古屋から投函しておこうと思った。また会えるかもしれないが、店に訪ねていく気はなかった。

名古屋に移って一か月後のこと。営業会議に出るため早朝の新幹線に乗った。彬は会社の規定で自由席利用の身分だ。二人掛けの窓際に座り朝刊を読もうとしたとき、遅れてきた女性に「空いていますか」と尋ねられ、どうぞと伝えた。なんでもないやりとりだった。この出会いは、のちに彬の伴侶となる女性だった。

田町あたりを通過したとき、隣の女性は席を立ち降車口に向かっていた。前方を進む女性を見て、背の高い人だなと思った。彬は新橋を通過するのを見て、コートを羽織り通路に立った時、すぐ後ろに続いた男性から「お忘れですよ」と言われ書籍を渡された。カバーがかかった書籍は彬のモノではない。「どうも」と言って受け取り、ホームに降り立つとすぐ女性を探した。八時過ぎた東京駅は既に混雑していて、確かにそれらしき頭は見えたが雑踏で見失ってしまった。これ以上追っかけても無駄だろう。

女性の書籍を預かったことを思い出したのは、会議終了後のことだった。初めての営業会議で緊張したことも理由だが、名古屋の成績と現状の問題点、今後の課題など発表する機会が多く、その準備してきたことをチェックする時間に追われた。余裕がなく今朝の出来事はすっかり忘れていた。

沢木耕太郎の『深夜特急第一便』。手製のカバーの下に映る文字を読んだ。若い女性が読むにしては男っぽい題名に興味が湧く。本のなかにはハガキが挟まれ結婚披露宴の招待状だった。今日の日付で午後一時から上野池之端文化センターとある。宛名は足立亮子様とあり、差出人には川口市の細川里佳子とあった。ハガキの左にボールペンで、〈亮子、必ず来てね、センターに着いたら私を探して！　会うの楽しみ！〉と書かれていた。文面から親友と推測される。彬は本の持ち主の手掛かりはあったが、郵送するかどうか迷った。できれば直接渡したい。こうしたジャンルの本を読む人を見てみたい。背の高い人に会ってみたい。彬に不純な動機もあった。

しかし選択したのは極めて紳士的なものだった。郵送したのだ。名刺を忍ばせたのは紳士の理に適っているかどうかは別にして。

名古屋営業所のエリアは幅広く、ジャンルも多様だった。自動車・造船・機械・鉄・化学・ゴムに航空機のような未来産業。社としてのドル箱は自動車関連産業向けの商品群だった。そうした産業ではベテランの社員が「我が牙城なり」と張り付いていた。彬は、所内をまとめていくために、毎夜個別に居酒屋に誘い、仕事のこと、趣味的なことを話題にしてコミュニケーションを取った。一人だけアルコールはダメと言うので中華料理店に伴った。早速、新規開発に挑戦してみようと、ジャンルを窯業と不織布に注目してみた。もともと窯業向けには、分散剤が納入されているが、同業他社との競争が激しく、商品も利幅が少ない。新たに、絵付け工程の転写に使われる界面活性剤を調べるため、常滑市にある県の窯業研究所に舘林君を連れて頻度高く訪問した。そこで出てきたニーズが転写工程での助剤というわけだ。舘林君も商品の必要性を理解したらしく、営業はもっぱら本社研究所の担当者との同行に切り替えて、舘林君に期待した。

足立亮子さんから、簡単な礼状が来たのは書籍を送って四日後のことだった。ありきたりの礼状で、よこしまな期待はもろくも崩れた。ところが東京と違って名古屋は狭い。

会社を引けて帰宅するため地下鉄駅に向かって歩いていると、前方から見たことのある背の高いコート姿の女性が……見つけた瞬間〝ドキッ〟と心臓が揺れた。悪さをしたわけではないのに心は騒いだ。こんな興奮ははじめてのことだった。彼女は南から北へ、彬は北から南へ、三年後にはこの下にも地下鉄が通り、さらに開発が進むという、市内の幹線道路で、このまま北に向かうと岐阜になり、南は名古屋港そして海になる。彬は立ち止まり件の女性を待った。女性はチラッと彬を見たが視線を戻すと、すれ違う形になった。でもその女性も立ち止まり、わずかに頭を下げた。「沢木耕太郎さんですよね」「えっ、アッ、やっぱり。……その節はありがとうございました」

二人は交差点から西に向かい大きなホテルの手前にあった喫茶店に入った。彼女の勤め先は、彬の勤務する営業所と同じ路線上にあり、一部上場の水産会社の名古屋支店勤務だという。彬の実家・廣岡商店では、この会社の魚肉ソーセージやカニ、鮭に鯨などの缶詰を今でも売っているはずだ。立ち飲みカウンターがあった頃は鯨缶がよくつまみとして売れた。

彬が女性に対して、積極的に動いたのは初めてだろう。その後四回、全てアフターファイブの時間帯に、喫茶店ばかりだったがデートした。会話を通してお互いに人とその生き方に共鳴し、ようやく五回目に夕食を共にした。女性遍歴が派手とはいえ、リードする立場では極めてオーソドックスな行動だった。

亮子さんが県立女子短期大学の定時制を卒業したこと、近く現在の会社を退社してその退職金を使い、ヨーロッパのほぼ全土を一人旅すること、帰国したらまた仕事に就くことが既に決まっていることなどを聞き、彬はこの人ならと思い結婚を申し込んだ。

すごいことだと思ったのは、定時制をきちんと卒業したその努力、単独海外旅行を企てている挑戦心と勇気、しかも帰国後の就職先を決めたという手堅さと、彬にない果敢さに敬服したのだ。彼女の実家は家内工業を営んでいて、豊かな家庭ではないと想像するがご両親とも健康で、喧嘩しているところを見たことはないという。これも素晴らしいことだと思った。彬の家庭の事情を、自身の経歴も女性の遍歴を除いて、包み隠さず話したことは言うまでもない。容姿は、背が高くとびきりの美人ではないものの健康的なお嬢さんだった。面長でやや受け唇、目には若さあふれる輝きがあった。

足立亮子は親に、結婚を申し込まれたこと、それを受けるつもりでいることを伝えた。父親は一度連れてきなさいと言い、母親は七歳も違う年齢のことで一言あったという。あからさまな反対でもなかったとも。二人が笑ったのは、両親も七歳違うんです、と言った時だった。

　亮子さんが海外旅行から戻ってしばらくして二人は結婚した。格式ばった式はせず、双方の両親と兄妹、それにすでに二児の父となった野地健一朗、亮子は横浜に新居を構えた旧姓細川里佳子を招きホテルのレストランを借り受けて披露宴を開催した。会社関係者は呼ばなかった。新居は当面は彬の住む２ＤＫの団地だ。いずれ子どもが授かればその時に考えようと二人は相談して決めた。

エピローグ

彬が二度と会うことなどないと思っていた小野祥子が目の前に現れたのは、全くの偶然というべきか。

場所は愛知県春日井市の市民会館だった。春日井市は名古屋市の北東部に位置し、名古屋のベッドタウンとして発展してきた街である。市内の東に庄内川が流れ、川を越すと名古屋市に入る。庄内川の流域に沿って、大手製紙会社の工場があり、そびえる三本の煙突からは白い煙が上がり木材を潰す独特な匂いとアンモニア臭が周辺に漂った。

春日井にはこの工場以外に目ぼしい会社はなく、自動車関連や航空機、電気関連の下請け・孫請け企業が多かった。地鶏で有名な〈名古屋コーチン〉の産地でもある。市内には私立で四年制の大学が一校あるだけだ。

一九九六年十月十二日土曜日、春日井市教育委員会が主催する「春日井考古学研究会」が市民会館の大ホールで開催された。彬がこのシンポジウムを知ったのは、昼食を取るために入ったうどん屋だった。注文した味噌煮込みうどんが出てくる間に手にした新聞の文化欄で、フォーラムの開催が紹介されていた。囲み記事だったことから目がとらえた。講師の京都A大学名誉教授森田先生の名に目が留まり記事を読んだ。先生の講演を学生時代に学内の文化フォーラムで聴講したことがあった。捕鯨の歴史に関する講演で、和歌山の大地町より古くに知多半島の師崎というところで行われていたという内容だったと記憶している。彬自身は考古学に知見があるわけでなく、歴史好きからくる興味だけだ。そのほかの講師が三名いて小野雅範氏の名があった。懐かしい苗字だ。京都をまだよく知らないあの頃に一気に思いを馳せた。彬自身、小野雅範氏と言葉を交わしたことはない。当時、小野氏は下宿先の駒野神社の権宮司職にあった。岐阜から出てきたばかりで、学業よりも小野氏の奥方との密会にすっかりはまり込んだ、愛欲の時間。イヤな思い出ではないが、長くは続かなかった。

まだ十代のことだった。奥方の父親に露見して、彬が遠ざけられ思い出だけが残った。短い時間だったが彬も楽しんだ。有馬の湯宿、祇園祭の宵山の夜などが鮮明だ。

新聞では、小野氏は関西K大学教授とあった。当時は権宮司職の傍ら、関西K大学へ定期的な講師として招かれていると、奥方から聞いたことを思い今の肩書に違和感はない。聴講希望のハガキを出し、参加費を振り込んだ。折り返し届いた、研究会のスケジュールでは小野氏は、午前は講演者の一人として、午後はシンポジウムのパネリストとして記載され、講師紹介欄には森田名誉教授の愛弟子とあった。

その朝、妻の亮子は生後四か月の乳飲み子を抱え、わんぱく振りもひどくなった二歳の長男の面倒を見て欲しいと声を掛けたが「考古学研究会」に行くと知って諦めてくれた。

小野先生の登壇は十時三十分だった。進行役のアナウンサーが講師のプロフィールを順に紹介し、小野先生は舞台袖に控えていた。そのわずかな時間に何気なく会場の後方に目を移した。最後方からのわずかな光に反応した。今しも薄茶系のメガネをかけた和装の女性が入り最後部に座るところだった。

コートをまとった女性には際立つ風格と品があった。直感的にショコさんではないかと思った。あの人がここに来ている。胸が高鳴った。上気して顔が火照る。そこまでは想像していなかった。

ステージ上では講師紹介が終わったようだが彬はもうシンポジウムどころではない。と、件の女性は席を立ち密やかに厚手のカーテンを引き外に出ていった。後を追うことにして、着席の聴講者に詫びながら彬は通路に立ち、後方に向かった。相変わらず心臓が騒いでいる。

彼女を探すと左手に図書の販売コーナーが設営されており、そこに並べられた図書を見ていた。間違いなくショコさんだ。

彬は近づき小声で呼んだ。「ショコさん」。彼女は怪訝な表情でこちらを見た。口に手を当て、目が大きく見開かれた。「アキ、アキさん?」「廣岡彬です、お久しぶりです」。彼女は無言だった。無言のまま、ロビーから出入り口のガラスドアを押して館外に出た。よほどびっくりしたのか無言は続いた。

「ごめんなさい、驚かすつもりなどなかったんです。お姿を見て懐かしくて追いかけました。ごめんなさい」「どうしてここに。アキさんはこちらにお住まいなの？」「いえ、僕は名古屋市内です。このフォーラムには、学生時代に講演を聞いた森田先生の名があったのでつい……」。沈黙が続いた。「ショコさんはご主人の講演を……」「ウチこれから中央線で名古屋に戻ろうとしてたとこぇ、アキさんは研究会でっしゃろ」「ショコさんに会えたんです、名古屋までお送りします。車で来てますから」。駐車場に伴い、助手席に乗るよう促した。口数少なく、何やら一生懸命考えているように見える。

コートは光に当たると地紋の羊歯模様が淡く浮かび上がる。相変わらずの着道楽振りだ。そのコートを脱ぎ、ハンドバックを手にして車中におさまった。香の微かな匂いが狭い空間に優しくフワッと広がる。着物は淡いネズミ色の地に万菊が裾から膝上に散らされ季節感漂う留め袖だった。


亮子と長男の顔が浮かんで消えた。

着物姿に見合う優雅な身のこなしは、年季がいるものなのだろう。一気に時間が縮まった感じがした。頬のあたりから顎、首周りがふっくらして奥様然とした雰囲気は洗練された女性のものだ。随分と肥えたようだ。

「ホンマにお久しぶりどす。お元気そうで……少しお太りになったかしら。人のこと言えへんけど。お幾つにおなりどす？」「三十五です。ショコさんに会うのは十六年振りです」。祥子はいっとき彬を見つめ、横を向いて肩を震わせた。嗚咽が漏れる。彬はそっと祥子の手を握った。祥子は彬の手を胸に当てさめざめと泣いた。走り始めた車を止め、祥子の気の収まるのを待った。「カンニンえ、いろいろ思い出してしまって……優しさは変わらへんな。十六年どすか、アキさんご結婚は？」「はい、子どもが二人います。下は〇歳、上が二歳になります。名古屋に転勤してきて三年が過ぎました」「ええパパさんなんやろな」「そうでないかも……今日も長男を見てほしそうでしたし」。祥子は感情の高ぶりから解放されたのか、声も明るくなり再会を喜んでくれているようだ。ハンドルを握る手を上からそっと押さえた。彬はその手を下ろし、改めて握り直した。「片手運転、危のうおへんか」「大丈夫です」「ウチ車はさっぱり分からしまへん。でもええ車乗ってはるんやな、シートが革張りて初めてや、ハンドルかて皮製やし」「これはカバーです」「そやな、ハンドルが皮やて、そんなんおかしいわな」口に手を当て笑った。「お父様はお元気ですか」「父は伊勢に移りました。母も元気やけど軽い認知症、アルツハイマー型やて」「小野さんも宮司さんやのうて大学の教授なんですね、びっくりしました」「森田先生のお陰です。もう十年経ちますねん。家も寺町、ほら祇園祭のとき待ち合わせしましたやろ、あそこから少し上がったとこに住んでます」「香菜ちゃんも」「香菜はロンドンの西、イアリスとかいうリバーサイド・タウンに行ってもうた。最初はピアノ習うてたんやけど、ヴィオラに変えて。あちらの方と結婚しそうなんや、クリスマス休暇に相手の方と帰ってきやはるみたい」「イギリスですか、寂しいですね。ショコさんも、伊勢に行かれた御両親も」「ホンマにな、父がガックリしてな……」「じゃあ、ご主人とお二人なんですね」。祥子は観念した、避けたかった事実から逃げられへんと覚悟した。「十五になったばかりの長男がいてます。高校一年どすわ、サッカーで走り回ってます」。その子はウチ似と違って、アキさんに似て、顔はスベスベ背が高く気性は優しくて、おまけに足が速いの。アキさんの血やとウチには分かってるけど、ようもこんだけ似たもんやと思うわ。祥子は言葉には出さず、彬を見て彬彦を思い浮かべた。十五年の間、幼子の養育に振り回され、引っ越しや父の退職と母を伴う転居、香菜の留学にイギリス人との婚約、バタバタしっぱなしだった。今回は、夫は主催者が用意した春日井のホテルに泊まり、祥子には名古屋城が目の前に見えるホテルを取ってくれた。金のシャチホコで有名だと聞いてついてきた。

「ホテルにスーツケースを置いたままやねん」「分かりました」「アキさんも来て」

車寄せで車を預けエレベーターに乗った。彬から手を求め、つないだまま入室した。入ると同時に、抱き寄せ口づけした。「一度でいいから会わせてほしい、あの頃よく祈ったわ。でも忘れてしもうた。だからショックが大きかったんやな」。頬をくっつけたまま祥子がつぶやく。「ショコさん、抱きたい。着物やから脱げないの」「ウチも抱いてほしい。三十分もあれば一人で着られる」「僕、シャワーを使ってきます」

部屋のいたるところに着物類一式が掛けられていた。ショコさんは襦袢姿でベッドサイドに腰かけていた。彬は身体に巻き付けたバスタオルごと、ベッドに入った。「アキさんにウチの裸、見せとうない」。言いながらそのまま入ってきた。「ショコさんは綺麗です」「てんご言うたらあかん」

彬は襦袢の紐を引き抜き胸元を開いた。五十を過ぎた肌とは思えない艶があった。

古村しほさんを思い出す。あの時代、彬は大学生、今と視点が違うとはいえ、しほさんには淫らさを感じたものだ。彼女が花柳界に身を置いたというだけではなく、着こなしがショコさんと違った。襟元の開きが違っていた。襟の着付けしだいで漂う色香が違うようだ。古村亀次郎氏がそうさせたのかもしれない。

「待って、アキさんに挨拶してくる」。身を折り曲げ、すっかりその気になったものを口に含んだ。「敏感と言ったことを覚えてるんやね」。彬も身体を曲げ襦袢の裾を割り、ヴァギナに指を入れ愛撫した。「ダメや、そないなことしたらアキさんに挨拶でけへん。頭のてっぺんに響いてきて」。濡れ方は十分だった。ショコさんは身を反転させ口づけ、舌を絡ませ「欲しい」。

耳元で甘えるように囁く。祥子には長い時間を埋める囁きだった。激しく抱き合ったことが蘇る。

「髪が乱れんようにしてな。優しくしてな」。敏感な部分をゆっくり撫で開いた。彬の経験は耐久力に表れる。運動が長くなり、自身が爆発するまでにショコさんは大きくうめいた。構わずショコさんの敏感なところを刺激しながら進む。「あああっ、また来たよダメや、あっああっ」。ショコさんの再度のうめきに、彬もその時が来た。先端部分がドクドクするような感じだ。

「アキのんが動いてる、ウチのなかで遊んでるみたいや」。乳首を吸い、舌の交換をしたりとお互いに体の再会を楽しんだ。

「名古屋に来てよかった、アキさんと会えてこんなこともできて」「僕も同じです。まさにカスガイや」「なんやの、訳の分からんこと言うて」「柱と柱をつなぐ金具知ってる?」「片仮名のコの字みたいな金具か?　知ってるぇ、道具箱に入ってたんを見たことある。子はカスガイていうやんか」「そのカスガイや、ショコさんと僕を会わせてくれたのは春日井市のイベントだから」「そうか、なるほどね。落とし噺。あっ!　アキさんは落語好きやったな」「落語で社会勉強させてもらいました、勉強はからっきしやったけど、いい思い出もあります」

「アキさん、ウチが着物着るまでロビーで待ってて。崩れたオイド見られとうないねん」

「さっきも言うたでしょ、ショコさんは綺麗や、昔のままや」「あかん、あかん。ウチのことはウチが一番分かってます。オイドも下がるし、目尻も下がる、おっぱいかて」「そんなに気にするんですか」「女は困った種族や。アキさんはオイドも小さくてシャープ、ジーパンが似合うやろな。ジーパンはオイドで合わせるいうもんな。男は清潔感が大事え」「ショコさんは、相変わらず着物ですか」「外に出るときはな。アキさんの奥様は？」「やっこさんは、和服は箪笥の肥やし。洋服ばかり」「無理ないわ、子育て真っ最中やもん」

部屋を出るとき、祥子は濃密な口づけを要求した。貪るように執拗だった。

チェックアウト後、二人は喫茶サロンでケーキと紅茶の軽いランチを取った。「昨日はどこかに行きましたか？」「フロントに教えてもろて、徳川美術館に行ったわ。帰りしなお城で降ろしてもろて。夕ご飯はこのホテルの地下やった。アキさんがいたなら一緒に呑めたのにな。……アキさん、今晩だけは奥さんを抱かんといてな、ウチ嫉妬深いねん」。最後は呟くように小さな声だった。

彬は新幹線のプラットホームまで送った。二人は、寄り添い恥じらうことなく手をつないでいた。これが最後と分かっていた。

祥子は言葉を発することもできなかった。口にすれば大声で泣きそうだと思った。セツナイ空気が漂い、指先を通して思いは彬に届いた。やがて列車は滑るように入ってきた。

閉まるドア越しに、涙目になり必死にこらえる姿があった。

「アキさん、さようなら。ありがとう」

口の動きで彬は理解した。気丈に笑顔をつくり、手を振るショコさんが愛おしかった。

彬はたまらず嗚咽し、白っぽい列車はたちまちスピードを上げ遠ざかるエッジがぼやけていく。


虚脱感を全身に抱き車に乗り込んだ。

石原先生を見送った京都駅、プラットホームのショコさん、ミーコの小悪魔的な笑顔、芸子姿の古村しほさん、汗を光らせる香月梨央さん。瞼の奥で駆け巡る。全てが脆(もろ)いガラスだった。

そうか、俺は彼女たちの喉の渇きを、求められるまま応じ癒してきたと思ってきたのは大きな間違いなのだ。母を求めた少年時代に代わって癒されてきたのは彬の方なのだ。実母の顔が笑いかけた。辛い思いは残るが幸せな人生だと思う。

亮子、今から帰るからな、お前さんを大事にするよ。

《完》

参考文献

『京都大事典』　佐和隆研ほか（淡交社、一九八四年）
『古歌そぞろ歩き』　島田修三（本阿弥書店、二〇一七年）
『私の作ったきもの』　宇野千代（海竜社、一九九四年）

あとがき

いわゆる給料取りから解き放たれて第二の生活が始まり、私は企画方面に長く関わったことからＮＰＯ活動を立ち上げ、それをライフワークとして運営してきました。そうしたなかで新たに二つの夢を抱くようになりました。一つは小説を書きたいというものであり、もう一つは巡礼路を踏破したいというものです。前者はＮＰＯ活動をドキュメント風にまとめ書籍にしたりしたことが遠因であります。後者は司馬遼太郎の『街道をゆく』という書籍に刺激されたことにあります。こちらは肉体が踏破に耐えることが絶対条件なので、実行するなら待ったなしでした。そこで無謀にも七十代へと移る頃に実行しました。巡礼路は、ピレネー山脈を越えてイベリア半島を西へ西へ、通称カミーノ・フランセーズと呼ばれる路を行く旅です。目的地はサンチャゴ大聖堂ですが、私はさらにスペインの最西端にある岬までを踏破しました。その距離九百㎞を超える過酷の道程でした。紆余曲折を経てやり遂げました。達成感はいかばかりでしょう。終わると次へのチャレンジです。

次の夢がふつふつと湧きます。小説となるとフイクションですから（もちろん私小説というジャンルもありますが）。この作品はフィクションです。登場する人物・団体・名称は架空であり、実在のものとは関係ありません。

ある日のこと、妻曰く「人生のラストコーナーに入っても夢があるというのは幸せなことよ。一歩一歩書き溜めたら」とけしかけられました。けしかけた当人は、既にこの世にいません。冊子として形に残すのはどうでもよくなりました。ぽっかり穴があき、居ない相棒を探す日々が続きます。初秋のこと、お骨を収めるお墓が完工し親族が集い墓開きを終えた翌日、私は一人墓前に詣で手を合わせました。小説を書籍にして妻に捧げようと決めたのはまさに墓前でした。

最後に、本書が世に出るにあたっては幻冬舎ルネッサンス編集部の横内静香さん、小野みずきさんから強いサポートを頂きました。迷う私を励ましてくれた同社企画編集部の結城智史氏ら皆さんのおかげです。また、表紙絵にしたいと、ある画廊スタジオで遭遇した新宅雄樹氏の作品二点を快くご提供賜りました。いずれの方々にも感謝の言葉しかありません。御礼申し上げます。

二〇二三年五月　　阿神田　怜

〈著者紹介〉
阿神田 怜（あかんだ れい）
1941年愛知県名古屋市生まれ。

装画：新宅雄樹（しんたく ゆうき）
1973年愛知県豊田市生まれ。
愛知教育大学大学院教育研究科修了。

類い稀な男（たぐいまれなおとこ）

2023年6月27日　第1刷発行

著　者　　阿神田 怜
発行人　　久保田貴幸

発行元　　株式会社 幻冬舎メディアコンサルティング
〒151-0051　東京都渋谷区千駄ヶ谷4-9-7
電話　03-5411-6440（編集）

発売元　　株式会社 幻冬舎
〒151-0051　東京都渋谷区千駄ヶ谷4-9-7
電話　03-5411-6222（営業）

印刷・製本　中央精版印刷株式会社
装　丁　　大石いずみ

検印廃止

Printed in Japan
ISBN 978-4-344-94417-6 C0093
幻冬舎メディアコンサルティングＨＰ
https://www.gentosha-mc.com/